DER TODESEID

ILONA BULAZEL

Ilona Bulazel
Sinzheimer Str. 40b
76532 Baden-Baden
Deutschland
E-Mail: kontakt@autorib.de
Website: https://www.autorib.de
Facebook: https://www.facebook.com/ilonabulazel
Newsletter-Anmeldung über: https://www.autorib.de/newsletter

Ausgabe 27.3/2021

Korrektorat: Natalie Röllig

Covergestaltung: TomJay - bookcover4everyone / www.tomjay.de
Photo Images © Shutterstock / Nataliya Turpitko, PhotoHouse

ISBN: 9798729199884
Imprint: Independently published
Weitere Informationen zum Druck: siehe Buchende

INHALT

Kapitel 1	7
Kapitel 2	28
Kapitel 3	46
Kapitel 4	67
Kapitel 5	90
Kapitel 6	110
Kapitel 7	126
Kapitel 8	144
Kapitel 9	164
Kapitel 10	180
Kapitel 11	194
Kapitel 12	215
Kapitel 13	236
Kapitel 14	257
Kapitel 15	284
Epilog	304
Schlusswort und Anmerkungen	306
Weitere Bücher der Autorin	308

ÜBER DAS BUCH

In dem sonst so adrett gestalteten Schaufenster hatte sich heute der Tod eingenistet; das getrocknete dunkelrote Blut auf dem weißen Brautkleid zog die Blicke der vorbeigehenden Menschen magisch an …

1990 findet die Frankfurter Polizei die Leiche der Verkäuferin Nora Roth – die Tote trägt das Brautkleid einer anderen Frau und hält ein mit Blut gefülltes Sektglas in der Hand. Der Hauptverdächtige verschwindet spurlos und bald gerät der als »Schaufenstermord« bekannt gewordene Fall in Vergessenheit.

Dreißig Jahre später versucht der pensionierte Hauptkommissar Stefan Junck den leiblichen Vater einer Freundin ausfindig zu machen. Gleichzeitig wird seine Tochter, die frischgebackene Hauptkommissarin Henriette von Born, zu einem Tatort im Wald gerufen; eine junge Frau, brutal getötet, ist offenbar das Opfer eines Serienmörders geworden.

Schnell wird klar, dass es zwischen Juncks Suche und Henriettes Ermittlungen eine Verbindung gibt. Die Zusammenarbeit gestaltet sich zunächst schwierig, jedoch erkennen die beiden, dass sie nur gemeinsam das Morden aufhalten können.

Rätsel geben ihnen nicht nur die wechselnde Vorgehensweise des Täters, sondern auch seine ungewöhnlichen Grabbeigaben auf. Warum liegt ein weiteres Skelett bei einer der Leichen? Was verbindet die Opfer und wie werden sie ausgewählt?

Nur mühsam gelingt es, Wahrheit und Lüge auseinanderzuhalten und denjenigen zu finden, dessen Sehnsucht so groß ist, dass sie nur ein Mord stillen kann ...

KAPITEL 1

1990, Frankfurt am Main, kurz vor Weihnachten

Wie schön ich bin, dachte die junge Frau vor dem überdimensionalen Spiegel. *Viel zu schön, um mein Leben damit zu verschwenden, andere zu bedienen.*

Tatsächlich sah die Neunundzwanzigjährige in dem taillierten Brautkleid mit den dezenten Ärmelchen und der zarten Spitze umwerfend aus.

»Den Schleier auch?«, rief sie vergnügt aus der Kabine und wunderte sich nicht, dass man ihr mit einem klaren »Ja!« antwortete.

Vorsichtig steckte sie sich den hüftlangen zarten Tüll ins Haar und schlüpfte in die schneeweißen Pumps.

Gut gelaunt schob sie den Vorhang der Umkleide zurück und trat anmutig in den Verkaufsraum.

Ein lautes Knarren ließ sie und ihr Gegenüber zusammenfahren.

»Die elektrischen Jalousien«, erklärte sie amüsiert. »Eigentlich hätte ich mich längst daran gewöhnen müssen. Zeitschaltuhr«, fügte sie noch gespielt wichtigtuerisch an. »Die gehen jeden Abend um 19.00 Uhr runter und läuten automatisch meinen Feierabend ein.«

Der leichte Vorwurf war deutlich, doch die wortreiche Entschuldigung versöhnte die Verkäuferin.

»Schon gut«, sagte sie großzügig, »ich bin da flexibel.« Dann drehte sie sich einmal um ihre eigene Achse und meinte charmant: »Na, wie sehe ich aus?«

»Das ist ein wunderschönes Kleid. Getragen von der richtigen Frau wird es umwerfend sein.«

Die Begeisterung war deutlich herauszuhören und Nora Roth, die der Meinung war, dass sie ihren Pflichten als gutmütiger Mensch nun genug nachgekommen wäre, sagte: »Das freut mich, dann werde ich mich jetzt umziehen.«

»Nein«, hielt man sie vehement zurück. »Bitte noch einen Moment, ich kann mich gar nicht sattsehen.«

Natürlich schmeichelte es Nora, wenn man ihr Komplimente machte, deshalb drehte sie sich noch einmal im Kreis, ging sogar wie auf einem imaginären Laufsteg auf und ab, bevor sie schließlich mit Nachdruck sagte: »So, jetzt muss ich aber zum Ende kommen, sonst verpasse ich meine U-Bahn.«

»Nein, nicht«, bat man sie erneut, mit dem Umziehen zu warten. Gleichzeitig prostete man ihr mit einem Sektglas zu.

Für kaufwillige Bräute stand immer eine Flasche kalter, prickelnder Schaumwein zur Verfügung. Der Sektkühler, der auf einem kleinen Bistrotisch thronte, musste deshalb stets mit frischem Eis versorgt werden. Außerdem waren die Verkäuferinnen angehalten, darauf zu achten, frische Gläser griffbereit zu haben – lange, schmale Champagnerflöten, die in keine Spülmaschine der Welt passten und es den Angestellten daher besonders schwer machten, fettige Lippenstiftreste zu entfernen. Zu dieser späten Stunde waren die Eiswürfel im Kübel jedoch bereits geschmolzen und der Sekt in der Flasche blubberte längst nicht mehr, dennoch hatte sich ihr Gegenüber davon eingeschenkt und getrunken.

Nora ignorierte die Bitte, das Kleid noch länger zu präsentieren, und machte Anstalten, die Vorführung zu beenden. Sie deutete freundlich, aber entschlossen mit der Hand Richtung Ausgang. »Wie gesagt, irgendwann ist Feierabend.«

Anstatt zu gehen, packte man sie jedoch am Arm.

Die unerwartete Berührung überraschte die junge Frau. Dennoch hatte sie keine Furcht, war lediglich verblüfft, glaubte sogar, es ginge nur darum, den Stoff des Kleides zu prüfen.

Erst als man sie nicht wieder freigab und die Worte folgten: »Bleib gefälligst hier, ich will mir dich noch ein bisschen ansehen«, wurde Nora nervös.

Sie roch den alkoholisierten Atem, runzelte missbilligend die Stirn, versuchte, ihre Angst zu unterdrücken und stattdessen Wut zu zeigen, als sie eisig erwiderte: »Ich denke, es ist genug. Ich habe mich über die Maßen verständnisvoll gezeigt. Daher sollten wir das hier und jetzt beenden, sonst rufe ich die Polizei.«

Die beiden Sätze hatte sie sich gemerkt. Ihrer Chefin war es damit vor noch gar nicht allzu langer Zeit gelungen, eine aufgebrachte Dame aus dem Laden zu komplementieren. Es hatte sich um eine verschmähte Frau gehandelt, die die Zukünftige ihres Ex-Freundes im Brautmodengeschäft aufgespürt und zur Rede gestellt hatte. Nora wusste nicht, um was genau es hierbei ging, fand die Worte dennoch passend.

Allerdings lösten sich die Finger um ihren Arm nicht, sondern drückten im Gegenteil fester zu.

»Ich rufe die Polizei«, wiederholte sie aufgebracht und versuchte sich loszureißen.

Und dann bemerkte sie es. Die Bewunderung, die sie

bis eben in den Augen ihres Gegenübers hatte erkennen können, die ihr so geschmeichelt hatte, war verschwunden; dafür traf sie nun blanker Irrsinn. Die Intensität, die in dem Blick lag, glich fast einem körperlichen Angriff.

Instinktiv wollte sich Nora in Sicherheit bringen. Die rettende Ladentür schien ihr erreichbar und mit einem festen Ruck gelang es ihr tatsächlich, sich loszureißen. Sie begriff, dass ihr ein schrecklicher Fehler unterlaufen war, dass sie dem falschen Menschen vertraut hatte.

Eine alte Erinnerung schwappte nach oben. Sie sah ihre Großmutter, die stets in einem Schaukelstuhl gesessen und unaufhörlich vor und zurück gewippt war, während sie ihre alten Geschichten erzählt und die Enkelkinder mit Weisheiten überschüttet hatte. Eine davon lautete: *Nette Komplimente sind die Verbündeten des Teufels.*

Oma hatte recht, schoss es Nora durch den Kopf, während sie den Widerstand spürte, der sie an der Flucht hinderte. Sie hörte das Reißen des Stoffes, man hielt sie erneut fest, war auf die kleine Schleppe getreten und hatte das märchenhafte Kleid auf diese Weise gegen sie eingesetzt.

»Wo willst du hin?«, schleuderte man ihr entgegen.

»Loslassen«, begann Nora zu brüllen. »Hilfe!« – *Ja,* dachte die junge Frau, *ich muss nur laut sein, überall sind Menschen, die werden mich hören!*

Sie riss erneut den Mund auf, bereit, aus Leibeskraft um Rettung zu rufen, aber ihr letzter Schrei sollte von niemandem mehr gehört werden.

Es ging sehr schnell. Scharfes Glas bohrte sich in die Kehle von Nora Roth, plötzlich war überall Blut, tropfte auf das weiße Brautkleid, perlte am Satin ab und verschandelte die Spitze. Nora keuchte, führte die Hände zum Hals; sie spürte den Fremdkörper, der tief in ihrem Fleisch steckte, und hatte das unbändige Bedürfnis, ihn herauszuziehen.

Lauernd wurde sie dabei beobachtet. »Tu es!«, schienen die kaltblütigen Augen zu sagen.

In den letzten Sekunden ihres kurzen Lebens war Nora nicht mehr in der Lage, klar zu denken, sie reagierte lediglich reflexartig. Ihre Hand umschloss den Stiel des Glases und zog daran. Die Flut warmen Blutes, die daraufhin aus der Wunde schoss, erschreckte die sterbende Frau nur einen kurzen Moment, dann schloss sie die Augen und sackte tot zu Boden.

* * *

AM NÄCHSTEN MORGEN

Ratternd öffneten sich die automatischen Jalousien des Brautmodengeschäfts. Pünktlich wie jeden Morgen um 8.00 Uhr, damit vorbeieilende Passantinnen zumindest im Augenwinkel etwas vom »schönsten Tag« erhaschen konnten.

Tatsächlich blieben um diese Zeit für gewöhnlich keine zukünftigen Bräute stehen, aber das galt nicht für den Abend. Wenn die Frauen müde und gestresst von ihrer Arbeit zurückkehrten, erinnerten sie sich daran, dass sie am Morgen flüchtig ein wunderschönes Prinzessinnenkleid entdeckt hatten. Dann erwachte der Wunsch, es sich genauer anzusehen, sozusagen als Belohnung nach getaner Arbeit. Die meisten Kundinnen, selbst wenn sie erst Jahre später bereit für den großen Schritt waren, kannten das Geschäft, weil sie tagtäglich daran vorbeigingen. Die Konkurrenz hatte daher allen Grund, die Inhaberin um die Lage zu beneiden.

An diesem hektischen Morgen fiel die ungewöhnliche

Dekoration des Schaufensters erst nach circa zwanzig Minuten auf, dann jedoch sollte sich das Treiben auf der belebten Geschäftsstraße schlagartig ändern. Wie durch Zauberhand blieben immer mehr Menschen stehen, erstarrten regelrecht und konnten den Blick nicht mehr abwenden. Neben langgliedrigen Puppen in sündhaft teuren weißen Roben, die mal schmal geschnitten, mal wallend und pompös waren, saß eine weitere Gestalt auf einem Stuhl. Ihr Blick war starr und leer wie der ihrer Plastiknachbarinnen, aber gleichzeitig zeigten ihre Züge Angst und Schmerz, während die Mienen der Schaufensterpuppen nichts als Gleichgültigkeit ausdrückten.

Und noch etwas ließ die Figur in der Mitte hervorstechen: Das getrocknete dunkelrote Blut auf dem weißen Brautkleid zog die Blicke der Menschen magisch an.

Im ersten Moment war der ein oder andere sicher versucht gewesen, seine Entdeckung als schlechten Scherz, womöglich als Silvester- oder Faschingsgag, einzuordnen, aber innerhalb kürzester Zeit hatte er diesen Gedanken revidiert. Denn in dem sonst so adrett gestalteten Schaufenster hatte sich heute der Tod eingenistet; die Verkäuferin Nora Roth war regelrecht abgeschlachtet und anschließend zur Schau gestellt worden. Sie saß kerzengerade auf dem Stuhl, da sie von Bändern, die man wie Fesseln um sie geschnürt hatte, in aufrechter Position gehalten wurde. Die Hände ruhten sittsam in ihrem Schoß und zwischen ihnen klemmte eine der kostbaren Sektflöten, die bis zum Rand mit dem Blut der Toten gefüllt war.

Auch wenn die Presse in den folgenden Tagen und Wochen den Mord aufs Schärfste verurteilte, so war es doch dieses letzte grausame Detail der Tat, das immer wieder für öffentliche Diskussionen und Debatten sorgte. Die Aufmerksamkeit, die die Medien dem Fall widmeten, und die damit geschürten Ängste potenzieller Kundinnen waren am Ende mit verantwortlich, dass besagtes Brautmodengeschäft trotz der ausgezeichneten Lage und der guten Referenzen kurz darauf schließen musste.

* * *

ÜBER 30 JAHRE SPÄTER, GEGENWART, FRANKFURT AM MAIN IM FRÜHJAHR

Stefan Junck saß wie jeden Mittwochmorgen in der Küche und las Zeitung. Nicht dass der Achtundfünfzigjährige ein Technik-Muffel war. Selbstverständlich wäre er durchaus in der Lage gewesen, sich ein Online-Exemplar auf sein Tablet herunterzuladen, aber Stefan Junck mochte den Geruch der Druckausgabe, der sich mit dem des Kaffees vermischte – und wäre er nicht so verdammt vernünftig, dann hätte er dazu eine Zigarette geraucht, so wie früher.

Er seufzte und vertiefte sich wieder in seine Lektüre, eine witzige Geschichte über den *Dackelmix Helmut*, der seinem Herrchen ausgebüxt war, sich offensichtlich drei Tage in der Frankfurter Innenstadt vergnügt hatte und dann schwanzwedelnd vor der Tür der Besitzer wieder aufgetaucht war. Die drei Tage hatten bei Herrchen und Frauchen eine schwere Ehekrise ausgelöst, da die Gattin dem Hausherrn die Schuld am Verschwinden des vierbeinigen Lieblings gegeben und mit Scheidung gedroht hatte. In der Folge musste sich der Mann mit einem akuten Anstieg seiner Blutdruckwerte herumplagen. Während für Dackelmix Helmut die drei Tage unerlaubtes Entfernen von der Truppe außer zwei vollgesaugten Zecken am Ohr keine weiteren Auswirkungen hatte, waren seine menschlichen Begleiter um Jahre gealtert.

Stefan Junck fasste die nette Anekdote für Christina

zusammen, allerdings reagierte die nicht, wie er erwartet hatte.

Neugierig drehte er sich deshalb um. Christina schrubbte fleißig die Spüle, schien sogar mit übertrieben viel Elan bei der Sache zu sein, zumindest schloss er das aus dem stetigen Aufhüpfen ihres aus den Dreadlocks geformten Dutts.

Die Neunundzwanzigjährige kam seit einem Jahr regelmäßig jede Woche, um einige Haushaltsarbeiten zu übernehmen. Er hätte sie nicht unbedingt gebraucht, vieles konnte er bereits wieder selbst erledigen, aber er mochte die junge Frau und ihre Gesellschaft und wenn er ehrlich war, zählte Hausarbeit sowieso nicht zu seinen Lieblingsbeschäftigungen.

»Witziger Kerl, dieser Helmut«, versuchte er, noch einmal Christinas Aufmerksamkeit zu erlangen, aber ihr zustimmendes Brummen signalisierte ihm nur, dass sie höflich war, jedoch nicht zugehört hatte.

Kurz zögerte er, überlegte, ob er es nicht einfach dabei belassen sollte, aber dann hätte er wider seine Natur handeln müssen. Deshalb fragte er ganz direkt: »Was ist los?«

Abrupt hielt Christina inne, drehte sich zu ihm um und antwortete: »Nichts, alles in Ordnung.«

Junck rollte mit den Augen und schüttelte den Kopf. »Wenn Frauen das sagen, bedeutet das in 99,9 Prozent aller Fälle genau das Gegenteil.«

Wenigstens konnte er ihr mit dem Spruch ein Lächeln entlocken. Für gewöhnlich lieferten sich die beiden nämlich gerne kleine Wortgefechte, meist zum Thema »Typisch Mann, typisch Frau«, aber heute stieg Christina nicht darauf ein.

»Nehmen Sie sich eine Tasse Kaffee und setzen Sie sich

zu mir«, sagte er deshalb und machte mit der linken Hand eine entsprechende Geste.

»Ich muss arbeiten, sonst werde ich nicht fertig«, widersprach sie halbherzig, woraufhin Junck abwinkte.

»Seien Sie nicht albern, wenn Sie weiter so scheuern, dann löst sich mein Spülbecken noch in Luft auf.«

Christina grinste, sodass er den kleinen glitzernden Stein sehen konnte, der einen ihrer Schneidezähne zierte.

»Was ist los?«, fragte er erneut. »Ich will Ihnen nicht zu nahe treten«, korrigierte er sich schnell, »aber wenn es Ihnen nicht gut geht, dann können Sie ruhig nach Hause oder ...«

»Nein, schon in Ordnung«, sagte sie schnell und klopfte ihm kumpelhaft auf die Schulter, bevor sie sich mit einem großen Seufzer auf den Küchenstuhl ihm gegenüber sinken ließ.

»Das hängt mit meiner Mutter zusammen.« Christina versuchte, die Tränen zurückzuhalten, und blinzelte heftig.

»Verstehe«, murmelte Junck. »Ist alles noch ziemlich frisch.«

Sein Gegenüber nickte.

Vor etwa sechs Monaten war Christinas Mutter mit gerade einmal sechzig Jahren bei einem Straßenbahnunglück gestorben.

»So unerwartet«, sprach Christina weiter, »ich konnte mich doch gar nicht vorbereiten, nicht einmal Abschied nehmen«, fügte sie an.

»Das tut mir sehr leid«, erwiderte Junck aufrichtig. »Das braucht seine Zeit und wird sicher immer wieder hochkommen.«

Sie nickte, nippte an dem Kaffee und sagte völlig unvermittelt: »Ist es Ihnen schon einmal passiert, dass Sie nicht mehr wussten, wer Sie sind?«

***

ZUR GLEICHEN ZEIT IN DER NÄHE VON ERFURT

Rachel genoss den Vormittag im Wald. Man sagte ihr nach, sie habe ein unbeherrschtes Wesen, über Aggressionsprobleme war gesprochen worden und die Anzeige wegen Körperverletzung hatte das nicht einfacher gemacht. Der Richter war jedoch den Ausführungen ihres Anwalts gefolgt. Die Umstände ihrer desaströsen Kindheit wurden, genauso wie die guten Prognosen, die man ihr bescheinigt hatte, berücksichtigt. Einen sicheren Job, einen festen Partner, die Absicht, bald eine Familie zu gründen, waren alles Punkte gewesen, die für sie gesprochen hatten. So war sie glimpflich davongekommen und hatte sich an alle gerichtlichen Auflagen gehalten. Seit ungefähr einem Jahr konnte sie von sich behaupten, sich im Griff zu haben.

»Wer hätte das gedacht?«, sagte sie laut zu sich selbst und legte die Arme um den Stamm eines gewaltigen Laubbaumes. Eines Tages würde sie die Namen der hochgewachsenen Riesen lernen, aber im Moment genügte es ihr, sie für ihre Heilbehandlung zu verwenden.

»Waldspüren« hatte es ihre Therapeutin genannt. Eine von vielen Möglichkeiten, zum eigenen Gleichgewicht zu finden. Anfangs war sich Rachel albern vorgekommen, aber dann mit der Zeit und der richtigen Anleitung gelang es ihr, sich ganz auf die Natur zu konzentrieren. Heute brauchte sie keine Begleitung mehr, wusste selbst, wie sie die aufsteigende Wut steuern konnte und wie ihr die Ablenkung im Wald dabei half.

Langsam löste sie die Umarmung auf, streichelte mit der Hand über die raue Rinde als eine Art Dankeschön und blinzelte in die Sonne, die ihre Strahlen durch die

Baumwipfel zwängte wie einen dicken Faden durch ein sehr schmales Nadelöhr.

»Es wird Frühling«, summte Rachel fröhlich und bemerkte zufrieden, wie ruhig sie wieder einmal geworden war.

Munter stapfte sie zurück zum Parkplatz. Unzählige Male hatte sie schon hier draußen ihre Runde gedreht, immer vormittags, wenn kaum mit Spaziergängern zu rechnen war. Allerdings konnte man andere Naturliebhaber nie ausschließen und so dachte sich Rachel nichts dabei, als plötzlich eine Gestalt vor ihr auftauchte, die eine Hundeleine in der Hand hielt. Die blaue Farbe der Leine erinnerte sie an den Himmel. Ein Gedanke, der sie lächeln ließ.

Mit einem höflichen Nicken, das freundlich erwidert wurde, und in Gedanken versunken ging sie vorbei, damit rechnend, dass gleich ein Vierbeiner aus dem Gebüsch springen würde. Aber nichts dergleichen geschah.

Sie erreichte den Parkplatz, immer noch mit einem angenehmen Tagtraum beschäftigt, als ihr die hübsche blaue Leine um den Hals gelegt wurde. Für einen Moment wusste sie nicht, wie ihr geschah. Der Druck auf den Kehlkopf machte es ihr unmöglich, klar zu denken, Panik überkam die junge Frau, das Gefühl, die Kontrolle verloren zu haben, machtlos zu sein, lähmte sie. Dann jedoch erwachten ihre Überlebensinstinkte. Das erste Mal in den fünfundzwanzig Jahren ihrer Existenz kam ihr die Gewalt, die sie hatte erfahren müssen und selbst eine ganze Zeit lang weitergegeben hatte, zugute. Sie war bereit, zu kämpfen, und sie war bereit, dabei die Nerven zu behalten.

Für eine Sekunde hörte sie auf, Widerstand zu leisten, was die Person, die sie angegriffen hatte, in falscher Sicherheit wiegte. Vermutlich ging man davon aus, dass Rachel bewusstlos oder gar bereits tot war. Jedenfalls führte das Manöver dazu, dass die Hundeleine um den Hals der jungen Frau gelockert wurde und der Druck nachließ. Rachel trat nun mit aller Kraft zu. Sie erwischte ein Schienbein, hörte das Stöhnen und wollte sich umdrehen, bereit zu einem weiteren Schlag mit geballter Faust. Doch schon straffte sich der Strick um ihren Hals erneut. Dieses Mal wurde sie zu Boden geworfen, spürte das Gewicht eines Körpers auf ihrem Rücken. Fieberhaft versuchten ihre Hände auf dem feuchten Waldboden etwas zu finden, das ihr als Waffe dienen konnte. Ein morscher Ast war alles, was sie zu greifen vermochte.

Wild um sich schlagend gelang es ihr nicht, sich zu befreien; auch die Bemühungen, die Finger unter die Hundeleine zu schieben, die sich mittlerweile eng um ihren Hals schlang, schlugen fehl. Obwohl sie bereit gewesen war zu kämpfen, lag sie wenige Minuten später mit dem Gesicht im Dreck. Einige Blätter hatten sich in ihren Haaren verfangen. Die Zunge quoll bläulich verfärbt zwischen den Lippen hervor, ihr Blick wirkte verschleiert und das ehemals so starke Herz hatte für immer aufgehört zu schlagen.

* * *

ZUR GLEICHEN ZEIT IN DER KÜCHE VON STEFAN JUNCK

Christina beobachtete ihr Gegenüber genau, während sie die Frage etwas umformulierte: »Können Sie sich vorstellen, wie es ist, wenn man Zweifel an der eigenen Herkunft hat?«

»Ich vermute, es ist ein unangenehmes Gefühl«, antwortete er verständnisvoll.

»Es ist grausig«, erwiderte Christina und schüttelte

sich, was dazu führte, dass die tätowierte Maus auf ihrer Kehle aussah, als würde sie mit den Augen zwinkern.

Junck kannte seine Haushaltshilfe lange genug, um zu wissen, dass sie weder zart besaitet war noch zu theatralischen Auftritten neigte. Deshalb fragte er besorgt: »Was veranlasst Sie denn überhaupt, Zweifel zu haben?«

Plötzlich begann Christina zu weinen und spätestens jetzt war Junck klar, dass es um eine ernste Angelegenheit ging. Christina vergoss Tränen sparsam, war ein Mensch, der seine Gefühle meist für sich behielt.

»Ich bin selbst schuld«, murmelte sie. »Man sollte nicht neugierig sein, das führt meist zu Enttäuschungen, aber jetzt habe ich damit angefangen und …« Sie schluchzte erneut, zog geräuschvoll die Nase hoch und nahm dankbar das Taschentuch an, das ihr Junck automatisch reichte.

»Ich will Sie nicht drängen«, beeilte er sich zu sagen, da er annahm, dass sie vielleicht gar nicht darüber sprechen wollte.

»Ich bin froh, dass Sie mich gefragt haben«, antwortete Christina zu seinem Erstaunen, »ich hatte nämlich schon überlegt, Sie um Rat zu bitten.«

»Mich?« Junck lächelte matt. »Ich bin geschieden und meine Tochter geht mir aus dem Weg. Ob ich der richtige Ratgeber in Familiendingen bin, wage ich zu bezweifeln.«

Christina hatte ihre Fassung wiedergewonnen und grinste auf ihre typische kecke Art. »In Familiendingen vielleicht nicht, aber zweifellos sind Sie ein Fachmann in Polizeidingen.«

Stefan Junck schüttelte energisch den Kopf. »Ich bin im Ruhestand, ausrangiert, altes Eisen, das wissen Sie doch genau.« Mühsam schwenkte er den rechten Arm und machte umständlich ein paar Greifbewegungen mit den steifen Fingern.

Sie hob ihre schön geschwungenen Brauen, an denen jeweils ein kleines Piercing befestigt war, und erwiderte ironisch: »Sie sind alt, keine Frage, uralt, so alt, wie keiner je werden will. Achtundfünfzig, das ist ja absolutes Greisenalter.«

Er lachte, war froh, dass sie zu weinen aufgehört hatte und ihre üblichen flapsigen Sprüche von sich gab. Dennoch deutete er erneut auf seine Hand.

»Ich brauche Ihre Hand nicht. Sie sollen mir ja schließlich keinen Pullover stricken. Ich brauche Ihren Verstand und Ihre Erfahrung«, sagte sie geradeheraus.

Stefan Junck dachte an die lange Zeit im Krankenhaus, die Reha und die immer noch zähen Behandlungen bei seinem Physiotherapeuten, die er in letzter Zeit häufig hatte ausfallen lassen.

Nur eine Sekunde war er unaufmerksam gewesen und sein ganzes Leben hatte sich verändert. Der Verdächtige war ihm entwischt, er hatte ihn natürlich verfolgt. Es war zu einem Handgemenge gekommen. Das Messer hatte Junck zu spät gesehen, alles war sehr schnell gegangen. Sehnen und Muskeln schwer verletzt, manche sogar durchtrennt. Anfangs befürchteten die Ärzte, dass der Arm eventuell amputiert werden müsste. Es war eine schlimme Zeit gewesen, *er* war schlimm gewesen – verbittert, enttäuscht und verloren. Die Kollegen und Vorgesetzten zollten ihm Respekt, verabschiedeten ihn gut gemeint in den Ruhestand.

»Was ist mit Innendienst?«, hatte er seinen Kommissariatsleiter gefragt.

»Seien Sie nicht albern, Junck«, war er abgefertigt worden. »Jemand wie Sie ist mit Aktenlesen unterfordert. Genießen Sie Ihre Pension, Sie haben sie sich verdient.«

Kurz darauf war er zusammengeklappt. Man sagte ihm, das wären die Spätfolgen des Stresses. Es gab neue Medikamente, Gesprächstherapie und irgendwann eine Versöhnung mit sich selbst und der neuen Situation.

»Sie wollen nicht«, riss ihn Christina aus seinen Gedanken. »War eine blöde Idee. Nach allem, was Sie durchgemacht haben, verstehe ich das natürlich. Tut mir leid.«

Sie machte Anstalten, sich zu erheben, aber er bedeutete ihr, sitzen zu bleiben. Zeitgleich kramte er unter der Zeitung einen Schreibblock und einen Stift hervor.

»Mittlerweile schreibe ich ganz gut mit links«, sagte er lakonisch, sah sie mit festem Blick an und fragte: »Also wobei genau benötigen Sie meine Hilfe?«

Christina lächelte und erwiderte erleichtert: »Ich danke Ihnen, Herr *Hauptkommissar* Junck.«

* * *

ZUR GLEICHEN ZEIT

Die Fahrt über die holprigen Wege konnten Rachel nichts mehr anhaben. Ihre Leiche lag im Kofferraum und schaukelte wild hin und her, bis das Ziel erreicht wurde. Vielleicht würde es der jungen Frau ein Trost sein, dass man sie in einem Wald beerdigen wollte, auch wenn der ein ganzes Stück von ihrem Zuhause entfernt lag. Die Stelle war gut gewählt, sodass niemand ihre Überreste entdecken würde. Das Loch hatte man schon vor langer Zeit ausgehoben. Seither wartete das offene Grab auf jemanden, dem es als Herberge für die letzte Ruhe dienen durfte.

Rachel war nicht besonders groß, deshalb passte ihr Körper mühelos in die Grube. Die blaue Hundeleine lag immer noch um ihren Hals, wurde sogar sorgsam drapiert und geknotet, ähnlich einer schmalen Krawatte. Dann fiel die erste Schippe Erde auf den Leichnam. Bald verteilten sich immer mehr der dunklen, fast schwarzen Brocken über Rachels Körper und zuletzt über ihrem jungen Gesicht.

Die Frau verschwand unter der Erde, wurde auf makabere Weise eins mit dem Wald. Das ungewöhnliche Grab erhielt als Schmuck nur welke Blätter, die großzügig darüber verteilt wurden. Nichts deutete mehr darauf hin, dass hier ein Mensch beerdigt worden war. So ließ man sie zurück im vollen Bewusstsein, dass all die, denen sie etwas bedeutet hatte, den Rest ihres Lebens damit verbringen würden, von nagender Ungewissheit geplagt auf ihre Rückkehr zu hoffen.

* * *

IN DER KÜCHE VON STEFAN JUNCK

»Sie hat kein Geheimnis daraus gemacht, wer mein Vater war«, erklärte Christina mit bebender Stimme. »Im Gegenteil, sie hat mir schon, als ich noch ein kleines Kind war, erzählt, dass ich das Ergebnis eines kurzen, aber heftigen Flirts bin. Sie hatte sich angeblich in einen amerikanischen Soldaten verliebt, der Ende der Achtziger auf der Rhein-Main Air Base beim Flughafen stationiert gewesen war. Die beiden verbrachten nicht einmal zwei Wochen miteinander. Es war wohl um die Adventszeit, als sie sich kennenlernten. Kurz darauf wurde er in den Irak geschickt. Sie wissen schon«, fügte sie mit einer wedelnden Handbewegung an, »der Golfkrieg 1990/91.«

Junck erinnerte sich. Im Jahre 1991 wurde wegen des Krieges im Nahen Osten der Karneval in Deutschland abgesagt. Nicht dass er mit Fasching jemals etwas am Hut gehabt hätte. Er erinnerte sich eher deshalb daran, weil ihm in jenem Jahr klar geworden war, dass seine Ehe vermutlich nicht halten würde. Sie hatten gestritten, es war um eine heimliche Faschingsparty gegangen, er hatte das unmoralisch gefunden, woraufhin ihn Alexandra als Spießer und Langweiler betitelt hatte. Begriffe, die bis heute zu ihrem Standardvokabular gehörten. Dennoch hatten sie weitere sieben Jahre durchgehalten, auch der Kleinen zuliebe. Gott, das lag so lange zurück …

Stefan Junck notierte in krakeliger Schrift die Informationen, die aus Christina nur so heraussprudelten.

»Meine Mutter war deshalb nie verbittert gewesen und geschämt hat sie sich auch nicht. ›Er war ein guter Kerl‹, hat sie mir gesagt, ›sehr nett, sehr liebevoll.‹ Angeblich haben sie mich kurz vor seiner Abberufung gezeugt. Sein Name war *James Ohaden.*«

Die Neunundzwanzigjährige atmete tief durch. »Laut meiner Mutter starb mein Vater kurz darauf im Irak und hatte keine Verwandten in den USA. Wäre er nach Deutschland zurückgekehrt, dann hätten sie geheiratet. Sie sprach immer von einer kurzen, aber glücklichen Zeit und davon, dass ich ein Geschenk gewesen bin. Ich habe ihr alles geglaubt, obwohl sie nicht einmal ein Bild von ihm hatte. Nur das hier …«

Christina knallte eine Kette mit Herzanhänger auf den Tisch. »Angeblich sein letztes Geschenk an sie.«

»Was lässt Sie vermuten, dass Ihre Mutter nicht die Wahrheit gesagt hat?«

»Das haben Sie also herausgehört«, erwiderte sie zynisch.

Geduldig lächelnd wartete Junck auf die Antwort.

»Sie hat mich belogen, sie hat mich neunundzwanzig Jahre belogen, es gab nie einen James Ohaden. Nicht 1990 in Frankfurt und nicht als gefallenen Kriegshelden im Golfkrieg. Sie hat ihn komplett erfunden. Ich habe mich an das Militärarchiv gewandt und an ein paar andere Einrichtungen.« Betreten sah sie zu Boden. »Mir kam ein Verdacht, deshalb tat ich das und ich …«

»Was für ein Verdacht?«

Christina stand auf, um ihre Handtasche zu holen. Der prall gefüllte Beutel mit den abgewetzten bunten Stoffquadraten wirkte, als würde sie darin einen Fußball transportieren. Entsprechend lang dauerte es, bis sie fand, was sie suchte.

Junck nahm an, dass sie womöglich die unangenehme Wahrheit noch ein wenig hinauszögern wollte und das Kramen ihr Zeit verschaffte.

Endlich fischte sie ein Kuvert aus der Tasche.

»Das ist das einzige Bild, das ich gefunden habe und das aus der Zeit vor meiner Geburt stammt.«

Christina schob es ihm über den Tisch. Auf der Vorderseite sah man eine Frau und einen Mann, beide höchstens dreißig Jahre alt, die in inniger Umarmung in die Kamera lächelten. Die Farben waren verblasst und die Gesichter nicht mehr deutlich zu erkennen.

»Das ist meine Mutter, und ich vermute, der Mann an ihrer Seite ist mein leiblicher Vater«, erklärte ihm Christina. »Ich fand das Foto zwischen ihren Sachen. Sehen Sie sich die Rückseite an.«

Junck tat wie ihm geheißen. Handschriftlich vermerkt stand dort »Kai + Sylvia«. Die beiden Namen waren von einem Herzen umrahmt.

»Schauen Sie auf das Datum«, forderte ihn Christina nervös auf.

Wie es früher bei Abzügen üblich gewesen war, hatte der Entwickler des Fotogeschäfts ein Datum aufgedruckt. »Dezember 1990«, las Junck laut vor.

»Ist doch komisch, dass meine Mutter ein Foto aufbewahrt, das sie verliebt mit einem Mann namens Kai zeigt und das offenbar in der Zeit entstanden ist, in der ich gezeugt wurde.«

Junck wollte zu Widerworten ansetzen, aber sie kam ihm zuvor.

»Kai ist ein deutscher Name und der Typ sieht auch nicht aus wie ein amerikanischer Soldat. Und wenn das alles so harmlos ist, warum hat mir meine Mutter dann diese Räuberpistole von James Ohaden aufgetischt? Warum steht in meiner Geburtsurkunde *Vater unbekannt?* Warum steht dort nicht James Ohaden? Und warum steht dort nicht Kai soundso? Warum hat meine Mutter mir nichts von diesem Kai erzählt? Und sagen Sie nicht, weil er ihr nichts bedeutet hat. Dass sie die Fotografie so lange Zeit aufbewahrt hat, spricht dagegen.« Sie redete voller Zorn und zischte schließlich: »Ich habe meine Mutter gar nicht richtig gekannt. Wenn ich es mir recht überlege, weiß ich nichts über ihr Leben vor meiner Geburt.«

Stefan Junck nickte bedächtig. Er hatte sehr genau zugehört, ahnte, was Christina vorhatte, und sah sich genötigt, ihr einen schmerzhaften, wenn auch gut gemeinten Dämpfer zu verpassen. »Wenn Ihre Mutter Dinge verheimlicht hat, dann gab es dafür sicher gute Gründe. Manchmal ist es besser, nicht an der Vergangenheit zu rühren.«

Sie schnaubte genervt und Stefan fuhr fort: »Ohne Frage war es Ihrer Mutter unangenehm, über ihre Vergangenheit zu sprechen. So unangenehm, dass sie sich eine, wie ich sagen muss, gut konstruierte Lüge zurechtgezimmert hat. Vermutlich hat sie das nur getan, damit sie Ihnen Antworten liefern und dadurch verhindern konnte, dass Sie sich auf die Suche nach Ihrem Vater machen.«

»Ja«, reagierte Christina verbittert. »Sie hat mich behandelt wie eine Idiotin.«

»Ich bin ganz sicher, dass Ihre Mutter davon überzeugt war, das Richtige zu tun.«

»Das eigene Kind belügen? Wozu sollte das gut sein?«

Stefan Junck machte ein betrübtes Gesicht. »Wenn Mütter das tun, dann geht es in den meisten Fällen darum, das Kind vor einer Enttäuschung zu bewahren.« Er atmete durch. »Sie sind eine erwachsene Frau und suchen nach Antworten. Ich möchte jedoch, dass Sie sich darüber im Klaren sind, dass die nicht unbedingt so ausfallen werden, wie Sie es sich vielleicht wünschen.«

»Sie machen einen Rückzieher?«, rief Christina aufgebracht.

»Ich stelle Ihnen lediglich meinen Verstand und meine Erfahrung zur Verfügung.«

Sein Gegenüber presste trotzig die Lippen aufeinander und für einen Moment erinnerte ihn Christina an seine Tochter Henriette.

Automatisch bemühte er sich, die Wogen zu glätten, indem er sagte: »Ihre Entscheidung.«

»Ich habe mich längst entschieden, ich will wissen, was hinter alldem steckt. Ich werde das schon aushalten. Ich bin ja nicht das erste Kind, an dem der leibliche Vater kein Interesse hat. Vermutlich hat dieser Kai meiner Mutter das Herz gebrochen, hat sie sitzen lassen und mich verleugnet. Dann bekomme ich vielleicht bald die Gelegenheit, ihm die Meinung zu geigen.« Sie zögerte, sah Junck an und meinte hoffnungsvoll: »Sie werden mir doch helfen? Ich weiß nämlich nicht, wo ich mit der Suche beginnen soll.«

Der ehemalige Polizeibeamte unterließ es, weitere Befürchtungen zu äußern. Sein Bauchgefühl sagte ihm, dass hinter der ganzen Sache weit mehr steckte als ein Vater, der keinen Unterhalt hatte zahlen wollen, aber das behielt er für sich. Stattdessen sagte er: »Ich werde es versuchen, versprechen kann ich aber nichts.«

Christina strahlte und dieses Mal schien auch die tätowierte Maus zu grinsen. »Sie sind der Beste«, säuselte sie vergnügt. »Wo fangen wir an?«

KAPITEL 2

Am nächsten Tag um die Mittagszeit

Die urige Apfelwein-Kneipe war wie gewöhnlich gut besucht. Die Gäste saßen vor ihrem Grünkohl mit Mettwurst oder Rippchen mit Kraut und genossen die Atmosphäre bei einem Glas *Äppelwoi*. Auch Stefan Junck hatte sich einen Bembel bestellt und fragte sich jetzt, wie er den großen Krug leeren sollte. Gerade als ihm die Bedienung seine Portion Frankfurter Grüne Soße mit halben Eiern und Kartoffeln vor die Nase stellte, erschien Gerda Schneider.

»Hallo Chef«, begrüßte ihn die Dreiundsechzigjährige überschwänglich und nahm mit einem Strahlen Platz.

»Fast wie in alten Zeiten«, sagte sie begeistert, schnappte sich einen Becher und schenkte sich aus Juncks Krug ein.

»Ich sehe, Sie trinken immer noch während des Dienstes«, neckte er sie, und Gerda lachte auf.

»Erstens ist Äppelwoi kein Alkohol, sondern Medizin, und zweitens fürchtet man in meinem Alter keinen Rausschmiss mehr.« Sie wurde nachdenklich. »Eigentlich hatte ich immer geglaubt, vor Ihnen in Rente zu gehen. Sie haben mich ganz schön hängen lassen.«

»Unfreiwillig«, gab Junck unumwunden zu und deutete mit dem Zeigefinger der linken Hand auf seine rechte Schulter.

Die beiden kannten sich schon eine Ewigkeit. Gerda hatte kurz nach Junck im Morddezernat angefangen. Sie arbeitete nicht als Polizistin, sondern gehörte zum Verwaltungspersonal. Über die Jahre war sie für Junck unentbehrlich geworden und hatte ihm nicht nur beim Papierkram geholfen. Sie waren ein eingespieltes Team gewesen und hatten zusammen Höhen und Tiefen überstanden.

»Ist nicht mehr dasselbe ohne Sie«, sagte sie aufrichtig. »Ihr Nachfolger ist ein Depp.«

Gerda Schneider hatte das Herz immer schon auf der Zunge getragen und mehr denn je wurde Junck bewusst, wie sehr er seinen Job und die Kollegen vermisste.

Sie sah ihn herausfordernd an. »Möchten Sie eine Detektei oder so was aufmachen? Denn falls ja, bewerbe ich mich als Schreibkraft.«

»Nein«, winkte Junck amüsiert ab. »Ich tue nur jemandem einen Gefallen.«

Ihre Augen verengten sich zu Schlitzen. »Ich bezweifle, dass sich das als Gefallen herausstellen wird.«

Junck horchte auf. »Soll das etwa bedeuten, dass Sie tatsächlich etwas entdeckt haben?«

Jetzt lehnte sich Gerda zurück und nippte in aller Seelenruhe an ihrem säuerlichen Apfelwein. »Chef, habe ich Sie jemals beim Durchwühlen der Aktenordner und Datenbanken enttäuscht?«

»Nein, Gerda, Sie sind die Beste«, gab er mit einem Zwinkern zu.

Dann schob er den Teller zur Seite und fragte aufgeregt: »Was haben Sie herausgefunden?«

Gerdas Gesicht wurde ernst. »Haben Sie wirklich keine Ahnung, in welches Wespennest Sie stechen?«

Sein erstauntes Kopfschütteln ließ sie weitersprechen.

»Es hat etwas gedauert, aber ich bin fündig geworden. Der Name der Frau, Sylvia Löblich, taucht in unseren Datenbanken auf, so kam ich auch auf ihn.«

»Prostitution?«, fragte Junck beunruhigt.

»Nö«, brummte Gerda beinahe tadelnd, »Mord!«

* * *

Stefan Junck hatte sich für die Straßenbahn entschieden. Er musste nach Frankfurt-Rödelheim und wollte die Fahrzeit zum Nachdenken nutzen.

Sein Handy brummte und er wusste, auch ohne es aus der Tasche zu ziehen, dass Christina versuchte, ihn zu erreichen. Dummerweise hatte er ihr von seinen Plänen erzählt, sich heute mit seiner »Informantin« Gerda Schneider zu treffen. Natürlich brannte die junge Frau darauf, Antworten auf ihre Fragen zu bekommen. Inbrünstig wünschte sich Junck, der Mann auf dem Foto wäre wirklich nur ein schlechter Vater ohne Verantwortungsgefühl – aber so wie es aussah, hatte der sich weit mehr zuschulden kommen lassen. Deshalb hatte sich der ehemalige Beamte entschieden, erst noch ein paar Erkundigungen einzuholen, bevor er Christina die erschütternde Wahrheit mitteilen würde.

Junck erreichte sein Ziel und drückte die Klingel. Gerda Schneider hatte ihm den Namen des damaligen Ermittlers gegeben. Sie wäre auch bereit gewesen, ihm sämtliche Unterlagen zu kopieren, das wusste er, aber das hatte er strikt abgelehnt. »Sie haben bereits gegen die Vorschriften verstoßen, ich will nicht, dass Sie Ärger bekommen.«

»Was können die schon tun, außer mich in Rente zu

schicken? Aber da lassen sich die *Herrschaften* schön Zeit. Sind alle froh, wenn ich den Papierkram übernehme.«

»Kommt dennoch nicht infrage«, war er stur geblieben.

So richtig wusste er nicht, was er sagen sollte, als ihm eine Frau um die siebzig die Wohnungstür öffnete.

»Ist etwas passiert?«, fragte sie sofort.

»Nein«, wehrte Junck vehement ab. »Wie kommen Sie darauf?«

»Na, Sie sind doch Polizist, ich erkenne so etwas«, erwiderte sein Gegenüber überzeugt.

»Tatsächlich war ich das einmal«, antwortete Junck freundlich. »Ich wollte zu Ihrem Mann«, fügte er noch an.

Zu seiner Überraschung schüttelte sie den Kopf und sagte emotionslos: »Da sind Sie drei Jahre zu spät, mein Mann ist verstorben.«

»Das wusste ich nicht«, entschuldigte sich Junck und stotterte: »Mein herzliches Beileid.«

Sie zuckte mit den Schultern und entgegnete schicksalsergeben: »So geht es uns schließlich allen irgendwann einmal.«

Eine Antwort, die Junck furchtbar deprimierend fand.

Die Witwe des Kollegen hakte das Thema Tod jedoch schnell ab und fragte: »Was wollten Sie denn von Gustav?«

Junck sah keinen Grund, seine Motive zu verheimlichen, und erklärte: »Ich hatte Fragen zu einem alten Fall.«

Sie gab die Tür frei. »Hätte ihn sicher gefreut. Gustav bekam nie Besuch von seinen ehemaligen Kollegen, vermutlich weil er denen auf die Nerven ging, wie mir übrigens auch«, sagte sie geradeheraus. »Mein Gustav war *besessen* von diesem Schaufenstermord. Deshalb sind Sie doch hier, oder?« Sie wartete nicht auf die Antwort, sondern redete einfach weiter: »All die Jahre ließ ihn die Sache nicht los. Als er endlich in Pension war, dachte ich, wir genießen die Zeit, die uns noch bleibt. Aber mein Mann konnte keine Ruhe geben, ein schrecklicher Mensch.«

»Ich bin tatsächlich deshalb hier«, gestand Junck. »Aber ich bin nicht offiziell …«

Sie hob die Hand, bat ihn damit, zu schweigen. »Ist mir völlig egal, packen Sie den ganzen Kram einfach ein und machen Sie damit, was Sie wollen. Ich konnte das Zeug ja unmöglich zum Altpapier geben. Was, wenn das jemand gesehen hätte? All die brutalen Bilder. Und diese Unmengen Papier in der Wohnung zu verbrennen habe ich mich nicht getraut, am Ende hätte ich noch das Haus abgefackelt.« Sie plapperte munter weiter, bis sie ein kleines Zimmer am Ende des Ganges erreichten.

Gustavs Frau öffnete die Tür. Der Raum war leer, bis auf den Pappkarton, der einsam in der Mitte stand.

»Ist alles da drin, bedienen Sie sich.«

»Sind das *offizielle* Akten?«, fragte Junck verwundert.

»Offiziell, inoffiziell, keine Ahnung. Ich weiß nur, dass ich diesen Mist schon lange loswerden will. Möchten Sie die Unterlagen jetzt oder nicht?«, fragte sie ungeduldig.

»Wenn Sie nichts dagegen haben?«

Sie schloss genervt die runzligen Augenlider und öffnete sie langsam wieder zum Zeichen, dass das nicht der Fall war.

Bei der Verabschiedung sagte sie noch: »Ein guter Rat, junger Mann: Arbeit ist nicht alles!«

Kurz darauf befand sich Junck wieder auf der Straße, den schweren Karton unter den Arm geklemmt. Jetzt bereute er, Christina nicht mitgenommen zu haben, denn wieder einmal wurde ihm schmerzhaft bewusst, wie eingeschränkt er durch seine Verletzung immer noch war. In der

Straßenbahn half ihm ein junger Bursche, seine Last auf dem Sitz zu verstauen. Junck bedankte sich höflich, bemerkte aber auch, wie schwer es ihm fiel, Hilfe anzunehmen.

***

WOHNUNG VON STEFAN JUNCK AM NÄCHSTEN MORGEN

Gerne hätte Junck das massive Klingeln an der Haustür ignoriert. Da er allerdings davon ausgehen musste, dass es Christina war, die den Finger nicht mehr von der Taste nahm, und ihr durchaus zuzutrauen wäre, lautstark nach ihm zu rufen, gab er sich einen Ruck und öffnete.

Er hörte, wie sie die Treppen nach oben spurtete, der Aufzug schien ihr offensichtlich zu langsam.

»Was ist los?«, fragte sie statt einer Begrüßung. »Warum gehen Sie nicht an Ihr Handy? Ich versuche es schon seit gestern.«

Sie sah sein Gesicht und stockte. »Sie haben etwas herausgefunden, stimmt's?«

Junck verfluchte sich dafür, dass er seine Hilfe angeboten hatte, und gab sich das stumme Versprechen, sich nie wieder in die Probleme anderer Leute einzumischen.

»Reden Sie schon«, forderte ihn Christina ungeduldig auf.

»Kommen Sie rein«, erwiderte er freundlich.

»Oje«, seufzte die Neunundzwanzigjährige. »Wenn Sie so kleinlaut sind, bedeutet das nichts Gutes. Was haben Sie erfahren? Ist dieser Kai einer, der jedes Jahr eine andere Frau schwängert und dann sitzen lässt? Damit kann ich leben«, fügte sie leichthin an. »Oder zelebriert er seit Jahren eine Familienidylle mit Haus, Garten und drei Kindern?«

Sie beobachtete sein Gesicht. Da Junck nicht reagierte, bohrte sie weiter: »Schlimmer?« Sie überlegte kurz und meinte dann mit übertriebener Lässigkeit: »Er ist also tot. Was soll's, ich habe ihn doch sowieso nicht gekannt.«

»Ich weiß nicht, ob er tot ist«, begann Junck umständlich und sah die junge Frau besorgt an. »Offiziell gilt er als verschwunden.«

»Sie drücken sich aber sehr mysteriös aus«, versuchte sie die Anspannung, die langsam in ihr aufkam, herunterzuspielen. »Nun lassen Sie die Katze endlich aus dem Sack.«

»Der Mann auf dem Foto heißt Kai Neintal und wird seit dreißig Jahren wegen Mordes gesucht. Die Polizei vermutet, dass er 1990 untergetaucht ist, um der Verhaftung zu entgehen.«

* * *

ZUR GLEICHEN ZEIT, IN EINER BAROCKKIRCHE NAHE ERFURT

»Und willst du die hier anwesende ...«

Raimund Prauch gähnte. Das war gefühlt die zehntausendste Hochzeitszeremonie, der er beiwohnte, und noch bei keiner hatte er Freude empfunden. Alles lief immer gleich ab, stets begann es mit dem Einzug des Brautpaares begleitet von einem traditionellen Hochzeitsmarsch. Heute hatte er sich für den von Felix Mendelssohn Bartholdy entschieden, manchmal wählte er auch Wagners Version aus der Oper »Lohengrin«. Für die unten spielte das keine Rolle, die nahmen, was sie kriegen konnten.

Unmusikalische Cretins, dachte Raimund voller Abscheu.

Er hörte das »Bis dass der Tod euch scheidet« und konnte sich ein abfälliges Grinsen nicht verkneifen.

Natürlich, jetzt riefen sie: »Ja, ich will!«, jubelten, als hätten sie eine schwere Prüfung bestanden, aber die stand ihnen erst noch bevor. Die meisten hielten doch gar nicht bis zum Schluss durch. Leere Worte, unüberlegt dahergesagt. Womöglich, gestand er ein, trug sich der ein oder andere tatsächlich mit der Absicht, sein Versprechen zu halten, aber irgendwann kamen sie dann doch alle vom Weg ab.

Er hingegen wusste, worum es ging. Seiner Lily hielt er bis heute die Treue. Jeden Tag stand er ihr zur Seite, auch jetzt, gerade jetzt, da es ihr nicht mehr möglich war, das Haus zu verlassen. Er brachte ihr oft Parfüm und frische Blumen mit, wenn er unterwegs war, und nach jeder Hochzeit kaufte er ihr eine der Duftkerzen, die sie so gern hatte.

Er hörte das Signalwort, die Trauung war vorbei und man erwartete, dass er erneut aufspielte. Also wanderten seine Finger über die Tasten der Orgel, während seine Füße mit dem Pedal arbeiteten.

Raimund Prauch mochte nicht viel von den Paaren halten, die ihn engagierten. Umgekehrt konnte er sich deren Wertschätzung jedoch sicher sein. Mittlerweile entsprach der fünfundfünfzigjährige Organist fast schon einem Statussymbol, ähnlich einer Pferdekutsche oder einer Stretchlimousine. Konnte man ihn bei der eigenen Trauung als Organist verpflichten, dann war das schon etwas Besonderes.

Eigentlich bevorzugte es Raimund, Orgelkonzerte zu geben, das war es, worum es ihm ging. Nicht Beiwerk einer unsinnigen Zeremonie zu sein, sondern das wundervollste Instrument der Welt in seiner Gänze zum Leben zu erwecken. Trotzdem spielte er auch jetzt mit voller

Konzentration, würde, wenn der Mummenschanz erledigt war, noch eine Weile bleiben und sich der Musik widmen.

Aber zuvor musste er sich nach unten begeben und so tun, als wäre es ihm ernst mit seinen Glückwünschen. Wenn er dann den Umschlag mit dem Geld entgegennahm, kam er sich immer wie ein Verräter seiner Kunst vor, erinnerte sich jedoch stets daran, dass er das auch für Lily tat.

Freudlos stieg er die Stufen hinunter. Die Hochzeitsgesellschaft hatte sich bereits vor der Kirche versammelt und alle lachten und scherzten. Das Brautpaar schien Glück zu haben, denn die Sonne strahlte und ließ den Sommer schon einmal erahnen.

Raimund Prauch betrachtete verstohlen die Braut. Sie war schön, so wie es seine Lily an ihrem Hochzeitstag auch gewesen war. Aber diese junge Frau hatte nicht Lilys Reinheit. Im Gegenteil. Prauch sah sie herumhüpfen, sich präsentieren wie eine Hure. Neben seinem absoluten Gehör, was ihn zu einem ausgezeichneten Organisten machte, hatte er auch eine hervorragende Beobachtungsgabe. Deshalb entging ihm nicht, wie die Frischvermählte selbst an ihrem Hochzeitstag nicht müde wurde, mit anderen Männern zu flirten. Der Bräutigam schien das hingegen nicht zu bemerken. Der trat jetzt verlegen auf Prauch zu, immer noch berührt von der Zeremonie und augenscheinlich glücklich. Umständlich wurstelte er einen zerknitterten Umschlag aus seiner hinteren Hosentasche.

»Für Sie«, nuschelte er unbeholfen, »und nochmals danke fürs Klavierspielen. Ich habe extra ein Trinkgeld draufgelegt.«

Was blieb Raimund anderes übrig, als freundlich zu nicken? Er hätte dem Idioten gerne den Unterschied zwischen einem Klavier und einer Orgel erklärt und erwidert: »Scheiß auf dein Trinkgeld«, aber das konnte er sich nicht leisten.

Daher zog er sich wortlos zurück. Als er dann wenig später wieder vor der Orgel saß, dachte er erneut daran, wie sehr er Hochzeiten hasste und wie sehr ihm die wie Zirkuspferde aufgezäumten Bräute zuwider waren. Automatisch begann er ein Requiem zu spielen. Sein Lieblingsstück bei Trauerfeiern. Leider waren nur wenige Angehörige bereit, sein Honorar zu bezahlen, um einen Toten mit Prauchs Talent zu erfreuen. Die junge Braut von heute würde ihren Ehemann eines Tages sicher zu den Klängen einer raubkopierten MP3-Aufnahme im Boden verscharren lassen.

»Bis dass der Tod euch scheidet«, flüsterte Raimund wütend, »was für eine verlogene Show.«

* * *

IN JUNCKS WOHNUNG

Christina hatte bereits den zweiten Grappa intus und saß mit angezogenen Beinen auf dem Sessel. In Juncks Wohnzimmer sah es mittlerweile aus wie in einem Büro einer Ermittlungsbehörde. Bilder und Schriftstücke hingen an den Wänden, und der Couchtisch war übersät mit Unterlagen. Auf dem Boden hatten sich kleine Papierstapel gebildet, während »Gustavs Karton« leer in der Ecke stand.

»Und die Witwe hat Ihnen das einfach alles mitgegeben?«, fragte Christina, um das Schweigen zu brechen.

Junck nickte. »Ihr Mann muss sich die Akte kopiert und darüber hinaus ziemlich viele Notizen angefertigt haben.« Er deutete auf einen Stapel handbeschriebener Blätter.

Christina schluckte, sah ihn an und meinte: »Hatten Sie mit so etwas gerechnet, als Sie sagten, ich solle nicht tiefer graben?«

»Wenn ich das gewusst hätte, wäre ich nicht einmal bereit gewesen, mir Ihre Geschichte anzuhören. Gott bewahre! Ich dachte mir zwar schon, dass Kai Neintal …« Er verbesserte sich: »Ihr mutmaßlicher Vater kein Chorknabe war, aber das …«

Er setzte sich ihr gegenüber und schenkte noch einmal die kleinen Schnapsgläser, die die Form von Mini-Bierkrügen hatten, voll. Sie waren ein Geschenk von den Kollegen zum Ruhestand gewesen.

»Ich bin Ihnen dankbar, dass Sie nicht versuchen, das Ganze schönzureden«, warf Christina ein und leerte das herbe Getränk auf ex. »Jetzt kenne ich wenigstens die Wahrheit, das ist in Ordnung.«

»Hm«, brummte Junck und griff sich eine Fotografie. Es handelte sich um ein Bild von Kai Neintal, aufgenommen bei einer früheren Verhaftung wegen Betrugs. Der Mann hatte versucht, mit einem falschen Geldschein zu bezahlen, einen, den er laut Protokoll selbst und sehr dilettantisch hergestellt hatte. Auch von dem Beweisstück gab es eine Fotografie, und Junck dachte, dass Kai Neintal nicht gerade ein kriminelles Superhirn gewesen war.

»Was?«, riss ihn Christina aus seinen Überlegungen. »Ihnen geht doch etwas im Kopf herum.«

»Ich frage mich nur, was Kai Neintal für ein Typ war – oder ist.«

»Ein Mörder«, warf die junge Frau ein und bediente sich dieses Mal selbst an der Schnapsflasche.

Junck ging nicht darauf ein, sondern fasste laut zusammen, was er bisher den Akten entnommen hatte. Er tat das ohne ersichtlichen Grund, einfach nur, weil er früher immer so vorgegangen war. Manche Kollegen hatten sich erst daran gewöhnen müssen, aber jeder gab zu, dass niemand so gut eine Tat nachvollziehen oder sich in den Täter hineinversetzen konnte wie Junck. Auch deshalb hatte er fantastische Aufklärungsquoten gehabt.

»Kai Neintal, ein Junge aus schwierigen Verhältnissen. Der Vater war im Milieu bekannt, kam bei einer Schlägerei zu Tode. Die Mutter war mit dem Kind die meiste Zeit überfordert. Die Prognosen standen dennoch gut, Kai machte seinen Schulabschluss, begann sogar eine Lehre als Bürokaufmann und dann …« Junck machte mit dem Mund ein Geräusch, das dem Platzen eines Luftballons nicht unähnlich war. »Wie sich herausstellt, hat er ein Spielproblem und leidet deshalb ständig unter Geldnot. Ihre Mutter kann auf eine ähnlich schwierige Kindheit blicken. Irgendwann verlieben sich die beiden. Allerdings hat Kai noch ein Verfahren am Hals, dieses Mal hat er richtig Mist gebaut. Diebstahl bei seinem aktuellen Arbeitgeber, wieder wegen Spielschulden. Er wandert für acht Monate in den Knast, beginnt dort allerdings eine Therapie wegen seiner Spielsucht. Ihre Mutter steht ihm bei, besucht ihn und die beiden planen, wenn er rauskommt, zu heiraten und ein neues Leben zu beginnen. Er schwört ihr, die Karten nicht mehr anzurühren und ein verantwortungsvoller Mensch zu werden.«

»Das steht da drin?«, warf Christina skeptisch ein.

Junck grinste. »Natürlich nicht so direkt, aber zwischen den Zeilen.«

»Na dann«, forderte sie ihn auf, weiterzusprechen, und Junck schnappte sich einen Stapel Papiere.

»Kai Neintal kommt aus dem Gefängnis und anfangs läuft alles gut. Sylvia Löblich, Ihre Mutter, organisiert die Hochzeit. Das Restaurant, die Kirche, selbst der Organist und der Pfarrer, alle sind schon engagiert und natürlich braucht die Braut noch ein Brautkleid.«

Er warf der jungen Frau im Sessel einen forschenden Blick zu.

Starrsinnig hielt die ihm stand. »Ich ertrage das«, schien sie damit sagen zu wollen.

»Na schön«, seufzte Junck. »Also, der Friede hält nicht. Kai Neintal hat sich nicht im Griff, die Therapie bricht er vorzeitig ab und beginnt wieder zu spielen. Als ihm Ihre Mutter auf die Schliche kommt, gibt es einen riesigen Krach.«

Junck stand auf und schnappte sich einen Filzstift. Mit dem zog er auf einem weißen Blatt, das er ebenfalls an die Wand gepinnt hatte, eine lange Linie.

»Schief und krumm«, kommentierte er das Ergebnis, »aber als Zeitstrahl wird es genügen.« Er fügte Markierungen ein, kritzelte darüber die Worte »Streit« und »Mord«.

»Ihre Mutter findet das heraus und macht Schluss. Sie sagt ihm, dass die Hochzeit ins Wasser fällt, sie dem Organisten absagen, das Hochzeitsessen canceln und das ausgewählte Brautkleid am nächsten Tag abbestellen wird.

Laut den polizeilichen Ermittlungen hat sich Kai Neintal daraufhin in sein Stammlokal begeben und den Rest seines Geldes verspielt. Dabei hat er reichlich getrunken. Zeugen bestätigen das. Nicht nur sein Alkoholspiegel war hoch, sondern auch sein Aggressionslevel. Er hat sich mit einem der Kneipengäste angelegt und sich dabei eine Verletzung der Nase zugezogen. Die Wirtin hat ihn und seinen Schlägerkumpan daraufhin rausgeworfen. Am frühen Abend hat es dann noch eine unschöne Szene vor der Wohnung Ihrer Mutter gegeben.« Junck reichte Christina ein Papier mit der Adresse. »Damals wohnte sie im Bahnhofsviertel«, fügte er erklärend an. »Eine Nachbarin hat bezeugt, dass das Paar durch die Tür gestritten hat. Ihre Mutter wollte ihm nicht öffnen und er hat gebrüllt:

›Das lasse ich nicht zu, ich werde alles wiedergutmachen, ich gehe zur Therapie und ich werde dir dein Brautkleid kaufen.‹ Ihre Mutter hat diesen Streit übrigens bei der späteren Vernehmung bestätigt.«

»Und dann geht er hin und schlachtet die Verkäuferin eines Brautmodengeschäfts ab? Das ist doch krank«, kommentierte Christina.

»Der Mann war betrunken und wütend, da reicht manchmal ein kleiner Tropfen, der das Fass zum Überlaufen bringt. Er geht also in das Brautmodengeschäft, bittet die Verkäuferin, das entsprechende Brautkleid zu probieren, die beiden reden miteinander, er wird vielleicht zudringlich, sie droht mit der Polizei, er will das verhindern und schlägt zu«, entgegnete Junck nachdenklich.

Die Art, wie er sprach, ließ sein Gegenüber fragen: »Stimmt etwas nicht?«

»Wieso hat sich das Opfer darauf eingelassen?«

Christina hatte sich mittlerweile selbst einen Stapel Papiere vorgenommen und hielt ihm jetzt triumphierend einen Bogen entgegen. »Hier steht, es war üblich, dass die Verkäuferinnen auch Kleider vorgeführt haben. Das ist die Aussage der Inhaberin.« Christina begann laut zu lesen: »›Wir führen die Kleider manchmal den Müttern der Bräute oder engen Freundinnen vor, die dann für die Braut eine Vorauswahl treffen. Gelegentlich wird dieser Dienst auch von einem modebewussten Bruder, Vater oder sonst einem männlichen Bekannten der Braut übernommen. Allerdings ist das seltener der Fall. Außerdem kann das ausgewählte Stück so auch einem terminlich eingeschränkten Familienangehörigen gezeigt werden, der die Anprobe verpasst hat.‹«

Junck runzelte die Stirn, erneut klärte ihn Christina auf. »Gucken Sie nicht so. Das ist völlig normal. Mit meiner Freundin war ich in sieben Brautmodengeschäften und wir haben Unmengen von Handyfotos gemacht und an alle möglichen Leute verschickt, damit jeder seinen Senf dazugeben konnte. Ende der Achtziger gab es die Handy-Möglichkeit noch nicht, da mussten die es eben so machen. Hochzeiten sind eine verrückte Sache, das war früher sicher nicht anders als heute.«

»Meinetwegen, dann war es nicht ungewöhnlich für die Verkäuferin, Kleider vorzuführen. Aber hätte diese Präsentation nicht mit der Braut abgesprochen sein müssen?«

»Laut dem, was hier steht, ja«, erwiderte Christina. »Vielleicht war diese Nora Roth ein leichtgläubiger Mensch. Mein *Vater* scheint sich mit Lügen und Betrügen auszukennen, wer weiß, welche Story er der Frau aufgetischt hat? Außerdem haben die sich gekannt. Meine Mutter und mein Vater waren mit der Verkäuferin mehr oder weniger befreundet, gleiche Schule. Sie wird ihm einen Gefallen getan haben, warum auch immer.« Christina warf die Unterlagen auf den Tisch. »Ist auch egal, an dem, was er getan hat, ändert das nichts. In Ihren Kreisen würde man wohl sagen, dass die Beweise eindeutig sind. Nicht nur, dass die arme Frau das Kleid getragen hat, das meine Mutter für ihre Hochzeit ausgewählt hatte, man hat Kai Neintal auch noch *gesehen*.«

»Ja, er wurde beim Verlassen des Geschäfts beobachtet, und zwar zur möglichen Tatzeit. Aufgrund der Zeugenbeschreibung konnte er schnell identifiziert werden. Darüber hinaus fand man seine Fingerabdrücke auf einer Sektflasche im Laden. Letzten Endes war seine Flucht ein weiteres Indiz für seine Schuld. Die Kollegen fanden ihn weder in seiner Wohnung noch bei seiner Freundin.«

»Meiner Mutter«, ergänzte Christina trocken.

Die junge Frau spielte mit einer ihrer verfilzten Haarsträhnen und wirkte unsicher. »Am liebsten würde ich so tun, als hätte ich diese Infos niemals bekommen.«

»Daran hindert Sie keiner«, entgegnete Junck fürsorglich. »Ich jage die Unterlagen durch den Reißwolf und wir vergessen das Ganze.«

»Hand aufs Herz«, erwiderte sie mit einem schiefen Lächeln, »könnten Sie das an meiner Stelle?«

Er hätte lügen sollen, ihr gut zureden, die Vergangenheit ruhen zu lassen. Jedenfalls würde sich Stefan Junck in den nächsten Wochen öfter dafür verfluchen, es nicht getan zu haben und stattdessen ehrlich gewesen zu sein. »Ich könnte es nicht, aber das liegt an meinem früheren Beruf. Als ehemaliger Polizist bin ich nun einmal neugierig.«

Sie ließ seine Antwort sacken und meinte dann, ohne weiter darauf einzugehen: »Was ist das?«, während sie auf einen abgewetzten Ordner deutete, den Junck absichtlich zur Seite gelegt hatte.

Er zögerte, entschloss sich dann jedoch, auf Geheimnisse zu verzichten. Mit einer ausladenden Handbewegung umschloss er die Papiere, die an der Wohnzimmerwand hingen und auf dem Tisch und Boden lagen. »Das sind mehr oder weniger alles Fakten zu dem Fall. Protokolle von Aussagen, Berichte der Experten aus Gerichtsmedizin und Kriminaltechnik.« Sein Finger wanderte zu dem Ordner. »Hier drin befindet sich hingegen das, was ich wohlwollend *Spekulationen* nennen würde.«

»Die will ich sehen«, forderte Christina.

»Die werden Ihnen ganz sicher nicht gefallen«, warnte sie Junck vor, reichte ihr dann jedoch die Unterlagen.

Ihre Mimik und die ausgestreckte Hand drückten klar aus, dass sie ein Nein nicht gelten lassen würde.

***

Am Abend erreichte Raimund Prauch sein Haus in Frankfurt-Zeilsheim. Lily wartete bereits auf ihn und natürlich hatte er einen frischen Blumenstrauß und eine Duftkerze als Mitbringsel nicht vergessen. »Lavendel«, sagte er, als er die wächserne Kugel aufstellte und anzündete. Der intensive Geruch breitete sich sofort aus und voller Zuneigung blickte er seine Frau an, die ihn mit ihren Augen aufzufordern schien, von der Hochzeit zu erzählen.

Während im Hintergrund der Fernseher lief, schenkte er sich einen kleinen Likör ein, brachte ihr, so wie es das Ritual des Ehepaares vorsah, einen Sherry und bequemte sich dann zu erzählen. Wenig nette Worte fand er für den Bräutigam, die Braut jedoch zerriss er buchstäblich in der Luft. Nur die Orgel, die beschrieb er mit Hingabe und Liebe, als wäre er den ganzen Tag über mit einem liebenswürdigen Menschen ins Gespräch vertieft gewesen.

»Ich langweile dich«, unterbrach er sich selbst irgendwann.

Aber Lily war geduldig mit ihm, genau so wie bei ihrem ersten Rendezvous.

Er war nervös gewesen, hatte unaufhörlich über das Orgelspiel geplappert und sie hatte ihm einfach nur zugehört, wie jetzt auch.

Raimund schenkte sich nach und lächelte. Eine ganze Weile saßen sie stumm beieinander und verfolgten die Nachrichten im Fernsehen. Es gab eine Sondersendung über eine verschwundene Frau in der Nähe von Erfurt. Ihr Auto war auf einem Waldparkplatz gefunden worden, aber von ihr fehlte jede Spur. Die ersten Minuten erging sich die Sprecherin in Mitleid mit Rachel. Dann jedoch folgte ein Schwenk und jemand, der als Außendienstmitarbeiter des Senders betitelt wurde, plauderte aus dem Nähkästchen:

Wie wir von Nachbarn erfahren haben, ist die Frau

kein unbeschriebenes Blatt ... in der Vergangenheit gab es gewalttätige Ausbrüche ... vermutlich bestand Kontakt zum Milieu ... und so weiter.

Die letzten Minuten wurden dann dem bedauernswerten Verlobten gewidmet, dem Rachel mit ihrem Verschwinden das Leben sehr schwer machte. Am Ende der Sendung war Rachel kein mögliches Opfer eines Gewaltverbrechens mehr, sondern bestenfalls ein Opfer ihrer eigenen Unzulänglichkeiten und der selbst verschuldeten Verbindungen zu kriminellen Figuren.

Obwohl ein hübsches Bild von der jungen Frau gezeigt wurde, mochten die Zuschauer sie nicht, das galt auch für Raimund Prauch, der um Lilys Zustimmung wusste, als er nun sagte: »Der arme Kerl kann dankbar sein, dass er sein Jawort noch nicht gegeben hat.«

KAPITEL 3

Am Abend

Christina hatte den ganzen Tag bei Stefan Junck verbracht. Er war sehr nett zu ihr gewesen, hatte sie durchgefüttert, sogar Pizza bestellt und darauf bestanden, ihr ein Taxi zu bezahlen.

»Sie haben Alkohol getrunken, ich lasse Sie ganz bestimmt nicht mehr in ein Auto steigen.«

Christina war sich zwar sicher, dass die Handvoll Schnäpse und auch der Rotwein zum Essen längst abgebaut waren – Wut und Verzweiflung verhinderten bei ihr zumindest einen Rausch –, hatte dann aber seiner Bitte nachgegeben.

Umständlich suchte sie in ihrer selbst genähten bunten Umhängetasche nach dem Schlüssel. Zum Glück waren die beiden Schaufenster ihres Geschäfts beleuchtet. Natürlich hätte sie das Ladenlokal nicht unbedingt gebraucht, niemand ging durch die Straßen auf der Suche nach einem Pflegedienst, die meisten bedienten sich dazu einer Suchmaschine im Internet. Zudem lag das Gebäude in einem Hinterhof, wer sollte hier schon vorbeikommen und ein

Schaufenster betrachten; aber die günstige Wohnung über dem Geschäft hatte es nur im Doppelpack gegeben. Abgesehen davon konnte sie die zusätzlichen Räume gut gebrauchen. Dort verstaute sie die Reinigungsutensilien und anderes Equipment und widmete sich der Buchhaltung und den Bewerbungsgesprächen. Eigentlich konnte sie stolz auf sich sein. Sie hatte innerhalb kürzester Zeit ihre kleine Firma aus dem Boden gestampft, *Haushaltshilfe und Pflege* stand auf dem Schild an der Tür. Nach ihrer Krankenschwesterausbildung und einigen Zusatzqualifikationen hatte sie den Schritt in die Selbstständigkeit wagen können und war erfolgreich gewesen. Man sah dem kleinen Ladenlokal nicht an, dass sie bereits drei Festangestellte und einige Aushilfen beschäftigte. Sie mochte die Arbeit mit den Menschen, die ihr alle am Herzen lagen, so wie Stefan Junck. Sie hatte gesehen, wie er gezwungen gewesen war zu kämpfen, sich gegen den eigenen Körper hatte stemmen müssen. Dass er ihr jetzt half, war ein echter Glücksfall, womöglich aber auch Schicksal.

Endlich hatte Christina den richtigen Schlüssel, vielleicht machte sich der Alkohol doch mehr bemerkbar, als sie zugeben wollte. In einer dunklen Ecke des Hofes hörte sie ein Geräusch. Schnell drehte sie sich um, konnte aber niemanden entdecken. Mit einem Mal fühlte sie sich beobachtet, sie bekam eine Gänsehaut, und ihre Finger begannen zu zittern. Der Schlüssel rutschte ihr mehrmals am Schloss ab. Als sie es schließlich schaffte, ihre Räumlichkeiten zu betreten, spürte sie, wie ihr der Schweiß über den Rücken rann. Sie verriegelte die Tür, legte die Sicherheitskette vor, dann schaltete sie die Beleuchtung aus und tappte vorsichtig zum Fenster. Für eine Sekunde glaubte sie, einen Schatten wahrzunehmen, und zuckte zusammen. Mehr konnte sie jedoch nicht erkennen. Sie atmete durch, vermutlich war das alles Einbildung gewesen. Sie dachte an die Bilder vom Tatort, die tote Verkäuferin mit dem Glas voller Blut. Kein Wunder, dass ihr die Nerven einen Streich spielten.

Christina hätte gerne behauptet, hin- und hergerissen zu sein. Aber das entsprach nicht der Wahrheit, sie wusste längst, was sie wollte, auch wenn sie sich bei ihrem Gespräch mit Stefan Junck unentschlossen gezeigt hatte.

Während sie sich ein Bad einließ und langsam die Kleider abstreifte, dachte sie an jenen abgewetzten Ordner und Juncks Worte.

»Der Kollege hat über die Jahre mehrere Ansätze verfolgt«, hatte er sachlich erklärt. »Zum einen war er natürlich auf der Suche nach Kai Neintal. Kurzzeitige Aufrufe an die Bevölkerung brachten Hinweise, die alle ins Leere liefen. Gustav hat es dabei, offensichtlich sehr zum Leidwesen seiner Vorgesetzten, übertrieben. Jede Sichtung des möglichen Verdächtigen hat er mit einem unverhältnismäßigen Aufgebot an Uniformierten und dem Spezialeinsatzkommando beantwortet. Außerdem nahm er an, Kai Neintal würde wieder zuschlagen. Morde in Geschäftsräumen, auch außerhalb von Frankfurt, hat er akribisch auf Hinweise untersucht und ist damit den zuständigen Kollegen vor Ort auf die Füße getreten.« Junck zog eine Grimasse. »Es kam, wie es kommen musste, man hat den Mann abgezogen.«

»Ist das nicht ungerecht gewesen?«, fragte Christina überrascht.

»Der Fall war abgeschlossen, man kannte den Täter. Natürlich suchte man weiter nach Kai Neintal, die Fahndung war draußen, außerdem wurden Kollegen im Ausland informiert, das ganze Programm eben. Aber das System kann es sich nicht leisten, aus jedem Verbrechen eine jahrelange ressourcenverschlingende Jagd zu machen. Wissen Sie, wie viele Mordfälle es zu klären gibt?«

Christina wusste das nicht, verstand aber, was Junck meinte.

»Ihr Gustav hat sich also verrannt«, erwiderte sie deshalb.

»Ja, das tun wir alle einmal, aber ihn hat der Fall wirklich umgetrieben. Eine Zeit lang scheint er sogar Ihre Mutter beobachtet zu haben. Das geht zumindest aus seinen Notizen hervor. Vermutlich nahm er an, Ihr Vater würde sich bei ihr melden.«

»Hat er aber nicht, oder?«

»Gustav schreibt: Die Frau scheint alle Verbindungen zu ihrem alten Leben abgebrochen zu haben.«

»Meine Mutter war immer sehr geradlinig. Wenn sie erst einmal eine Entscheidung getroffen hatte, dann änderte sie ihre Meinung nicht mehr.«

»Im Gegensatz zu meinem Kollegen. Der war sich wohl bis zu seinem Tod nicht sicher, was wirklich mit Nora Roth passiert ist. Einerseits vermutete er, Kai Neintal hätte unter Alkoholeinfluss die Beherrschung verloren, später, das muss schon nach Gustavs Pensionierung gewesen sein, spielte er mit dem Gedanken, dass Ihr Vater womöglich selbst Opfer einer Straftat geworden wäre.«

»Wieso das?«, fragte Christina aufgeregt.

»Das spurlose Verschwinden Ihres Vaters könnte das nahelegen. Immerhin war Kai Neintal ein Spieler und Kleinkrimineller.«

Er bemerkte, wie unangenehm ihr die ausgesprochene Wahrheit war, und wollte sich für seine deutlichen Worte entschuldigen, aber sie bat ihn, das nicht zu tun. »Sie brauchen keine Samthandschuhe anzuziehen. Erklären Sie es mir einfach.«

»Normalerweise würde man annehmen, dass Kai

Neintal nach einer kurzen Zeit in alte Muster zurückfällt. Trinken, Spielen, Schulden machen. Unweigerlich würde er dann wieder auf der Bildfläche auftauchen. Er würde sich an Plätzen herumtreiben, die ihm vertraut sind. Ich habe einige Verbrecher einfach deshalb dingfest machen können, weil sie nicht die Kraft hatten, sich von ihrem alten Leben fernzuhalten. Der Mensch ist ein Gewohnheitstier. Diesen Ansatz hat auch Gustav zwischendurch verfolgt, ist offenbar sogar durch die einschlägigen Etablissements gezogen auf der Suche nach Neintal. Eine seiner Theorien lautet, dass Neintal vielleicht das Brautmodengeschäft nach der Tat betreten hat, die Tote fand, wusste, wer den Mord begangen hatte, und von demjenigen dann zum Schweigen gebracht wurde.«

»Dann wäre mein Vater unschuldig«, murmelte Christina, und sosehr sie es auch versuchte, konnte sie die Erleichterung nicht aus ihrer Stimme verbannen.

»Ein Szenario, das nicht ganz logisch ist und für das es keinerlei Beweise gibt. Warum zum Beispiel sollte Kai Neintal einen Mörder decken?

»Vielleicht wollte er das gar nicht, vielleicht wollte er mit ihm sprechen, ihn überreden, sich zu stellen, ein Wort gab das andere und …«, ereiferte sich Christina, und Junck sah sich genötigt zu sagen: »Aber warum hätte es ihm wichtig sein sollen, dass sich der Mörder stellt, warum ihn nicht direkt bei der Polizei anzeigen?«

»Womöglich weil es jemand war, der ihm etwas bedeutet hat, ein enger Freund, jemand, den er mochte?«

Junck sprach seine Zweifel nicht aus, dennoch bemerkte Christina, dass er welche hatte.

»Sie halten das für unwahrscheinlich?« Ihre Worte hatten etwas Anklagendes gehabt.

»Manchmal, wenn man einen Fall nicht sauber

abschließen kann, beginnt man nach Erklärungen zu suchen, die das eigene Scheitern leichter machen.«

Christina sank tiefer in die Badewanne und dachte darüber nach, was Junck ihr gesagt hatte. Am Ende konnte sie sich zwischen zwei Wahrheiten entscheiden. Entweder ihr Vater war selbst zu einem Opfer geworden und tot oder aber er lebte noch und war ein gesuchter Mörder.

Sie begann zu frösteln, das Wasser war abgekühlt und Christinas Gedanken waren so klar wie schon lange nicht mehr.

* * *

AM NÄCHSTEN TAG IN DER ANWALTSKANZLEI WASNEK & PARTNER IN FRANKFURT

Lutz Wasnek saß gelangweilt an seinem Schreibtisch. Das Leben schien ihm im Alter von zweiundsechzig nicht mehr viel Abwechslung zu bieten.

Außenstehende hätten das sicher nicht so gesehen. Für die meisten galt Wasnek als Inbegriff des erfolgreichen Anwalts. Immerhin war die Kanzlei unter seiner Regie gewachsen, hatte zudem Partnerbüros in ganz Deutschland und sogar im Ausland. Seine Frau, eine ehemalige Theaterschauspielerin, sah mit ihren siebenundvierzig Jahren immer noch blendend aus und er selbst erfreute sich, dank eines intensiven Fitnessprogramms, bester Gesundheit. Außerdem konnte er darauf hoffen, dass zumindest eines der drei Kinder in die Fußstapfen des Vaters treten würde. Dabei schloss er den ältesten Sohn kategorisch aus und tippte auf die zweitgeborene Tochter.

Die Zeiten haben sich gewaltig geändert, dachte Wasnek und erinnerte sich an seine eigene Jugend.

Ihn hatte man nicht einmal nach seinem Berufswunsch gefragt. Sein Vater war ein Tyrann gewesen, die Mutter gefühlskalt. Die meiste Zeit hatte er im Internat verbracht, etwas, das die Mutter seiner Sprösslinge niemals dulden würde.

»Vielleicht wäre es jedoch gar nicht so verkehrt«, murmelte er gereizt bei dem Gedanken, wie viel Ärger er mit seinem zwanzigjährigen Stammhalter hatte. Ansonsten prägten Routinen seinen Alltag. Die Morgenbesprechungen, die Reisen zu den Partnerkanzleien, die gesellschaftlichen Verpflichtungen – *alles sehr glamourös, aber mit der Zeit so langweilig, wie jeden Tag Kaviar zu essen*, ging es Lutz durch den Kopf.

Als es an der Tür klopfte, sagte er ruhig: »Herein«, und seine Assistentin meldete stirnrunzelnd, dass eine unangemeldete Besucherin eingetroffen sei. »Eine junge Frau.« Das Runzeln breitete sich nun auch um den Mund herum aus. Ein sicheres Zeichen, dass sie die Fremde nicht für würdig hielt, die angesehene Kanzlei zu betreten, dazu noch ohne Termin.

»Was will sie denn?«, fragte Wasnek in Erwartung, dass irgendeine Spendensammlerin an seinem Geldbeutel Interesse hatte.

»Sie sagt, ihr Name sei *Christina Löblich* und es gehe um *Kai Neintal*.« Die Angestellte zuckte mit den Schultern, um zu signalisieren, dass sie damit nichts anfangen konnte.

Ihr Arbeitgeber hingegen erstarrte und rang für einen Augenblick um Fassung. »Löblich?«, stieß er ungewohnt schrill hervor. Dann sammelte er sich jedoch wieder und sagte: »Bitten Sie sie herein und bringen Sie uns Kaffee.«

»Die Besprechung in fünfzehn Minuten?«, erinnerte

ihn die Mitarbeiterin nicht ganz ohne Vorwurf in ihrer Stimme.

»Das ist der Vorteil, wenn man der Chef ist«, erwiderte der Anwalt daraufhin mit einem Schmunzeln, »man kann die anderen auf sich warten lassen.«

Christina hatte es auf gut Glück versucht, erhoffte sich von Lutz Wasnek, dessen Namen sie in *Gustavs Karton* gefunden hatten, einige Antworten. Ärgerlicherweise fühlte sie sich, als würde sie etwas Verbotenes tun. Vielleicht auch, weil sie sich nicht mit Stefan Junck abgesprochen hatte. Jedenfalls hämmerte ihr Herz heftig gegen die Brust und sie hatte Mühe, mit fester Stimme zu sprechen, als sie den Zweiundsechzigjährigen begrüßte.

Sieht immer noch gut aus, schoss es ihr durch den Kopf. Automatisch lautete ihr nächster Gedanke: *Warum hat sich Mama nicht den als Vater für mich ausgesucht?*, wofür sie sich augenblicklich schämte.

»*Löblich*, den Namen habe ich schon *lange* nicht mehr gehört«, begrüßte sie der Mann und streckte ihr die Hand entgegen. Sein Griff war fest und freundlich.

»Sie erinnern sich also?«, fragte Christina hoffnungsvoll.

»Wie könnte ich das vergessen?«, seufzte er und einen kurzen Moment schien sich sein Blick zu verschleiern.

Schnell hatte er sich jedoch wieder unter Kontrolle und bat Christina, Platz zu nehmen. Die Assistentin eilte herbei und stellte mit verkniffenem Gesicht Kaffee ab, zögerte einen Augenblick, aber Wasnek komplimentierte sie mit einem »Danke, das wäre alles« hinaus.

Christina sah sich neugierig um. »Schönes Büro«, sagte sie direkt, »war sicher nicht billig.« Sie hob sich die Hand vor den Mund und nuschelte entschuldigend: »Tut mir leid, wenn ich nervös bin, dann rede ich zu viel.«

Der Mann ihr gegenüber lächelte milde, schien sich an ihrer unverblümten Art nicht zu stören, sondern wirkte wehmütig. »Sie sind Ihrer Mutter unglaublich ähnlich. Aber das hat man Ihnen vermutlich schon oft gesagt.«

»Gelegentlich«, erwiderte Christina irritiert. »Allerdings war meine Mutter mehr der vernünftige Typ, jede Entscheidung traf der Kopf, selten der Bauch.«

»Nun, dann hat sie sich nicht verändert, obwohl das eigentlich ihr Wunsch gewesen war.«

»Wie meinen Sie das?«

Für einen Augenblick sah sie der Anwalt durchdringend an, dann erhob er sich, drückte auf einen Knopf am Telefon und gab Anweisungen an sein Vorzimmer: »Die Besprechung fällt heute aus, ich habe andere Dinge zu erledigen.«

»Es ist sehr nett, dass Sie sich für mich Zeit nehmen«, reagierte Christina daraufhin höflich. »Ich bekomme dafür doch keine Rechnung, oder?«

Dieses Mal lachte der Ältere amüsiert auf. »Nein, im Gegenteil, es ist schön, die Tochter von Sylvia kennenzulernen.«

»Sie wissen, dass meine Mutter tot ist?«

Er nickte, sprach bedauernd sein Beileid aus und fügte noch an: »Ich habe die Todesanzeige gelesen.«

»Meine Mutter hat Sie nie erwähnt …«, reagierte Christina verunsichert.

»Das wundert mich nicht«, antwortete der Anwalt gelassen. Er sah ihren fragenden Blick und erklärte: »Ihre Mutter war damals sehr deutlich gewesen, sie hat mit ihrem alten Leben komplett gebrochen, auf eigenen Wunsch. Das letzte Mal, als ich sie sah, meinte sie: ›Ich will niemanden mehr treffen, der mit dem, was passiert ist, zu tun hatte.‹ Ich fand die Entscheidung sehr hart. Sie wollte zwar nicht von Frankfurt wegziehen, dafür hing sie zu sehr an der Stadt, aber sie entschied sich für ein anderes Stadtviertel, einen neuen Job und neue soziale Kontakte. Mit den alten Freunden und Bekannten brach sie jede Verbindung ab. Und Sie waren der Grund dafür.«

»War nicht eher mein Vater ... ich meine Kai Neintal ... schuld daran?«

»Sie wissen also, dass er Ihr Vater ist«, entgegnete der Justiziar. »Dann können Sie die Entscheidung Ihrer Mutter sicher nachvollziehen. Sie wollte nicht, dass man ihr Kind mit Neintal in Verbindung bringt. Kaum jemand wusste von der Schwangerschaft und so beschloss sie, neu anzufangen, zum Wohle ihrer Tochter.«

»Sie hat mir nie von Neintal erzählt, ich habe es erst nach ihrem Tod herausgefunden. Dabei wäre es leichter gewesen, die Wahrheit zu kennen, anstatt plötzlich zu erfahren, dass der eigene Vater ein kaltblütiger Mörder ist.«

»Harte Worte«, bemerkte der Anwalt mitfühlend.

»Wie sollte ich es sonst beschreiben? Er hat einer hilflosen Frau ein Sektglas in den Hals gerammt und mit einem anderen ihr Blut aufgefangen, um sie anschließend im Schaufenster eines Brautmodengeschäfts auszustellen. Nicht einmal ein Jurist kann das schönreden.«

Der Anwalt nickte verständnisvoll. »Er wurde nie verurteilt und wäre es zu einem Verfahren gekommen, hätte ich ihm vor Gericht beigestanden. Seine Flucht jedoch war dumm gewesen.«

»Haben Sie ihm dabei geholfen?«, fragte Christina geradeheraus, denn unter anderem war sie wegen dieser Auskunft hier.

Lutz Wasnek hob entsetzt die Augenbrauen. »Ich? Mein liebes Kind, wieso hätte ich das tun sollen? Kai Neintal war ein Mandant, ich habe ihn bei der Anklage wegen Diebstahls vertreten, ich hätte doch nicht meine Existenz riskiert, um einen gesuchten Mörder zu decken.«

Er war aufgebracht und Christina zog die Notbremse, indem sie sagte: »Das dachte ich mir schon, aber der Ermittler, der damals den Fall bearbeitet hat, der hatte …«

»Schon gut«, winkte der Jurist ab. »Ich verstehe schon. Der Mann war eine echte Plage.«

»Er ist mittlerweile gestorben, offenbar hatte er einige Theorien, was …« Wieder stockte sie, entschied sich dann jedoch, tapfer zu sein, und sagte: »Was meinen Vater betrifft. Und jetzt …«

»Spielen Sie Detektiv und versuchen Ihren Vater zu finden«, schloss Wasnek ihren Satz.

»Nein«, widersprach sie, »ich wollte nur mehr über ihn und meine Mutter erfahren.« Das entsprach der Wahrheit. »Ganz sicher mache ich mich nicht auf die Suche nach ihm« – das jedoch war eine Lüge.

Der Anwalt schien ihr allerdings zu glauben und gab sich großzügig. »Nun, da Sie bereits wissen, was man Ihrem Vater zur Last gelegt hat, verrate ich Ihnen sicher keine Geheimnisse, und meine persönlichen Eindrücke fallen ebenfalls nicht unter die Schweigepflicht.«

»War mein Vater wirklich so ein Monster?«, stellte Christina die Frage, die ihr am meisten auf den Nägeln brannte.

»Manche Menschen kommen vom Weg ab, die meisten von ihnen nicht mit Absicht.« Wasnek seufzte. »Ihr Vater hatte mit seiner Spielsucht zu kämpfen, das darf man nicht unterschätzen. Und vor dreißig Jahren war das Hilfsangebot für die Betroffenen längst nicht so breit gefächert wie heute.«

»Er hätte doch einfach nur aufhören müssen«, klagte Christina hilflos. »Dann wäre alles anders gekommen.«

»Vermutlich ja, aber ein Abhängiger kann nicht so

einfach aufhören, das ist schließlich das Problem mit der Sucht. Einen großen Teil der Delikte in Deutschland macht die Beschaffungskriminalität aus. Bei teuren Drogen oder eben beim Spielen geht es immer auch um Geld. Und wenn es um Geld geht, werden die Dinge schnell unschön.«

»Haben Sie meinen Vater so erlebt?«, hakte sie nach. »*Unschön?*«

Wasnek schüttelte müde den Kopf. »Wenn ich ehrlich bin, dann habe ich ihn nicht verstanden. Er bekam eine zweite Chance, Ihre Mutter hat ihn unterstützt, wollte ihn trotz seiner Vergangenheit heiraten und er hat es vermasselt.« Er sah ihren fragenden Blick und fügte an: »Ich hätte ihn dennoch nicht als Monster bezeichnet. Da bin ich anderen Straftätern begegnet, die wesentlich … unhöflicher waren. Mit ein Grund, warum ich mich solchen Fällen nicht mehr widme.«

Voller Unmut dachte der Anwalt an seine erste Zeit in der Juristerei. Sein herrischer Vater hatte ihn zum Strafrecht verdonnert. »Wir müssen alle Bereiche abdecken«, hatte dieser mit seiner befehlsgewohnten schneidenden Stimme gesagt und seinen Sohn in die Strafanstalten geschickt, um mit Menschen zu sprechen, die seiner Meinung nach keinen Beistand verdient hatten.

»Herr Wasnek?«, riss ihn Christina aus seinen Gedanken. »Ich will Sie nicht nerven, aber wie erlebten Sie meine Mutter?«

»Humorvoll, stark und immer direkt.« Er verzog traurig das Gesicht. »Sie war es, die unsere Kanzlei damals beauftragt hat, Kai Neintal zu verteidigen. Ich wurde den beiden zugeteilt und …« Er machte eine entschuldigende Geste mit den Armen. »Und obwohl das Strafrecht nicht gerade mein Steckenpferd war, empfand ich das Mandat als äußerst angenehm. Ihr Vater war kooperativ und freundlich. Natürlich habe ich mich gefragt, wie ausgerechnet er an so eine toughe Frau kommt, aber zumindest sah die Verbindung der beiden erfolgversprechend aus, wenn Sie mir eine so nüchterne Betrachtung gestatten.«

»Hat Sie der Mord überrascht?«

Wasnek zögerte, antwortete schließlich mit gerunzelter Stirn: »Objektiv betrachtet: Nein.«

Die deutlichen Worte ließen Christina zusammenzucken.

Er bemerkte das und sah sich genötigt zu erklären. »Ihr Vater hatte in der Vergangenheit schon mehrmals die Grenze des Legalen überschritten. Da kann es leicht passieren, dass man die Hemmungen eines Tages komplett verliert und noch weiter geht.«

»Aber Mord und dann auf diese Weise?«, ging Christina automatisch in die Defensive.

Der Anwalt hob und senkte die Schultern, was bedeuten sollte: *Es gibt nichts, was es nicht gibt.*

»Hätte er sich gestellt, hätte ich ihn zwar nicht rauspauken können, aber die Chancen wären hoch gewesen, ihn mit einem blauen Auge davonkommen zu lassen.«

»Bei Mord?« Die Stimme der jungen Frau überschlug sich, während Wasnek bedächtig den Kopf hin und her bewegte.

»Plädiert auf Totschlag und Schuldunfähigkeit, Suchtprobleme und emotionale Störungen. Die Mutterschaft seiner Zukünftigen.« Er machte eine kurze Pause und meinte schließlich: »Ein paar Jahre und vielleicht Vergünstigungen wegen guter Führung.«

»Wäre das aber nicht dem Opfer gegenüber unfair gewesen?«, entgegnete Christina ganz automatisch, weil das einfach ihrem Rechtsempfinden entsprach.

»Als Anwalt des Angeklagten darf es mir nur um das Wohl meines Mandanten gehen«, antwortete er kalt. Doch im nächsten Moment änderte sich sein Ton und er sagte: »Deshalb nehme ich Fälle dieser Art schon lange nicht mehr an. Vermögens- und Steuerrecht ist so gesehen *humaner*.« Es folgte ein gutmütiges Grinsen. »Sie sollten sich nicht den Kopf über Kai Neintal zerbrechen, Ihre Mutter hätte das nicht gewollt.«

»Ja«, reagierte Christina gepresst, »aber jetzt geht es darum, was ich will.«

* * *

»Sie haben also Gustavs Karton«, bemerkte Gerda Schneider nicht ohne Ironie. Es war ihr zweites Treffen in Gerdas Mittagspause und wieder stand der obligatorische Bembel mit Apfelwein auf dem Tisch.

»Tja, Ihr Gustav war schon eine Nummer«, plauderte sie drauflos. »Der hat es ziemlich übertrieben, was den Fall Kai Neintal anging. Sie wissen schon«, wurde sie deutlicher, »Verschwendung von Steuergeldern und verärgerte Bürger. Sylvia Löblich hat offiziell Beschwerde eingereicht, nachdem er sie ständig aufgesucht und nach dem Verbleib von Kai Neintal befragt hat. Aber auch dem damaligen Anwalt von Neintal ist er auf die Pelle gerückt. Andere Fälle hat der liebe Gustav vernachlässigt und landete deshalb hinterm Schreibtisch ohne weitere Aufstiegschancen. Wenn die wüssten, dass er nie aufgehört hat, nach Neintal zu suchen …« Sie legte den Kopf schräg und betrachtete ihren ehemaligen Vorgesetzten. »Und jetzt übernehmen Sie das?«

»Nein!«, rief Junck sofort vehement.

»Ach kommen Sie«, neckte ihn Gerda, »wir sitzen doch nicht hier, weil ich so ein attraktives Weib bin.«

»Doch, nur deshalb«, stieg er darauf ein und gab sich schließlich geschlagen. »Ich gebe zu, dass ich noch ein wenig herumstochern möchte, auch der Tochter zuliebe, aber ich werde ganz bestimmt keinen Verdächtigen in einem Mordfall suchen.«

»Nein, natürlich nicht«, erwiderte Gerda trocken und beließ es dabei. Sie glaubte ihm nicht, egal was er ihr erzählte, dafür kannte sie ihn zu gut. »Schade, dass Sie den Fall damals nicht hatten«, warf sie unverbindlich ein.

»Tja, da war ich noch beim Einbruchskommissariat und habe meine Frau kennengelernt.« Sein schiefes Grinsen wusste seine ehemalige Mitarbeiterin zu deuten.

»Apropos, haben Sie der Kleinen schon gratuliert?«

Er schüttelte verlegen den Kopf.

»Echt jetzt?«, gab sich Gerda empört.

»Sie wissen doch, dass sie auf alles, was ich tue, genervt reagiert. Wenn ich jetzt gratuliere, wird sie es wieder als Einmischung betrachten.«

»Mischen Sie sich ein, das ist immer noch besser, als den Eindruck von Desinteresse zu erwecken. Besorgen Sie ein hübsches Geschenk, etwas von Bedeutung, dann haben Sie es wenigstens versucht.«

»Vielen Dank, jetzt stehe ich erst recht vor einer unlösbaren Aufgabe.«

Sie lachte und reichte ihm einen Umschlag. »Hier ist die Adresse, um die Sie mich gebeten haben. Ich hätte auch die Akte besorgen ...«

»Nein«, unterbrach er sie, »das Nachfragen beim Einwohnermeldeamt ist etwas anderes, da hat jeder das Recht dazu. Eigentlich hätte ich das selbst erledigen können, aber Sie haben die besseren Kontakte. Ich werde Sie jedoch nicht zu einer Straftat anstiften.«

»Erstens helfe ich gerne, und zweitens habe ich trotzdem in die Akte gesehen. Aber wenn Sie nicht wissen wollen, was drinsteht ...« Sie schenkte sich noch ein Glas ein und sah ihn herausfordernd an.

AM ABEND

Den Kampf gegen die Kilos führte Andrea Kranz bereits seit Jahren. Wenn jemand den Jo-Jo-Effekt kannte, dann war sie es. Phasen von euphorischem Hungern und Phasen von Frustessen hatten sich in ihrer Vergangenheit häufig abgewechselt. Es war schwierig gewesen, den richtigen Weg zu finden. Am Ende hatte ihr die Liebe dabei geholfen.

Sie und Leonhard hatten sich auf einem sündhaft teuren Abnehm-Seminar kennengelernt und sich danach zufällig in der Frankfurter City wiedergetroffen, keiner auch nur um ein Kilo leichter. Sie kamen ins Gespräch und auf einmal fanden es beide ganz einfach, über ihre Gewichtsprobleme zu sprechen und Lösungen zu finden. Seitdem hatte Andrea auch aufgehört, sich selbst unter Druck zu setzen. Sie musste kein XS-Model werden, wollte nur erreichen, dass sie sich in ihrem Körper wohlfühlte. Dazu gehörten auch die strammen Spaziergänge im Park und die regelmäßigen Besuche des Fitnessstudios.

Andrea spürte, wie sich ihre Muskeln anspannten, die Oberschenkel brannten, während die leuchtende Anzeige des Laufbandes bereits zweihundert verbrannte Kalorien anzeigte. Der Trainer sah anerkennend auf das Display, und Andrea träumte von dem Brautkleid, das sie sich vor drei Monaten ausgesucht hatte und das mittlerweile passen würde.

Beschwingt hatte sie ihr Training beendet, die Dusche würde sie zu Hause nehmen, und dann freute sie sich auf einen Obstsalat und vielleicht ein Gläschen Weißwein zusammen mit Leonhard. Das Leben konnte so schön sein.

In einer Sekunde das vollkommene Glück spüren, in der nächsten die absolute Todesangst, so hätte Andrea Kranz den Moment ihrer Entführung beschrieben, wenn sie dazu die Möglichkeit bekommen hätte. Aber die wurde ihr versagt.

Der Wagen, der direkt neben ihrem PKW geparkt hatte, war Andrea nicht aufgefallen. Sie hatte wie gewöhnlich ihren Kofferraum geöffnet, um die Sporttasche darin zu verstauen. Der heftige Schlag auf den Schädel raubte ihr sofort das Bewusstsein. Man fing sie auf und schob sie auf die Rückbank des fremden Fahrzeugs. Eine Folie diente den Polstern als Schutz vor ihrem Blut und anderen Spuren. Innerhalb kürzester Zeit war Andrea zu einer Gefangenen geworden; niemand hatte etwas gesehen oder gehört.

Leider war die Ohnmacht der Siebenundzwanzigjährigen nicht von Dauer. Sie erwachte gerade, als man sie samt Folie aus dem Wagen zerrte. Benommen öffnete sie die Augen, hatte überhaupt keine Erinnerung mehr an das, was eben passiert war, spürte aber sofort wieder Panik in sich aufsteigen. Ihr Organismus reagierte auf die tödliche Gefahr. Adrenalin schoss durch ihre Adern, der Wille zu leben und der Gedanke an Flucht erwachten, aber all das reichte nicht aus, um dem Tod zu entkommen. Die fremden Hände lagen fest um ihren Hals und drückten ihr die Kehle zu.

Andrea versuchte sie abzuwehren, konnte das weiche Leder der Handschuhe fühlen und riss verzweifelt daran, ohne etwas auszurichten. Es dauerte lange, der Tod kam nicht sofort, denn sie wehrte sich mit aller Kraft gegen die

Erlösung, riss die Augen auf und blickte die Person über sich erst ungläubig, dann wütend an. Auch wenn sie ihr Leben nicht retten konnte, ging sie zumindest mit dem Wissen aus der Welt, dass sie dem Sterben bis zum Schluss getrotzt hatte.

Am Ende verloren ihre Augen dann doch den vorwurfsvollen Ausdruck, wirkten trübe und unförmig, so als hätte man sie aus den Höhlen gedrückt. Ein kleines Rinnsal Blut rann aus dem Mundwinkel, sie hatte sich bei ihrer vergeblichen Gegenwehr ein Stück der Zunge abgebissen. Das verletzte rosa Muskelfleisch quoll zwischen den Lippen hervor, als man endlich von ihr abließ.

* * *

ETWAS SPÄTER

Stefan Junck hatte bereits vor zwei Stunden vergebens vor der Wohnung seiner Tochter gestanden und nahm gerade den dritten Anlauf. Endlich reagierte Henriette auf das Klingeln, sie war also zu Hause.

»Ja bitte?«, hörte er ihre Stimme.

Wie gewohnt klang sie reserviert, so war sie schon als Kind gewesen. Ständig hatte man das Gefühl gehabt, sie würde andere Menschen ablehnen. Sogar als Baby hatte sie ihn scheinbar vorwurfsvoll angesehen.

»Ich bin's, Papa«, sagte er bemüht, unbeschwert zu klingen.

»Ist etwas passiert?«, hörte er ihre Antwort und wäre am liebsten wieder gegangen, aber Gerda Schneider hatte recht, er musste es wenigstens probieren.

»Nur, dass meine Tochter befördert wurde und ich zumindest gratulieren möchte.«

Ihr genervtes »Komm hoch« und das anschließende

Summen des Türöffners machten ihm nicht unbedingt Mut.

Es war das erste Mal, dass er das Appartement seiner Tochter betrat. Obwohl Henriette bereits zweiunddreißig Jahre alt war, hatte sie erst vor Kurzem beschlossen, den Familiensitz zu verlassen und in eine eigene Wohnung zu ziehen.

Junck trat ein und ließ es sich nicht nehmen, den gesunden Arm um sie zu legen und sie an sich zu drücken. Sie sträubte sich zwar nicht, blieb aber wie gewohnt steif.

»Herzlichen Glückwunsch«, sagte er liebevoll und überreichte ihr sein Geschenk. »Selbst verpackt«, gab er unumwunden zu, »deshalb sieht es aus, als hätte ich darauf gesessen.«

Tatsächlich lächelte Henriette und sah für einen Moment unglaublich hübsch aus.

»Schön hast du es hier«, sagte er mit ehrlicher Bewunderung.

»Opa hat sie mir geschenkt, zur Beförderung«, erwiderte sie trotzig.

»Das ist doch nett von ihm«, versuchte Junck sich nicht anmerken zu lassen, wie sehr er es bedauerte, nicht derjenige zu sein, der seiner Tochter solch großzügige Geschenke machen konnte.

»Nun sag es schon«, reagierte Henriette dennoch genervt.

»Was?«, gab sich Junck unwissend.

»Na, dass du das für übertrieben hältst, dass sich jeder aus eigener Kraft die Dinge erarbeiten muss, dass ich es nicht verdient habe.«

»Jetti …«, nannte er sie bei ihrem Spitznamen, den er ihr als Kind gegeben hatte. Er war ihm spontan über die Lippen gekommen. Leider hatte er nicht bedacht, dass sie diese Abkürzung hasste.

Ihre Stirn legte sich bereits in Falten und sie blaffte: »Weil ja ein elfjähriges Mädchen selbst in der Lage ist, sich ein Pony zu kaufen.«

»Das habe ich damals nicht so gemeint gehabt und das weißt du auch.«

»Du hast mir meinen Geburtstag verdorben.«

»Ich habe lediglich darauf hingewiesen, dass solche Geschenke unverhältnismäßig sind und mit den Eltern hätten abgesprochen werden müssen.«

»Sie waren mit Mama abgesprochen gewesen, denn du warst ja nie da.«

»Das lief hinter meinem Rücken und …« Er holte tief Luft, trat einen Schritt auf sie zu und sagte sanft: »Mein Schatz, lass uns nicht streiten. Das sind doch alte Geschichten.«

»Du findest es nicht gut, dass Opa mir die Wohnung gekauft hat«, ließ sie jedoch nicht locker.

»Ich freue mich für dich und ich mag deine Wohnung«, sagte er nun mit Nachdruck, da er keine Lust hatte, schon wieder zu streiten. Um die Stimmung nicht kippen zu lassen, deutete er grinsend auf ein überdimensionales Wandgemälde, das eine Collage aus lauter Gebissen darstellte. »Bis auf dieses Machwerk, das aussieht, als hätte man es aus einer Dentalklinik geklaut.«

Henriette lachte, das Eis war für diesen Abend gebrochen. »Lass das nur Mama nicht hören, sie hat darauf bestanden, es hier aufzuhängen. Einer ihrer jungen Künstler, du kennst sie ja.«

»Oh ja«, stöhnte Junck übertrieben und lächelte. »Ich freue mich für dich, *Frau Hauptkommissarin*«, fügte er aufrichtig an.

Dieses Mal gab ihm seine Tochter keine gereizte Antwort, sondern lächelte einfach zurück. »Ich hatte Glück, es gab eine Planstelle.«

»Wir wissen beide, dass es dafür aber immer mehr als nur einen Bewerber gibt und sie haben sich für die Beste entschieden.«

Ein wenig verlegen bot Henriette ihm etwas zu trinken an.

Während er an seinem Glas nippte, öffnete sie das Geschenk, und Junck beobachtete sie mit leichter Nervosität. Nicht dass ihm Henriette je das Gefühl gegeben hätte, seine Geschenke wären nicht großzügig genug oder minderwertig. Dennoch war er immer in der Ohnmacht gefangen, nicht mithalten zu können. Sein Ex-Schwiegervater war steinreich und hatte dem Mädchen stets jeden Wunsch leicht erfüllen können. Er hatte sich oft übervorteilt gefühlt. Natürlich zwang er sich, dem Kind zuliebe gelassen zu bleiben, aber das war ihm nicht immer gelungen. Das Desaster mit dem Pony hatte er deshalb noch gut in Erinnerung.

»Was ist das?«, fragte Henriette neugierig, als sie die kleine Holzschachtel in Händen hielt. Gespannt öffnete sie den Deckel und holte einen Kompass heraus. Er hing an einer Kette, glich einer alten Taschenuhr und war geschmackvoll gearbeitet.

»Ich würde dir gerne sagen, dass es sich um ein altes Erbstück handelt, aber leider hat meine Familie nie etwas für Antiquitäten übriggehabt. Als ich ihn jedoch entdeckt habe, dachte ich, er könnte dir gefallen, als Glücksbringer.«

»Der ist wunderschön«, bemerkte Henriette.

»Ich habe ihn gravieren lassen«, erklärte Stefan aufgeregt.

»*Damit Du immer Deinen Weg findest. In Liebe, Papa*«, las Henriette gerührt.

Für einen Moment blinzelten beide sehr heftig. Dann flüsterte Henriette: »Vielen Dank!«

KAPITEL 4

Drei Tage später, am frühen Morgen

»Hauptkommissarin von Born«, rief einer der Kriminaltechniker in Richtung der leitenden Ermittlerin.

Henriette von Born musste sich noch an ihren neuen Rang gewöhnen. Erst vor wenigen Tagen hatte man sie zur Hauptkommissarin befördert und damit war sie endgültig in die Fußstapfen ihres Vaters Stefan Junck getreten. Die wenigsten wussten um das Verwandtschaftsverhältnis, wofür die junge Frau dankbar war.

Henriette arbeitete in einer anderen Dienststelle und war auch sonst stets bemüht gewesen, nicht an die große Glocke zu hängen, dass der *berühmte* Mordermittler ihr Vater war. Sie wollte weder dadurch bevorteilt werden noch unter zu großem Druck stehen. Letzteres passierte jedoch gerade; alle Augen richteten sich auf sie. Es fühlte sich an, als würden die Kollegen nur darauf warten, dass sie bei ihrem ersten eigenen Fall einen Fehler machte. Die Zweiunddreißigjährige mahnte sich zur Ruhe, sie wusste doch genau, was zu tun war.

Also trat sie zu dem Kriminaltechniker und sah ihn erwartungsvoll an.

»Reste von Reifeneindruckspuren, allerdings hat es

zwischendurch geregnet. Da bleibt zwar nicht viel, um Rückschlüsse auf das Fahrzeug zu ziehen, aber wir wissen zumindest, wie die Leiche hierhergekommen ist.«

»Derjenige hat die Örtlichkeiten gekannt«, murmelte die Beamtin und dankte dem Mann.

Noch einmal ging sie zurück zum Fundort. Der Gerichtsmediziner hatte die Leiche noch nicht aus dem Grab geborgen. Die tote Frau, halb von Erde bedeckt, war bereits Opfer von Tierfraß geworden. Ihre Züge wirkten dadurch entstellt. Das würde die Identifizierung schwieriger machen. Henriette wusste, dass man keine Bilder des aufgequollenen Gesichts, das mit Bisswunden übersät war, an die Fernsehsender verteilen konnte.

»Er hat das Grab ausgehoben, aber nicht wieder komplett geschlossen«, wandte sie sich an die Umstehenden. »Hätte er es getan, wäre die Frau vermutlich niemals gefunden worden. Das Loch ist ziemlich tief, muss eine Weile gedauert haben.«

Henriette kaute nachdenklich auf ihrer Unterlippe, ließ ihre eigenen Worte wirken und sagte schließlich: »Können wir feststellen, wann das Grab ausgehoben wurde?«

Die Kollegen sahen sie verwundert an.

»Mich würde interessieren, ob das geschah, nachdem er sie umgebracht hat, oder schon Tage davor. Dieses Loch buddelt man nicht in fünf Minuten. Wenn er es nach dem Mord ausgehoben hat, könnte das bedeuten, dass er entweder keine Eile hatte, sie loszuwerden, oder aber dass er schlecht vorbereitet war.«

»Ich spreche mit unseren Experten«, bot sich ein Beamter an und Henriette nickte zustimmend. »Stellt sich noch die Frage, warum er es nicht wieder geschlossen hat. Die naheliegendste Erklärung wäre, dass er dabei gestört wurde.«

»Wir können sie jetzt rausholen«, unterbrach der Gerichtsmediziner zaghaft ihr Gespräch, nachdem alle Aufnahmen und die entsprechenden Untersuchungen des Fundorts abgeschlossen waren.

Die frischgebackene Hauptkommissarin brauchte einen Moment, bis ihr klar wurde, dass man nun eine Zustimmung von ihr erwartete, nickte dann aber und sagte: »Ja, sehen wir zu, dass wir hier fertig werden, bevor die Presse auftaucht.«

Vorsichtig barg man daraufhin die Leiche. Dafür wurde die Erde, die die Frau von der Brust abwärts bedeckte, Schicht für Schicht entfernt.

»Es wirkt, als hätte er ihr Gesicht erst am Schluss zuschütten wollen«, spekulierte Henriette laut. »War das Absicht?«

Ein Mitarbeiter fühlte sich angesprochen und meinte: »Spielt das eine Rolle?«

Die Hauptkommissarin wiegte den Kopf hin und her. »Das könnte es tatsächlich«, entgegnete sie, ohne besserwisserisch zu klingen. »Manche Täter haben nach der Tat das Bedürfnis, die Augen ihres Opfers zu schließen, es zuzudecken. Ein Zeichen von Scham, ein letzter bizarrer Akt von Menschlichkeit. Wäre unser Täter so veranlagt, dann hätte er als Erstes Erde auf das Gesicht geschaufelt, aber das hob er sich, wie es scheint, bis zuletzt auf.«

»Interessant«, erwiderte der Oberkommissar an ihrer Seite aufrichtig.

»Ja, wenn es zutrifft. Womöglich handelt es sich dabei aber auch um einen Zufall.«

Die Leiche lag nun auf einer ausgebreiteten Plane.

»Sie trägt Sportkleidung, vielleicht eine Joggerin«, bemerkte der Kollege.

Henriette betrachtete die Schuhe der toten Frau und schüttelte verneinend den Kopf. »Das sind keine Laufschuhe, sehen Sie sich die Sohlen an. Ich würde eher auf Hallensport tippen.«

Die umstehenden Beamten verfolgten aufmerksam jede Äußerung der Hauptkommissarin. Es gab unter ihnen einige, die nicht verstanden, warum eine »von Born« bei der Polizei arbeitete. Im Frankfurter Raum war der Name ein Begriff. Henriettes Familie besaß ein großes Vermögen, sie und vermutlich auch ihre Enkel und Urenkel hätten für ihren Lebensunterhalt nie auch nur einen Finger krumm machen müssen. Allerdings hatte sich die Hauptkommissarin den Respekt der meisten bereits verdient. Denn was sie tat, tat sie mit Engagement und einem guten Instinkt. Etwas, das sie mit der letzten Äußerung wieder einmal bewiesen hatte.

Die Feuertaufe war bestanden, das konnte Henriette spüren, jetzt musste sie jedoch den Fall zügig aufklären, dann erst hätte sie es geschafft. Dann würde man sie endgültig als Vorgesetzte akzeptieren.

* * *

Hauptkommissarin Henriette von Born verlor keine Zeit. Sie hatte sofort Anweisung gegeben, die jüngsten Vermisstenfälle zu überprüfen. Zeitgleich übernahm sie es, der Autopsie beizuwohnen.

Der Gerichtsmediziner, Doktor David Thom, bat die Beamtin einzutreten. Der Mann wirkte mit seinen achtunddreißig Jahren irgendwie zu jung für die Gerichtsmedizin, dafür hatte er jedoch ein angenehmes Äußeres, was Henriette wiederum der Optik eines alten Kauzes vorzog. Sie hatte sich schon gefragt, warum ihr der Mann noch nie aufgefallen war, da sagte er, als hätte er die Gedanken seines Gegenübers gelesen: »Habe gerade erst meine Stelle hier angetreten.«

»Dann herzlich willkommen«, erwiderte sie und sah auch in Richtung des Assistenten, um dem zur Begrüßung zuzunicken.

»Ich kann Ihnen den Bericht per E-Mail schicken, dann brauchen Sie nicht dabeizubleiben«, schlug Thom höflich vor, aber davon wollte die Zweiunddreißigjährige nichts wissen.

»Passt schon, Sie können gerne anfangen.«

Es war nicht ungewöhnlich, dass Beamte seiner Arbeit beiwohnten, meist taten sie es jedoch gezwungenermaßen und mit sichtbarer Abscheu. Diese junge Frau hingegen wirkte gefasst und sehr professionell, so wie zuvor auch schon am Tatort.

Er hatte sie einen Moment zu lange angestarrt und erntete dafür ein gereiztes »Gibt es ein Problem?«.

»Nein«, entgegnete der Mann mit einem Lächeln. Sie vermutete zumindest, dass er lächelte, denn die Gesichtsmaske, die er gerade aufgesetzt hatte, verdeckte die Mundpartie. Lediglich die Augen schienen sie amüsiert zu betrachten.

»Ich bin nur überrascht, dass Sie bleiben wollen, die meisten Ihrer Kollegen hätten mein Angebot angenommen.«

»Die meisten meiner Kollegen müssen sich auch nicht beweisen.« Die Antwort war ihr herausgerutscht; ehrlich, geradlinig, so wie sie eben war. Etwas, das ihr meistens keine Freunde brachte.

Der Gerichtsmediziner jedoch schien ihre Offenheit zu schätzen und sagte verschwörerisch: »Mich haben Sie bereits überzeugt, und wenn ich helfen kann ...« Damit griff er zu einem Skalpell und begann mit den Schnitten, die jenes »Y« formten, das jeder, der schon einmal einer Leichenöffnung beigewohnt hatte, kannte. Danach wurden der Brustkorb des Opfers auseinandergeklappt, Organe entnommen, der Mageninhalt überprüft.

Henriette war es mulmiger zumute, als sie zugab, dennoch trat sie tapfer einen Schritt vor, als der Mediziner sie bat, sich etwas anzuschauen.

»Hier, sehen Sie? Das Zungenbeinhorn?«

Sie nickte, obwohl sie nichts von dem, was sie da vor sich hatte, einem medizinischen Begriff zuordnen konnte. Letzten Endes erkannte sie nur matschiges Gewebe, das ihrem Gehirn bedeutete, ohnmächtig zu werden. Schnell schloss die Hauptkommissarin die Augen, dachte an kalte Luft, an Eisregen und Wind. Dann öffnete sie die Lider und konzentrierte sich ganz auf die Stimme des Arztes.

»Die umblutete Fraktur bestätigt ebenfalls, dass die Frau erwürgt wurde.«

Henriette brummte: »Aha«, und trat wieder zurück. Dabei fragte sie sich, ob man sie gerade auf die Probe stellte. Immerhin ließ trotz des Tierfraßes bereits das äußere Erscheinungsbild der Leiche auf Erwürgen schließen. Aber sie schwieg und erduldete nun auch das schrille Geräusch der kleinen Kreissäge, mit der der Schädel der Toten geöffnet wurde.

Irgendwann endete das Kreischen der Maschine, und der Gerichtsmediziner fasste erneut seine Erkenntnisse zusammen.

»Zuerst der Schlag auf den Kopf. Der hat sie zumindest eine Zeit lang außer Gefecht gesetzt. Dann hat man sie von vorne erwürgt.«

»War sie während der Tat bei Bewusstsein?«

»Schwer zu sagen, aber vermutlich ja«, antwortete der Mediziner. »Unter ihren Fingernägeln war keine Haut, dafür Fasern. Das Labor konnte die als Hirschleder identifizieren.«

»Von Handschuhen?«, schloss Henriette aus dem eben Gehörten.

»Genau«, reagierte ihr Gegenüber anerkennend. »Das könnte darauf hindeuten, dass der Täter Handschuhe getragen und die Frau versucht hat, seine Hände von ihrem Hals zu entfernen. Drei Fingernägel sind abgebrochen, auch das spricht für eine Gegenwehr und legt nahe, dass sie vor ihrem Tod zumindest noch einmal zu sich kam.«

»Was noch?«, bohrte Henriette weiter.

»Die Beschaffenheit der Haut an Bauch und Oberschenkeln lässt vermuten, dass die Tote Gewicht verloren hat. Vielleicht eine radikale Diät. An den Oberarmen erkennt man erste Muskeldefinitionen. Ich würde sagen, diese Frau hat angefangen Sport zu treiben, vielleicht in einem Fitnessstudio.«

»Wurde sie sexuell missbraucht?«, stellte die Hauptkommissarin eine weitere wichtige Frage.

»Dafür gibt es keine Anzeichen.«

»Das wird es zumindest für die Angehörigen leichter machen«, sagte die Hauptkommissarin mehr zu sich selbst. »Sonst irgendwelche Hinweise, was ihre Identität angeht?«

»Ein *L* in einem Herzen auf die Hüfte tätowiert.«

Dann deutete er auf einen weiteren Stahltisch, auf dem die Kleidung der Toten lag. Daneben, bereits in Archivierungstüten verpackt, hatte man den Tascheninhalt ausgebreitet.

»Taschentücher«, murmelte Henriette bei der Durchsicht, »eine Lippenpflege, zwei Eineuro-münzen und eine … Kerze?« Das letzte Wort sprach die Hauptkommissarin überrascht aus. »Wer trägt denn eine Kerze in der Hosentasche?«

Der Arzt, der mittlerweile die Maske abgenommen hatte, machte ein bedauerndes Gesicht. »Keine Ahnung, aber die Menschen neigen dazu, die verrücktesten Dinge mit sich herumzuschleppen. Wir hatten mal die Leiche eines Obdachlosen, der eine steif gefrorene Maus in der Innentasche seines Kittels beherbergt hatte. Vermutlich hat er das arme Tier vor der Kälte retten wollen, am Ende sind sie zusammen erfroren.«

»Das ist ja eine furchtbar traurige Geschichte«, stieß Henriette vorwurfsvoll aus.

»Stimmt, tut mir leid, ich wollte Sie nicht runterziehen.«

»Keine Sorge, wir stehen hier in der Gerichtsmedizin, weiter unten ist nichts mehr«, konterte sie ironisch, sah ihn dabei aber nicht an, sondern griff nach der Tüte mit der Kerze. »Fingerabdrücke?«

»Die Kriminaltechnik hat keine gefunden«, gab ihr der Gerichtsmediziner Auskunft, froh, dass sie ihm seine unbedarft geäußerte Bemerkung nicht übel nahm.

»Vielleicht stammt die vom Mörder, eine Grabbeigabe«, überlegte sie laut. »Dieser Theorie werden wir auf jeden Fall Beachtung schenken müssen.«

»Würden Sie mit mir essen gehen?«, platzte der Mediziner plötzlich heraus und Henriette drehte sich verdattert zu ihm um, während der Assistent, der gerade die Leiche zunähte, gespannt den Kopf hob, um nichts von dieser ungewöhnlichen Unterhaltung zu verpassen.

»Das fragen Sie mich hier, nachdem wir gerade zusammen den Körper einer toten Frau geöffnet haben? Ist das nicht irgendwie schräg?«

Thom lief dunkelrot an. »Ja, das ist es vermutlich, Entschuldigung. Ich vergesse immer, wie befremdlich dieser Ort für die meisten ist.« Ein bedauerndes Lächeln folgte, dann sagte er reserviert: »Ich mache den Bericht gleich fertig und schicke ihn an Ihre E-Mail-Adresse.«

In diesem Augenblick klingelte Henriettes Handy. Sie nahm ab und entfernte sich ein Stück von dem Mann. Die Überprüfung der Vermisstenfälle hatte einen vielversprechenden Treffer ergeben.

»Ich bin schon auf dem Weg«, sagte sie zu dem Kollegen am anderen Ende der Leitung.

Dann wandte sie sich an Thom: »Ich muss los, wir haben die Frau vermutlich identifiziert.« An der Tür drehte sie sich jedoch noch einmal um und meinte: »Wenn Sie möchten, können wir irgendwann die nächsten Tage einmal zusammen Pizza essen gehen. Rufen Sie mich an, dann machen wir einen Termin aus.«

»Klar, gerne«, sagte der Mediziner etwas überrumpelt. Sein »Ich freue mich« konnte sie nicht mehr hören, denn die große Schwingtür hatte sich längst wieder hinter ihr geschlossen.

Dafür blieb Doktor Thom das Kichern seines Assistenten nicht erspart.

* * *

AM SPÄTEN NACHMITTAG

Die Wohnung von Armin Damper lag nicht gerade in den bevorzugten Wohngegenden des Frankfurter Raumes. Sie hatten lange darüber diskutiert, wer denn nun den Mann um Auskunft bitten sollte.

»Er wird nicht mit Ihnen sprechen, Sie sind Polizist«, hatte Christina argumentiert.

»Ich *war* Polizist, das ist ein Unterschied und außerdem müssen wir ihm das nicht auf die Nase binden. Jedenfalls werde ich Sie nicht ohne Unterstützung zu dem Mann gehen lassen. Ihr Alleingang bei Lutz Wasnek hat gereicht.«

»Was regen Sie sich auf? Wasnek ist Anwalt und über sechzig, was hätte da schon passieren können, außer dass er mich nicht empfängt? Abgesehen davon war er sehr zuvorkommend.«

»Dieses Mal mag das zutreffen, trotzdem hätten Sie es mir sagen müssen«, blieb Junck stur.

»Warum?«, gab sich Christina unbeschwert.

»Weil wir in einem Wespennest herumstochern«, blaffte der ehemalige Beamte und verlor die Geduld. »Mich stört nicht, dass Sie alleine zu dem Anwalt sind, sondern dass Sie das ohne Rücksprache getan haben. Durch mich haben Sie Zugang zu vertraulichen Informationen bekommen, Informationen, die vielleicht dazu führen, dass sich jemand bedroht fühlt. Wir sprechen immerhin über Mord.«

»Glauben Sie, dass plötzlich mein Vater auftauchen wird, um mir etwas anzutun?«, reagierte sie gereizt.

»Ich weiß nicht, wer wann irgendwo auftaucht oder ob sich überhaupt jemand für unsere Nachforschungen interessiert. Aber ich kenne die Menschen. Jeder hat Geheimnisse und die meisten legen keinen Wert darauf, dass sie aufgedeckt werden. Wer Fragen stellt, fällt unangenehm auf und das hat manchmal Folgen. Abgesehen davon«, fuhr er müde fort, »geht es nicht nur um Ihren Vater. Armin Damper ist kein unbeschriebenes Blatt. Wenn der sich auf die Füße getreten fühlt, kann es auch für Sie unangenehm werden.«

»Ich denke, Damper war ein Freund meines Vaters?«

»Das nehme ich an. Was allerdings weder bedeutet, dass er es immer noch ist, noch, dass er Ihnen automatisch vertraut.«

Stefan Junck war auf den Namen Armin Damper gestoßen. Er hatte die Akten aus Gustavs Karton gründlich studiert. Dabei war ihm aufgefallen, dass der Mann, mit dem Kai Neintal vor dreißig Jahren am Abend des Mordes eine Schlägerei hatte, ein Freund gewesen war.

Man hatte Damper auf der Suche nach Kai Neintal befragt und die Aussage lautete: *»Ja, wir kennen uns schon lange. Wir sind wie Brüder, wir streiten uns und wir vertragen uns. So ist das in einer Familie. Das in der Kneipe war nichts weiter als eine Rangelei, wir hatten beide zu viel getrunken.«*

»Kai ist also gewalttätig?«

»Nein, ganz sicher nicht. Der bringt keinen um und schon gar nicht eine Frau.«

Die damaligen Beamten hatten Damper in Verdacht gehabt, Kai Neintal bei der Flucht geholfen zu haben, aber der stritt das vehement ab. Beweise gab es keine. Fast hätte es auch Junck dabei belassen, aber dann waren ihm von Gerda Schneider nicht nur die Adresse, sondern auch interessante Informationen zugespielt worden. Vor ungefähr zehn Jahren hatte die Staatsanwaltschaft Ermittlungen gegen Damper angestellt, und zwar wegen des Handels mit gefälschten Pässen.

»So hätte mein Vater das Land verlassen können«, war Christina sofort darauf angesprungen, als ihr Junck seine Theorie vorgetragen hatte.

»Kollege Gustav war vor zehn Jahren bereits in Pension und da er keinen Kontakt mehr zu seinen ehemaligen Mitarbeitern hatte, entging ihm diese Information«, führte Junck weiter aus. »Neintal und Damper waren angeblich so eng verbunden wie Brüder. Wenn sich Damper immer schon dem Fälschen von Papieren gewidmet hat, dann wäre es umso wahrscheinlicher, dass er Ihrem Vater zur Flucht verhalf.«

»Das bedeutet, er könnte wissen, wohin mein Vater verschwunden ist«, rief Christina aufgeregt, machte dann jedoch ein besorgtes Gesicht. »Werden Sie es Ihren Kollegen melden, wenn wir es herausfinden?«

Junck sah sie eindringlich an. »Bis jetzt wissen wir es nicht und es ist fraglich, ob Damper uns überhaupt etwas erzählen wird. Ich mache mir lediglich ein Bild – aber sollten wir konkrete Hinweise erhalten, dann müssen wir uns auch damit auseinandersetzen.«

Erst glaubte Junck, sie würde widersprechen, aber Christina nickte. »Wäre wohl nicht gerecht, ihn davonkommen zu lassen.«

»Nein, das wäre es nicht«, hatte Junck mitfühlend geantwortet.

Nun standen sie vor Armin Dampers Wohnung und zogen bereits das Interesse einer Gruppe Jugendlicher auf sich.

Junck bemerkte im Augenwinkel, dass sich einer von ihnen, vermutlich der Anführer der Clique, in ihre Richtung aufmachte.

»Sie klingeln, sagen, wer Sie sind, und stellen mich als Freund der Familie vor. Ich denke, so weit können wir die Wahrheit dehnen«, drängte Junck deshalb.

»He, hast du ne Kippe?«, trat nun der Jugendliche auf sie zu und signalisierte mit seiner Körperhaltung, dass er Ärger machen wollte.

Unbewusst war der ehemalige Beamte versucht, nach seinem nicht mehr vorhandenen Dienstausweis zu greifen, die rechte Hand gehorchte ihm jedoch nicht. Bereit, sich mit der linken zu verteidigen, ließ er sich nicht einschüchtern und machte einen Schritt auf den etwa Siebzehnjährigen zu, der, von dieser Reaktion überrascht, zurückwich.

»Wir rauchen nicht«, schnappte jedoch Christina, die mit ihrem gewohnt farbenfrohen Aufzug unterschätzt wurde.

Der Junge setzte zu einer flapsigen Bemerkung an, aber noch bevor er den Mund öffnen konnte, zischte sie: »Verpiss dich oder ich rufe die Bullen und behaupte, du wolltest mir Dope verkaufen.«

Ohne den Teenager eines weiteren Blickes zu würdigen, drückte sie auf den Klingelknopf, neben dem ein verblichenes, kleines Schild mit Dampers Namen hing.

Der Junge trollte sich tatsächlich und Junck sagte: »Ich bin beeindruckt.«

Christina winkte ab und erwiderte bescheiden: »Die meisten machen nur auf dicke Hose«, woraufhin Junck sorgenvoll entgegnete: »Darauf sollten Sie sich allerdings nie verlassen.«

Im gleichen Augenblick wurde ihnen die Tür geöffnet.

»Sind Sie vom Pflegedienst?«, empfing sie eine Frau, deren Alter schwer zu schätzen war. Sie hatte trotz der kühlen Temperaturen nur eine ärmellose Kittelschürze an. Ihre weißen, schwabbeligen Arme waren übersät mit unschönen Pusteln, ihr Atem ging keuchend wie bei einer Kettenraucherin. Das graue, strähnige Haar klebte ungepflegt am Kopf und ein saurer Geruch umgab sie.

Christina sah fragend zu Stefan Junck.

Der sagte: »Wir möchten zu Armin Damper.«

Ihre Gastgeberin deutete das als *Ja* und antwortete: »Armin ist mein Lebensgefährte. Kommen Sie, er liegt hinten.« Sie drehte sich um und watschelte durch einen schlecht gelüfteten Gang, vorbei an einer kleinen Küche und dann zum Schlafzimmer.

»Nehmen Sie ihn denn gleich mit? Am Telefon sagte man mir, er würde heute abgeholt.« In ihrer Stimme schwang ein Flehen mit. »Wissen Sie, ich kann das nicht, bin selbst krank. Nicht dass Sie denken, ich wollte ihn ins Heim abschieben.« Sie nestelte hilflos an ihrer Kittelschürze.

»Schon in Ordnung«, übernahm Christina, »ich bin sicher, er bekommt im Pflegeheim die Hilfe, die er braucht. Angehörige können das gar nicht leisten.« Sie lächelte und fuhr freundlich fort: »Wir würden nur einmal kurz mit Herrn Damper sprechen, uns alles ansehen, die Kollegen machen den Transport dann später. In der Zwischenzeit können Sie sich ja ein bisschen Ruhe gönnen.«

Die Frau nickte erleichtert.

»Sind Sie schon lange mit Herrn Damper liiert?«, fragte Junck noch schnell, woraufhin sein Gegenüber melancholisch entgegnete: »Neun Jahre werden es im Sommer, ich dachte, wir werden zusammen alt.«

Sie öffnete die Tür zum Schlafzimmer und zog sich zurück.

Während die intensiven Gerüche, die vom Krankenlager ausgingen, Junck würgen ließen, war Christina die Ruhe selbst. Sie trat an das Bett, begrüßte den Mann darin freundlich und tätschelte ihm die Hand.

»Schlaganfall«, flüsterte sie Junck zu, nachdem sie den Patienten, aber auch die Medikamente auf dem Nachttisch in Augenschein genommen hatte.

Damper blickte sie neugierig an, aber offensichtlich konnte er kaum sprechen, denn nur ein undeutliches »Wer sind Sie?« kam ihm über die Lippen. Auch über einen Teil seines Gesichts schien er keine Kontrolle mehr zu haben und seine rechte Hand hing schlaff aus dem Bett.

»Ich bin die Tochter von Sylvia und Kai«, sprach Christina behutsam mit dem Mann. »Meine Mutter ist tot und nun suche ich nach meinem Vater.«

»Kai und Sylvia«, stöhnte der Mann leise und dann glitt ihm eine Träne über die Wange.

Junck empfand in diesem Moment tiefes Mitleid. Damper war nur zwei Jahre älter als er selbst und schon zum Siechtum verurteilt. Plötzlich kamen ihm die eigenen Einschränkungen gar nicht mehr so bedeutend vor, zumal er gute Prognosen hatte.

»Ich denke, Sie haben ihm damals geholfen zu fliehen«, sagte Christina überzeugt.

Plötzlich schloss der Mann seine linke Hand zur Faust und klopfte mit ihr aufs Laken. Junck befürchtete schon, Damper würde einen Anfall erleiden, aber seine Begleiterin wusste, was das zu bedeuten hatte. Auf dem Nachttisch fand sie einen Stift, den sie dem Patienten in die Hand drückte, dann hielt sie ihm den dazugehörigen Schreibblock hin. Er kritzelte umständlich Buchstaben darauf.

»Unschuldig«, entzifferte sie geduldig und riss die Augen auf. »Sie denken, mein Vater ist unschuldig?«

Trotz seiner Einschränkungen bemühte sich Damper, heftig zu nicken.

»Er hat die Frau also nicht umgebracht?«

»Unschuldig«, nuschelte Damper und konnte nicht verhindern, dass ihm Speichel aus dem Mundwinkel floss.

»Wissen Sie, wer es getan hat?«

Dieses Mal verneinte der Mann mit einer entsprechenden Kopfbewegung.

»Aber Sie haben meinem Vater geholfen.«

Eine Reaktion blieb aus, denn Damper rang noch mit

sich. Vermutlich ging er davon aus, bald zu sterben, hörte ein letztes Mal in sich hinein, um eine schwierige Entscheidung zu treffen. Dreißig Jahre hatte er das Geheimnis um Kai Neintals Verbleib gewahrt. War es richtig, es an die Tochter seines Freundes weiterzugeben?

»Bitte, ich muss wissen, was geschehen ist«, beharrte die nun sanft auf Auskunft. »Mein Vater ist alles, was ich noch habe.«

Wieder klopfte er mit der Faust aufs Bett und wieder reichte ihm Christina den Schreibblock.

Dieses Mal dauerte es länger, bis sie das Wort entziffern konnte und schließlich gedehnt sagte: »*Benicarló?*«

Erschöpft nickte Damper und noch mehr Tränen liefen über sein Gesicht. Die junge Frau half ihm, sie mit einem Taschentuch wegzuwischen. Er deutete schwerfällig auf den Nachttisch, forderte sie auf, die Schublade zu öffnen, und ließ sie dabei nicht aus den Augen, bis sie die alte Ausgabe eines Jagdkatalogs in Händen hielt. Auf sein Nicken hin blätterte sie den durch. Dabei fiel eine Postkarte auf den Boden. Sie hatte gefunden, was ihr Damper zeigen wollte.

Auf der Vorderseite sah sie mehrere Wohnwagen, das Wort *España* und die Landesflagge von Spanien, auf der Rückseite stand: »Bin gut in Benicarló angekommen. Liebe Grüße, Patrick Schmidt!« Adressiert war die Karte an eine Frankfurter Kneipe mit der Bitte, sie an Damper weiterzuleiten.

»Ist das sein neuer Name?«, fragte Christina vorsichtig.

»Ja«, flüsterte Damper.

»Und dort ist er noch?«

Er zuckte linkisch mit der Schulter, signalisierte, dass er das nicht wusste.

Christina betrachtete den verblichenen Poststempel. »Die hat er Ihnen geschickt, nachdem er dort ankam?«

Damit lag sie richtig.

»Aber ob er noch dort ist oder wo er sich im Moment aufhält, ist Ihnen nicht bekannt?«

Auch das konnte der kranke Mann bestätigen. *Mehr weiß ich nicht,* schien sein Blick ihr zu sagen.

Sie hörten lautes Klingeln und Stimmen. Der Sanitätsdienst war da, um Armin Damper ins Pflegeheim zu bringen.

Christina bedauerte, dass es schon Zeit war, sich zu verabschieden, sie hätte noch einige Fragen gehabt, die ihr Damper jedoch sicher nicht hätte beantworten können.

Plötzlich griff er mit der Linken nach ihrer Hand, hielt sie fest und stammelte: »Helfen Sie ihm.«

Es war undeutlich, kaum zu hören, aber sie verstand und erwiderte sanft: »Ich werde das Richtige tun.«

»Kai ist unschuldig«, stotterte der Mann im Bett ein letztes Mal, dann ließ er ihre Hand los.

Wieder auf der Straße begann Christina zu zittern. »Haben Sie das gehört?«

Junck legte den Arm um sie. »Komm«, wechselte er spontan ins Du, »wir sollten etwas trinken.«

* * *

ZUR GLEICHEN ZEIT IM PRÄSIDIUM

»Hauptkommissarin von Born«, stellte sich Henriette vor und unterbrach damit den lauten Streit direkt vor ihrer Bürotür.

Die beiden diskutierenden Parteien verstummten, als die Polizistin ihre Stimme erhob. Zuvor hatten bereits einige Uniformierte versucht, die lautstarke Debatte nicht eskalieren zu lassen.

»Was ist hier los?«, fragte Henriette nun etwas freundlicher.

Sofort entstand erneut Geschrei. Ein junger Mann von kräftiger Statur, begleitet von einem älteren Paar, vermutlich seine Eltern, beschimpfte einen Mann Ende fünfzig, der einen alkoholisierten Eindruck machte, während eine schmächtige Frau mit verweintem Gesicht an dessen Ärmel zog.

»Sie ist meine Tochter«, zischte der Ältere und schüttelte seine Begleiterin wie eine lästige Fliege ab.

»Vielleicht auf dem Papier«, brüllte der junge Mann außer sich, und hinter ihm sagte die Mutter nicht ohne Genugtuung: »Sie hatte sicher ihre Gründe, den Kontakt mit Ihnen abzubrechen.«

Für eine Sekunde sah es so aus, als wollte der Angesprochene handgreiflich werden, dann wurde ihm bewusst, wo er war, und schrie stattdessen: »Weil ihr sie gegen mich aufgehetzt habt!«

Henriette hatte genug gehört und ging erneut dazwischen: »Schluss jetzt«, befahl sie und veranlasste, dass man die Streitenden in getrennte Zimmer brachte.

»Interessante Konstellation«, raunte ihr Oberkommissar, als sich der Flur leerte. »Die Eltern von Andrea Kranz hatten mit ihrer Tochter keinen Kontakt mehr, offenbar auf deren Wunsch hin. Das ist zumindest die Aussage des Verlobten, Leonhard Meier. Der Vater, ein gewisser Matthias Kranz, behauptet jedoch, die Meiers hätten seine Tochter aufgehetzt, um sie von den eigenen Eltern fernzuhalten.«

»Warum hätten die das tun sollen?«, fragte Henriette nachdenklich, woraufhin ihr Kollege mit den Schultern zuckte.

»Jagt die Namen durch die Datenbanken, vielleicht kommt etwas dabei heraus. In der Zwischenzeit unterhalte ich mich mit den Herrschaften.« Sie überlegte kurz, entschied sich dann, mit dem Verlobten zu beginnen.

Leonhard Meier stand immer noch unter Schock. Die Wut auf den Vater seiner toten Verlobten hatte ihn nur kurzfristig davor bewahrt, nicht in Tränen der Verzweiflung auszubrechen. Jetzt saß er in sich zusammengesunken auf dem Stuhl und schluchzte, während sein Vater auf den Boden stierte, unfähig, dem Sohn ein Wort des Trostes zu spenden.

Ganz offensichtlich war die Mutter die Starke in der Familie, denn sie tätschelte Leonhard den Rücken und sagte: »Wir werden das überstehen, gemeinsam.«

Henriette beobachtete die Szene und fragte sich, wie ihre Mutter sich in so einem Moment verhalten würde. Gewiss wäre sie keine Hilfe, das war sie eigentlich nie. Auch wenn sie sich stets redlich bemühte, neigte Alexandra von Born doch dazu, durch ihre Einmischungen alles nur noch schlimmer zu machen. Mit einer stillen Ermahnung konzentrierte sich die Beamtin wieder auf ihre Arbeit.

»Erzählen Sie mir von Andrea«, forderte sie die Familie verständnisvoll auf. Ihr schien es eine gute Idee, das Gespräch unverbindlich zu beginnen.

Sofort sprudelten die Worte aus Leonhard nur so heraus. Er erzählte von ihrer ersten Begegnung, dem Diätseminar, dem zufälligen Wiedertreffen und der Liebe, die sich zwischen ihnen entwickelt hatte. »Plötzlich haben sich alle meine Probleme in Luft aufgelöst. Ich habe sogar abgenommen und es hat Spaß gemacht. Mit Andrea hat sich mein ganzes Leben verändert ...« Seine Stimme brach und er weinte.

»Sie war ein wunderbares Mädchen«, sprang die Mutter ein und es klang ehrlich. Tapfer blinzelte sie die Tränen weg. »Es war, wie man immer sagt: Durch sie habe ich nicht einen Sohn verloren, sondern eine Tochter dazugewonnen.«

»Wirklich?«, gab sich Henriette überrascht, da ihrer Erfahrung nach das alte Klischee Schwiegermutter versus Schwiegertochter meist zutraf.

»Wirklich«, antwortete ihr die Frau überzeugend. »Wir hatten einen guten Draht zueinander. Sie war mir eine Tochter und es fühlt sich jetzt so an, als würde ich mein eigenes Kind beerdigen.« Die Augen der Frau verengten sich, als sie nun mit leiser, aber harter Stimme weitersprach: »Sollte ich dem, der das getan hat, jemals gegenübertreten, dann werde ich ihn nicht nur umbringen. Ich werde dafür sorgen, dass er leidet.«

Die Hauptkommissarin hatte ähnliche Bekundungen schon oft gehört. Die Wut gehörte zur Trauer, deshalb gab es meistens keinen Grund, geäußerte Drohungen gegen den Täter ernst zu nehmen. Was jedoch die Frau ihr gegenüber anging, sah Henriette die Sache anders. Daher entgegnete sie sachlich: »Sie werden von Ihrer Familie gebraucht, für das andere ist unser Rechtssystem zuständig.«

Der Gesichtsausdruck von Leonhards Mutter entspannte sich zwar ein wenig, trotzdem antwortete sie mit schneidender Stimme: »Verhaften Sie den Scheißkerl und wir können uns unserer Trauer widmen.«

»Sie haben einen Verdacht?«

»*Er* war es!«, schrie Leonhard plötzlich.

»Wer?«, hakte Henriette sofort nach.

»Ihr Vater, Matthias Kranz«, spie der junge Mann den Namen aus.

»Das ist eine harte Anschuldigung«, gab sich die Hauptkommissarin ganz bewusst ungläubig. Zeugen reagierten normalerweise auf diese Art der Provokation, indem sie alles vorbrachten, was ihre Behauptung untermauern könnte.

»Andrea hat ihn gehasst, den Kontakt eingestellt, das sagt doch alles.«

Henriette hatte etwas Konkreteres erwartet, fasste deshalb nach und fragte: »Welchen Grund gab Frau Kranz dafür an?«

»Sie hat nicht viel über ihre Eltern gesprochen«, antwortete Leonhard und machte keine Anstalten, die Tränen aus seinem Gesicht zu wischen. »Andrea meinte lediglich, dass ihr Vater kein guter Mensch sei und sie ihn deshalb aus ihrem Leben gestrichen habe.«

»Und die Mutter, was ist mit Andreas Mutter?« Der Hauptkommissarin entging nicht, dass Frau Meier bei der Erwähnung der Mutter die Lippen zusammenpresste.

Leonhard hob und senkte die Schultern, bevor er entgegnete: »Sie hat gesagt, das würde nicht funktionieren.«

Henriettes Blick wanderte zu Leonhards Mutter. »Hat sich Andrea Ihnen anvertraut?«

»Hat sie nicht«, erwiderte die Frau knapp.

»Aber Sie haben ebenfalls einen Verdacht«, ließ Henriette nicht locker.

»Einen Verdacht, den jede Frau in der Situation gehabt hätte.«

»Sie sollten keine Informationen zurückhalten«, sprach Henriette eindringlich.

»Mama, wenn du etwas weißt, dann sag es der Polizei«, drängte nun auch Leonhard.

»Ich weiß gar nichts«, reagierte seine Mutter gereizt, »aber ich kannte Andrea. Die hat den Kontakt sicher nicht abgebrochen, weil sie als Kind kein Pony zum Geburtstag bekommen hat.«

Die Hauptkommissarin hatte für einen Augenblick das Gefühl, in den Worten der Zeugin wäre ein Vorwurf herauszuhören, der ihr persönlich galt. Schnell drängte sie diesen Gedanken zurück und fragte: »Was dann?«

Leonhards Mutter entschloss sich auszusagen, hatte aber das Bedürfnis, ihre Mutmaßungen wenigstens zu begründen. »Mir ist gleich am Anfang aufgefallen, dass Andrea meine Nähe gesucht hat. Junge Frauen sind normalerweise nicht besonders erpicht darauf, Zeit mit der Mutter ihres Freundes zu verbringen. Zuerst glaubte ich, sie wolle sich vielleicht nur lieb Kind machen, aber so war es nicht. Andrea war sehr ehrlich, sie hatte das Bedürfnis nach Familie. Als ich vorhin sagte, sie war wie eine Tochter, da meinte ich das ebenfalls ehrlich. Wir hatten ein wunderbares Verhältnis.« Nun konnte auch sie die Tränen nicht mehr zurückhalten. »Sie kam zu mir, wenn sie einen Rat brauchte, vor allem jetzt bei den Hochzeitsvorbereitungen. Das war so ...«

Sie schluchzte, während ihr Mann das erste Mal sprach. Sein lautes »Oh mein Gott!« zerriss auch der Hauptkommissarin das Herz.

»Sie hat mich gebeten, mit ihr das Hochzeitskleid auszusuchen«, fuhr Leonhards Mutter fort und drückte dabei die Hand ihres Mannes. »Ich war sehr gerührt gewesen. Dennoch fand ich es angebracht, sie zumindest an ihre eigene Mutter zu erinnern. Also sagte ich: Vielleicht wäre es ein guter Zeitpunkt, einen alten Streit beizulegen. Vielleicht solltest du deine Mutter bitten, uns zu begleiten.«

»Das wusste ich nicht«, ging Leonhard dazwischen

und seine Mutter bedachte ihn mit einem entschuldigenden Nicken. »Sie hat es abgelehnt und mich gebeten, keine Versuche zu unternehmen, einen Kontakt zu arrangieren, denn dafür sei es zu spät gewesen.«

»Das war alles?«

Frau Meier schüttelte den Kopf. »Ich habe nachgehakt, ihr angeboten, sich mir anzuvertrauen. Als Antwort hat sie geweint und ich fragte: ›Ist es denn so schlimm?‹ Eine klare Antwort bekam ich nicht, allerdings sagte Andrea, dass ich und mein Mann jetzt ihre Eltern wären und sie weder mit ihrer leiblichen Mutter noch mit ihrem Vater je wieder irgendetwas zu tun haben wollte.« Frau Meier richtete sich ein wenig auf. »Mehr hat sie nicht erzählt, aber das war auch nicht notwendig gewesen. In Andreas Vergangenheit sind mit Sicherheit schlimme Dinge vorgefallen und so wie ich diesen Mann heute erlebt habe, traue ich ihm alles zu.«

»Wenn er ihr etwas angetan hat, dann …«, brauste Leonhard auf.

»Dann werden wir das herausfinden«, fiel ihm die Hauptkommissarin ins Wort. Sie wandte sich noch einmal an die Mutter, die daraufhin erneut den Kopf schüttelte. »Mehr hat sie wirklich nicht erzählt, vermutlich war sie einfach noch nicht so weit und ich hätte ihr Vertrauen niemals missbraucht. Deshalb habe ich es für mich behalten, aber jetzt …«

Die Beamtin hatte verstanden. Sie interpretierte das eben Gehörte vermutlich ähnlich wie ihr Gegenüber. Die Äußerungen des Opfers könnten auf ein gewalttätiges Elternhaus hindeuten.

KAPITEL 5

Zur gleichen Zeit in einer Frankfurter Eckkneipe

»Ich muss dort hin«, sagte Christina energisch, als sie einen doppelten Espresso und einen noch größeren Kognak intus hatte.

»Wohin?«, fragte Junck vorsichtig und auf der Hut.

»Nach Spanien, nach *Benicarló*, ich muss dort hin«, wiederholte sie ihre Worte voller Überzeugung.

»Um was zu tun?«, fragte der ehemalige Beamte ungehalten. »Deinen Vater aufspüren? Du weißt noch nicht einmal, ob er noch dort ist. Und dann? Übergibst du ihn an die Polizei oder soll das Ganze ein heimliches Familientreffen werden? Ich muss das jetzt einmal ganz deutlich sagen: Kai Neintal wird immer noch wegen Mordes gesucht.«

»Aber er ist unschuldig, Sie …« Christina verbesserte sich: »Du hast doch gehört, was sein Freund Damper gesagt hat.«

Stefan Junck fuhr sich mit der linken Hand durchs Haar, ein Ausdruck seiner Ungeduld. »Erinnerst du dich auch noch daran, was der Anwalt Wasnek dir erzählt hat, der hielt ihn nämlich nicht für unschuldig.«

»Der hat ihn auch kaum so gut gekannt wie Damper.«

»Vielleicht hat er deshalb eine objektivere Haltung.«

»Damper liegt im Sterben, warum sollte er mich belügen?«, hielt Christina dagegen.

»Ziehe in Betracht, dass er im guten Glauben von der Unschuld deines Vaters überzeugt ist. Er weiß es eben nicht besser, will es eventuell nicht wahrhaben, das reicht allerdings nicht. Man hat deinen Vater zur Tatzeit am Tatort gesehen. Seine Fingerabdrücke waren dort, seine Polizeiakte spricht gegen ihn, deine Mutter hat ihn vor dir verheimlicht.«

Sie orderte mit einer winkenden Handbewegung eine zweite Runde. »Meine Mutter hat immer nur mit dem Kopf entschieden, aber mein Bauchgefühl sagt mir, dass ich meinen Vater finden muss. Wenn ich ihm nur gegenübertreten könnte, dann wüsste ich, was für ein Mensch er ist.«

»Das ist blanker Unsinn«, verlor Junck endgültig die Geduld. »Man sieht einem Menschen selten an, zu was er fähig ist; im Gegenteil. Die meisten Mörder können sich hervorragend verstellen. Womöglich würde er dich benutzen, dich in Gefahr bringen, das kann ich nicht zulassen.«

Christina trank ihren zweiten Kognak auf ex und funkelte ihr Gegenüber wütend an. »Ich dachte, du bist anders, aber für dich gibt es auch nur schwarz oder weiß.« Sie sprang wütend auf. »Ich dachte, du bist mein Freund, aber in Wirklichkeit bist du nur ein Spießer ohne Herz.«

Die anderen Gäste sahen zu ihnen her, vermuteten eine Beziehungskrise und grinsten amüsiert, als sich Christina ihre Tasche schnappte und wütend davonstapfte.

»Soso«, hörte Stefan plötzlich eine vertraute Stimme hinter sich. »Du hast dich also nicht geändert. Immer noch der brave Spießer, der das weibliche Geschlecht in Rage versetzt.«

ETWA ZUR GLEICHEN ZEIT

Henriette von Born bedankte sich bei Leonhard Meier und seiner Familie. Ihr nächster Weg führte sie zu den Eltern des Opfers.

Nach allem, was sie eben gehört hatte, musste sie erst einmal durchatmen. Keinesfalls wollte sie voreingenommen in die Befragung gehen. Trotzdem fiel es ihr schwer, dem Vater der Toten mit professionellem Abstand zu begegnen. Vor allem auch, weil die Recherche in den Datenbanken ergeben hatte, dass der Mann kein Unbekannter für die Polizei war. Vorstrafen wegen Körperverletzung und zwei Polizeieinsätze wegen angeblicher häuslicher Gewalt. Die Nachbarn hatten die Polizei verständigt, die Ehefrau hatte jedoch jedes Mal einen Übergriff abgestritten.

Trotzdem, ermahnte sich Henriette, bedeutet das noch lange nicht, dass ein Vater seine Tochter umbringt.

Während sie ans Fenster trat und auf den Parkplatz starrte, dachte sie an ihre eigenen Eltern. Ihre Mutter konnte man zu Recht als Paradiesvogel bezeichnen. Kein Wunder, dass die Verbindung der beiden nicht gehalten hatte. Ihr Vater, Stefan, war ein völlig anderer Typ. So gesehen war sie ein Kind zweier Welten und fühlte sich keiner richtig zugehörig.

Das Klingeln des Telefons riss sie aus ihren Gedanken, vermutlich ihr Oberkommissar, der sie an die Befragung erinnern wollte. Aber nicht ihr Kollege meldete sich am anderen Ende der Leitung, sondern David $om aus der Gerichtsmedizin.

»Schlechte Nachrichten«, begann der das Gespräch, und Henriette nahm an, er würde einen Rückzieher machen, was ihre Verabredung anging. Stattdessen sagte er jedoch: »Es lässt sich nicht feststellen, wann das Grab ausgehoben wurde.«

»Habe ich fast befürchtet«, antwortete Henriette knapp und wollte sich schon verabschieden, da sprach Thom weiter: »Gehen wir trotzdem heute Abend essen?«

»Klar«, reagierte Henriette unaufgeregt und erinnerte sich dann mit schlechtem Gewissen daran, dass das vermutlich ein Fehler war.

Du musst dich immer rarmachen, Männer wollen eine Frau erobern, kam ihr der Ratschlag ihrer Mutter in den Sinn. *Wenn du direkt sagst, was du willst, zerstörst du die Romantik.*

»Also bis später«, hörte sie den Gerichtsmediziner sagen, bevor der auflegte.

»Dann bin ich eben keine Romantikerin«, brummte die Hauptkommissarin, verharrte plötzlich in der Bewegung. »Die Kerze«, sagte sie zu sich selbst. Leonhard war bei der Befragung nicht davon ausgegangen, dass die seiner Verlobten gehört hatte. Damit sprach wiederum einiges dafür, dass der Mörder sie beim Opfer zurückgelassen hatte. Sollte das etwa eine romantische Geste sein? Womöglich eine unerwiderte Liebe, ein ehemaliger Freund? Henriettes Oberkommissar betrat das Zimmer und sah sie fragend an.

»Ich komme«, antwortete sie, ohne seine Aufforderung abzuwarten. In ihrem Kopf spielte sie ein tragisches Szenario durch: Ein kleines Mädchen, ein körperlich und geistig überlegener Vater, der seine Vertrauensposition missbrauchte. Unnatürliche Gefühle, Eifersucht und schließlich das Ende eines Menschenlebens.

Matthias Kranz blitzte die Hauptkommissarin wütend an. Er machte keinen Hehl aus seinem Ärger. »Eine Unverschämtheit, uns warten zu lassen. Wir sind immerhin die Eltern.«

»Ihre Tochter hat den Kontakt zu Ihnen abgebrochen, warum?«, fiel die Beamtin sofort mit der Tür ins Haus.

Was ihr im Privatleben gelegentlich Probleme bereitete, war für ihre Arbeit äußerst hilfreich. Die direkte Frage brachte den Vater von Andrea Kranz aus dem Konzept. Die Mutter sah betreten zu Boden, geschüttelt von einem Weinkrampf, die Hände zitternd ineinander verkrampft.

»Das ist deren Schuld«, schnauzte Kranz. »Die haben einen Keil zwischen uns getrieben.«

Henriette sagte auf gut Glück: »Andrea hatte schon vor langer Zeit ihrem Elternhaus den Rücken gekehrt, also wie soll dann die Familie Meier dafür verantwortlich sein?«

»Davor gab es andere, die uns auseinandergebracht haben.«

»Wer?«, bohrte Henriette nach.

»Freunde, Arbeitskollegen, Ärzte, was weiß ich?«, blaffte der Mann zurück.

»Namen?«

»Woher soll ich die kennen? Die haben sich mir nie vorgestellt.«

»Warum sollte irgendwer Andrea von ihren Eltern fernhalten?«

»Meine Tochter war etwas Besonderes, und andere haben das auch erkannt. Die wollten Andrea für sich alleine haben, das war der Grund.«

Die Mutter schluchzte laut und Henriette fragte etwas behutsamer in deren Richtung: »Sind Sie der gleichen Meinung?«

Die Frau zögerte und der Hauptkommissarin entging

nicht, wie der Vater sich ungeduldig räusperte.

»Doch, doch, so ist es gewesen«, beeilte sie sich daraufhin zu sagen.

»Andrea hat nie versucht zu Ihnen Kontakt aufzunehmen?«, fasste die Beamtin erneut nach.

Ohne aufzublicken, schüttelte die Frau den Kopf.

»Hat es in der Vergangenheit Streit zwischen Ihnen und Andrea gegeben?«

»Nein«, blökte der Vater, doch die Mutter enthielt sich einer Antwort.

»Gewalttätige Auseinandersetzungen?«, wurde die Hauptkommissarin deutlicher.

Matthias Kranz steigerte seine Lautstärke, bestritt den Vorwurf vehement, gleichzeitig fiel seine Frau regelrecht in sich zusammen. Das Ausbleiben ihrer Antwort war für Henriette ein klares »Ja«. Daher sah sie den Vater nun durchdringend an und stellte die Frage nach seinem Alibi für die Mordnacht. Die Aussagen des Verlobten und der Mitarbeiter des Fitnessstudios sowie die Analyse der Gerichtsmedizin ermöglichten es den Beamten, den Todeszeitpunkt ziemlich genau zu bestimmen.

Andreas Mutter hob bei der Frage das erste Mal den Kopf und sah ihren Mann direkt an.

»Was?«, brüllte der außer sich. »Sie unterstellen mir, meine Tochter umgebracht zu haben?«

»Wir überprüfen Alibis, das ist unsere Arbeit«, blieb Henriette gelassen. »Wo waren Sie?«, forderte die Hauptkommissarin den Mann erneut auf, zu sprechen.

»Zu Hause, bei meiner Frau« Er drehte den Kopf zu ihr und für einen kurzen Augenblick sah es so aus, als würde sich die Mutter gegen ihn wenden, aber dann nickte sie doch und murmelte: »Mein Mann war bei mir.«

Keiner der anwesenden Polizisten glaubte ihr das, dennoch reichte es nicht für eine Verhaftung.

Henriette versuchte deshalb, einem weiteren Hinweis nachzugehen. »Mochte Ihre Tochter Kerzen?«

Auch dieses Mal löste die gestellte Frage eine Reaktion aus. Die Mutter reagierte als Erste. »Als sie Kind war, habe ich ihr immer eine Kerze angezündet, wenn ich ihr Geschichten vorgelesen habe. Sie wollte, dass ich sie nachts brennen lasse. Mein Mann hat das aber verboten, es ...«

Kranz unterbrach sie: »Man lässt nachts kein offenes Feuer im Kinderzimmer an«, rechtfertigte er sich.

»Sie mochte Kerzenlicht«, murmelte Frau Kranz und sank wieder in sich zusammen.

Henriettes Blick erfasste erneut den Vater.

»Meine Frau steht auf Firlefanz, aber was hat das überhaupt mit den Ermittlungen zu tun?«

Henriette blieben nur wenige Sekunden, um abzuwägen, wie sie nun antworten sollte. Kein Kommentar oder Informationen weitergeben in der Hoffnung, dadurch mehr zu erfahren? Die Hauptkommissarin entschied sich für Letzteres. »Andrea trug eine Kerze bei sich, die ihr eventuell vom Mörder zugesteckt wurde«, gab sie bereitwillig Auskunft.

Der Kopf der Mutter schnellte erneut herum – Henriette konnte spüren, dass die Frau kurz davor war, eine Aussage zu machen, aber obwohl sich ihr Mund öffnete, sagte sie nichts. Vorwurf lag in ihrem Blick und Abscheu, als sie ihren Mann anstarrte, dennoch schwieg sie.

Vorerst hatte die Hauptkommissarin keine andere Wahl, als die beiden gehen zu lassen. Zum Abschied wandte sie sich jedoch noch einmal an die Mutter, drückte der eine Visitenkarte in die Hand und sagte: »Falls Ihnen noch etwas einfällt, rufen Sie mich an. Der Mörder Ihrer Tochter darf keinesfalls davonkommen.«

* * *

IN DER ECKKNEIPE

Für einen Moment schloss der ehemalige Hauptkommissar die Augen, verfluchte sich selbst und dachte: *Das darf doch alles nicht wahr sein.*

Im nächsten Augenblick spürte er zarte Lippen auf seiner Wange und nahm Alexandras vertrauten Duft wahr. Sie trug noch das gleiche Parfum wie damals.

»Und du bist immer für eine Überraschung gut«, sagte er statt einer Begrüßung, weil ihm nichts Besseres einfiel.

Sie lächelte und ließ sich unaufgefordert ihm gegenüber nieder. Mit einem Grinsen betrachtete sie die leeren Kognakschwenker, die Christina hatte stehen lassen. »Was sollte das werden? Ein Besäufnis, um in Stimmung zu kommen?«

Sie sah sein missbilligendes Stirnrunzeln und lachte herzhaft. »Deine kleine Freundin beschwert sich zu Recht, du hast ja überhaupt keinen Sinn für Humor mehr.«

Junck gab es auf, immerhin saß er Alexandra gegenüber, der Frau, gegen die er nie eine Chance gehabt hatte. Er betrachtete sie und musste feststellen, dass sie nichts von ihrer Wirkung eingebüßt hatte, auch nicht im Alter von zweiundfünfzig Jahren.

»Was machst du hier?«, fragte er und fügte an: »Dich hätte ich in diesem Etablissement wirklich nicht erwartet.«

»Du hältst mich immer noch für ein verwöhntes Kind, das glaubt, dass es selbstverständlich ist, reich zu sein. Aber«, antwortete sie ernst, »ich weiß und ich wusste genau, dass ich sehr viel Glück hatte.«

»Und deshalb triffst du dich seit Neustem mit deinen erlesenen Freunden in billigen Eckkneipen.«

Sie bedachte ihn mit einem milden Lächeln und schwenkte ihren Arm wie eine Königin, um dem Kellner anzuzeigen, dass sie eine Bestellung aufgeben wollte.

Tatsächlich eilte der Wirt sofort herbei, sichtlich überrascht, einen so ungewöhnlichen Gast bei sich begrüßen zu dürfen.

Alexandra von Born äußerte ihren Wunsch, und der Kneipier informierte sie bedauernd darüber, dass man die von ihr geordete exotische Biermarke nicht führte. Es entstand eine längere Diskussion, Alexandra lauschte geduldig den Ausführungen des Mannes, der sein Fassbier anpries, und stellte unendlich viele Fragen, als würde es darum gehen, einen internationalen Konzern zu kaufen.

»Die Dame nimmt ein kleines Pils«, ging Junck schließlich dazwischen, »und mir können Sie ebenfalls eines bringen.«

Der Wirt zog sich erleichtert zurück, während Junck mit den Augen rollte. »Also, was machst du hier?«, wiederholte er seine Frage.

»Zwei Straßen weiter findet gerade eine Ausstellung statt. Moderne junge Künstler, die ich fördere.«

Unwillkürlich erinnerte sich Stefan an das Bildnis in Henriettes Wohnung und sagte: »Die, die diese Gebissgeschichte gemacht haben?«

Nun war es an Alexandra, empört zu erwidern: »Das ist eines der besten Werke!«

»Na dann will ich hoffen, dass ich die anderen nie zu Gesicht bekomme«, rutschte es Junck heraus.

Daraufhin folgte von seiner Ex-Frau ein schnippisches »Banause«.

»So fantastisch können die Kunstwerke ja kaum sein, wenn du die Kneipe der Ausstellung vorziehst.«

Plötzlich schien ein Schatten über das hübsche Gesicht seiner Ex-Frau zu huschen, und mit einer Spur Ironie antwortete sie: »Ich bin nicht gerne das fünfte Rad am Wagen. Ich habe frische Luft gebraucht und bin zufällig hier gelandet.«

Stefan ahnte, um was es ging, und war froh, dass ihm durch das Heraneilen des Kellners vorläufig eine Antwort erspart blieb. Er wusste, dass Alexandra dazu neigte, ihre Faszination für die Kunst auf die Künstler zu übertragen. Meist waren es junge Männer, die sich gerne von ihr fördern ließen, gelegentlich wurde daraus dann mehr, aber irgendwann endete es, meist schmerzhaft für Alexandra.

»Wer auch immer er ist, er hat dich nicht verdient«, sagte Stefan und prostete ihr zu. Er meinte es ehrlich und sie wusste das.

Trotz der Scheidung und der vielen Streitereien waren die beiden heute Freunde. Sie kannten einander und hatten gelernt, die Schwächen des anderen zu verzeihen. Außerdem verband sie die gemeinsame Tochter.

»Sie ist jetzt Hauptkommissarin«, bemerkte Alexandra, als hätte sie seine Gedanken gelesen. »Furchtbares Mädchen. Wer will denn *Hauptkommissarin* werden? Das macht sie nur, um mich zu ärgern und dir zu gefallen.«

»Du weißt genau, dass das nicht stimmt. Henriette hat ihren eigenen Kopf, und mir zu gefallen gehört sicher nicht zu ihren Plänen. Du kennst sie doch, aus irgendeinem Grund ist sie ständig sauer auf mich.«

»Willkommen im Klub«, erwiderte Alexandra und nahm einen großen Schluck von ihrem Pils. »Mich hat sie verlassen.«

Stefan Junck schmunzelte. »Sei nicht albern, mit zweiunddreißig darf ein Mensch in seine eigene Wohnung ziehen.«

»Sie hatte eine eigene Wohnung«, entgegnete Alexandra vorwurfsvoll.

»In der Villa deines Vaters, das ist nicht das Gleiche.«

»Ich lebe auch dort und kann mich nicht beschweren. Aber eines Tages werde ich dort einsam sterben und meine

Leiche wird erst Wochen später gefunden. Verrottet und stinkend.«

»Bei der Menge an Hausangestellten wird es vielleicht einer vorher riechen«, neckte sie Junck. »Außerdem wirst du niemals einsam sein.«

Wie zur Bestätigung erschien plötzlich wieder der Wirt und stellte Alexandra ein kleines Schnapsglas vor die Nase. Auf ihren fragenden Blick hin erklärte er: »Der ist von Manfred, an der Bar.«

Alexandra drehte sich automatisch um und entdeckte einen Mann, der die siebzig sicher schon überschritten hatte. Mit einem zahnlosen Lächeln prostete er ihr zu. Sie erwiderte unsicher den Gruß und nippte höflich an dem Glas, in dem sich eine Art Magenbitter befand.

Junck war bemüht, sich das Lachen zu verkneifen, sagte aber mit Tränen in den Augen: »Siehst du, du wirst immer eine Herzensbrecherin bleiben.«

Später teilten sie sich ein Taxi und als Stefan ausstieg, sagte seine Ex-Frau: »Du warst der Einzige, der mich halbwegs glücklich gemacht hat.«

Er hauchte ihr daraufhin einen Kuss auf die Wange und flüsterte: »Pass auf dich auf!«

* * *

EINE WOCHE SPÄTER

Es war nicht einfach, sich in einer Gefängniszelle zu erhängen, denn bevor sich die Gittertüren hinter einem Menschen schlossen, nahm man ihm das meiste seiner Habe. Dem Unschuldigen raubte man zudem die Würde, dem Schuldigen die unverdiente Freiheit.

Matthias Kranz machte sich immer noch etwas vor. Seine Definition von Schuld glich nicht dem üblichen Sprachgebrauch. Er sah sich als Opfer. Wie konnten sie ihn für den Mord an der eigenen Tochter vor Gericht stellen, wie ihn überhaupt eines Verbrechens anklagen? Er hatte das Mädchen geliebt, das war schließlich kein Unrecht.

Man musste ihm nicht erklären, dass er im Gefängnis kein Leben mehr haben würde. Degradiert zu einem Monster, gehasst und verabscheut. Die Strafe könnte er absitzen, aber was war mit den anderen Insassen? Die würden ihm das Leben zur Hölle machen, Kinderschänder bestrafte man. Trotz seiner Statur und dem mangelnden Schuldbewusstsein, trotz seiner offenkundigen Bereitschaft, einem Schwächeren körperliches Leid zuzufügen, hatte er selbst schreckliche Angst vor Schmerzen. Genährt worden war diese Angst durch die letzten Tage in Gefangenschaft, selbst wenn es keine Verhöre und keine Besuche des Anwalts gegeben hatte. Allein in der Zelle hatte er nämlich erst recht Zeit gehabt, über die Zukunft nachzudenken.

Als sich Matthias Kranz jetzt die provisorische Schlinge, hergestellt aus einem abgetrennten Hosenbein, um den Hals legte, war er entschlossen, dem Martyrium, das ihm seiner Meinung nach unverdienterweise bevorstand, zu entkommen. Zeitlebens war er ein Feigling gewesen und als solcher wechselte er nun auch auf die andere Seite.

ZWEI TAGE SPÄTER AM ABEND

Henriette von Born saß in ihrer neuen Wohnung und trank ein Glas Rotwein, dem sie Eiswürfel und Limonade hinzugefügt hatte. Ihr Großvater hätte bei dem Gedanken, dass einer seiner edlen Tropfen so verschandelt wurde, sicherlich einen Herzinfarkt bekommen, aber das war der Hauptkommissarin heute völlig egal. Vor ihr ausgebreitet lag die Fallakte von Andrea Kranz; noch hatte man sie nicht abgezogen, aber die Zeichen standen auf Sturm. Zuerst gefeiert für die schnelle Ergreifung des Mörders, war sie jetzt gerade dabei, von den Schultern gestoßen zu werden, die sie eben noch in den Himmel gehoben hatten.

»Er hat sich erhängt, daran gibt es keinen Zweifel«, hatte die erste Einschätzung des Gerichtsmediziners gelautet, die sich auch nach der Obduktion bestätigen sollte.

Natürlich wünschte sich kein Kommissariatsleiter eine Leiche in den Arrestzellen, aber im Fall von Matthias Kranz konnte man anfangs zumindest noch davon ausgehen, dass er endlich seinen Frieden gemacht hatte. Deshalb galt sein Suizid zunächst als Geständnis, obwohl er bei den Verhören stets bestritten hatte, dass er der Mörder seiner Tochter sei.

Dennoch hatte Henriette nach Kranz' Ableben ein mulmiges Gefühl gehabt. Selbst wenn einige hinter vorgehaltener Hand munkelten, dass der Mann den Tod verdient hätte, wären der Hauptkommissarin ein ordentliches Gerichtsverfahren und die Chance auf eine restlose Aufklärung lieber gewesen.

Leider hatte sich am heutigen Nachmittag dann eine weitere dramatische Entwicklung ergeben, die ihr negatives Gefühl bestätigen sollte. Ein glaubhafter Zeuge war aufgetaucht, der schwor, Kranz in der Mordnacht gesehen zu haben.

Am Abend stand zwar immer noch fest, dass Matthias Kranz ein widerlicher Pädophiler gewesen war, der seine Tochter über Jahre missbraucht und seine Frau geschlagen hatte, aber gleichzeitig galt er nun als Unschuldiger im Mordfall Andrea Kranz, als *toter* Unschuldiger.

Henriette schenkte sich nach, natürlich lastete man ihr das an. In der Presse würde man sicher bald von Polizeigewalt sprechen – davon, dass man Kranz zu sehr unter Druck gesetzt oder seinen labilen Zustand ignoriert hätte. Bislang sprach den Vorwurf niemand offen aus, aber das war auch nicht nötig. Die Hauptkommissarin fühlte sich schuldig.

Das Klingeln an der Haustür schreckte sie auf, allerdings machte sie keine Anstalten zu öffnen. Vermutlich versuchte es David Thom erneut. Mittlerweile hatte er bereits eine ansehnliche Menge Nachrichten hinterlassen. Seit ihrem ersten gemeinsamen Abendessen waren sie noch zwei Mal ausgegangen und hatten sich sogar geküsst. Hatte sich Henriette davon etwa ablenken lassen? Privatleben und Polizeiarbeit vertrugen sich eben nicht, daran hätte sie denken müssen. Auch der nächste große Schluck Wein half ihr nicht, sich besser zu fühlen. Ihr Gehirn arbeitete immer noch wie ein Uhrwerk, schien nicht zur Ruhe zu kommen.

Plötzlich zuckte sie zusammen, sie hörte die Wohnungstür und fast zeitgleich wurde ihr Name gerufen.

»Jetti, bist du da?«

»Papa?«, stieß sie überrascht hervor. Dann jedoch wurde sie wütend und blaffte: »Bist du etwa gerade bei mir eingebrochen?«

Er erkannte, dass sie geweint hatte, versuchte deshalb, unbeschwert zu klingen, als er antwortete: »Ich bin doch kein Superspion, deine Mutter hat mir den hier geborgt.« Damit hob er einen Schlüssel in die Höhe.

»So langsam glaube ich, sie hat den Verstand verloren. Wie kann sie einfach meinen Hausschlüssel weitergeben! Der ist nur für den Notfall, wenn ich mich aussperre. Das ist so typisch für sie.« Henriette ließ eine Schimpftirade über Unvernunft und Ignoranz folgen und Stefan Junck war froh, dass er nicht ins Visier seiner Tochter geraten war. Das sollte sich allerdings schnell ändern.

»Und was willst *du* hier?«, fuhr sie ihn an. »Sehen, wie ich versagt habe? Endlich haben wir den Beweis, dass ich nicht zum Polizeidienst tauge«, schnappte sie. »Soll ich nun kündigen und wieder bei Mama einziehen, ist das euer Plan?«

Er wartete, bis sie sich etwas beruhigt hatte, und meinte dann geduldig: »Vermutlich würde das deiner Mutter gefallen, aber wie ich dich kenne, wirst du ihr in der Sache nicht entgegenkommen.«

Sie wollte etwas erwidern, aber er warf ihr einen mahnenden Blick zu und sie hielt sich zurück. »Deshalb hat sie mich jedoch nicht geschickt. Wir wissen beide, dass deine Mutter manchmal Dinge tut, die wir nicht nachvollziehen können. Aber nichtsdestotrotz ist sie eine gute Mutter und sie liebt dich. Ich bin hier, weil sie glaubt, ich könnte dir helfen, und zwar nicht als Vater, sondern als Kollege.«

Stefan Junck hatte den Umstand, dass seine Ex-Frau vor einer Stunde bei ihm auf der Matte gestanden, ihm Henriettes Schlüssel in die Hand gedrückt und ihn hysterisch aufgefordert hatte, sofort nach der gemeinsamen Tochter zu sehen, gut umschrieben.

»Dieser ekelhafte Typ, der sich erhängt hat, ist anscheinend unschuldig«, hatte ihm Alexandra erklärt und sich eine Zigarette angezündet, während sie seine Wohnung betreten hatte.

Junck war erschrocken gewesen. »Kranz ist unschuldig?«, hakte er deshalb alarmiert nach.

»Ja«, fauchte Alexandra. »Irgend so ein Wichtigtuer hat sich genötigt gesehen, eine Aussage zugunsten dieses Pädophilen zu machen. Können die Leute ihren Scheiß nicht für sich behalten?«

»Wenn man zur Aufklärung eines Verbrechens beitragen kann, ist man verpflichtet auszusagen«, hielt er ihr altklug entgegen.

»Um Gottes willen, spar dir den Mist, es geht immerhin um unsere Tochter. Ich weiß, dass ihr das zu schaffen macht. Sie beantwortet keinen meiner Anrufe, sie leidet. Vermutlich wird man sie verantwortlich machen und von dem Fall abziehen oder versetzen. Womöglich weit weg von Frankfurt …« Das mit der Versetzung war ihr augenscheinlich eben erst eingefallen, denn entsetzt fragte sie: »Können die das denn?«

Junck bat sie, sich zu setzen, aber Alexandra tigerte weiter auf und ab. »Du musst das regeln.«

»Ich?«, fragte er überrascht.

»Ja, du. Du bist ihr Vater. Außerdem hat sie sich diesen Polizistenkram nur deinetwegen ausgesucht. Im Prinzip bist sowieso du an allem schuld.«

Er kannte seine Ex-Frau gut genug, um zu wissen, dass es nicht helfen würde, an ihre Vernunft zu appellieren, deshalb entgegnete er müde: »So wie immer.«

»Ja«, sagte sie unbeirrt und fragte: »Was gedenkst du also zu tun?«

»Ich kann nichts tun, ich kenne ja nicht einmal die Fakten. Woher weißt du überhaupt von diesem Zeugen? In den Nachrichten kam noch nichts …«

Sie wedelte ungeduldig mit der Hand. »Die Nachrichten, die werden sich noch früh genug das Maul zerreißen und unser Mädchen fertigmachen.« Sie bemerkte, dass er auf eine Antwort wartete, und seufzte. »Mein Vater hat davon gehört und …« Sie wurde kleinlaut, wusste, dass Junck es nicht schätzte, wie sich sein Ex-Schwiegervater in die Belange anderer Menschen einmischte.

Sie sah seinen verkniffenen Ausdruck und sprach versöhnlich weiter: »Er behält seine Enkelin im Auge, dagegen ist doch nichts einzuwenden.«

»Sie wird sauer werden, wenn sie davon erfährt.«

»Dann sag es ihr nicht.« Alexandra bemerkte seinen widerwilligen Gesichtsausdruck und meinte: »Oder sag es ihr, das ist mir völlig gleichgültig. Hauptsache, du kümmerst dich jetzt darum.«

»Wie?«, rief er genervt. »Wie soll ich mich darum kümmern?«

»Wie wohl?«, blaffte sie zurück. »Du bist der beste Ermittler, den die jemals hatten, ermittle gefälligst, hilf Henriette, diesen bescheuerten Fall aufzuklären.«

Junck musste grinsen. »Ich bin der beste Ermittler? Das sind ja ganz neue Töne.«

Alexandra zuckte lässig mit den Schultern. »Ich habe nie daran gezweifelt, dass du etwas von deinem Beruf verstehst, deshalb muss ich ihn noch lange nicht mögen. Eigentlich hatte ich gehofft, meine Tochter würde sich für ein angenehmeres Leben entscheiden, aber nein, wen kümmern schon die Sorgen einer Mutter? Wusstest du, dass sie sich seit Neustem mit einem Leichenbestatter trifft?«

Junck wusste das nicht, bezweifelte jedoch, dass Henriette mit der Weitergabe dieser Information einverstanden war.

»Jedenfalls«, fuhr seine Ex-Frau fort und kramte einen kleinen Schlüssel aus der Tasche, »fährst du sofort da hin und löst diesen Mordfall. Vermutlich wird sie dir nicht aufmachen, also benutzt du den Zweitschlüssel.«

Erst jetzt entdeckte sie den gepackten Koffer. »Willst du etwa verreisen?«, fragte sie daher gereizt. »Das geht nicht, nicht wenn deine Tochter dich braucht.« Dann plagte sie doch die Neugier: »Wo willst du überhaupt hin?«

»Spanien«, hatte ihr Junck knapp geantwortet, den Schlüssel in Empfang genommen und wider besseres Wissen versprochen, seiner Tochter einen Besuch abzustatten.

»Ich glaube es nicht! Ausgerechnet Mama will, dass wir zusammen Polizeiarbeit erledigen«, sagte Henriette nun wenig freundlich und holte ihn wieder ins Hier und Jetzt zurück.

Für einen kurzen Moment verfluchte er die beiden wichtigsten Frauen in seinem Leben, die offensichtlich nichts Besseres zu tun hatten, als ihm den letzten Nerv zu rauben. Trotzdem sagte er beschwichtigend: »Ich biete dir meine Hilfe an.« Bevor sie einen Einwand erheben konnte, sprach er weiter: »Das würde ich übrigens bei jedem Kollegen tun. Abgesehen davon habe ich selbst eine zweite Meinung nie abgelehnt. Eigentlich hätte ich vermutet, dass du dich mit deinem Team berätst, anstatt hier zu saufen und in Selbstmitleid zu ertrinken. Frau Hauptkommissarin, Sie sollten sich auf den Fall konzentrieren.«

Henriette ließ sich daraufhin wenig damenhaft auf einen Sessel plumpsen und stieß geräuschvoll die Luft aus. »Ich hab's vermasselt, so richtig vermasselt.«

Junck setzte sich ebenfalls und plötzlich sprudelten die Worte nur so aus Henriettes Mund. »Ich hatte den richtigen Riecher, was den Vater anging. Die Hinweise waren zwar nicht eindeutig, aber zeigten in eine bestimmte Richtung. Ich habe ihn vernommen und der Mutter subtil ins Gewissen geredet. Die Frau erschien am nächsten Tag und machte tatsächlich ihre Aussage.«

Sie reichte Junck die Kopie des Protokolls. Die Mutter von Andrea Kranz hatte ihren Ehemann stark belastet.

»Sie hatten recht«, stand dort, »es hat viel Gewalt in unserem Heim gegeben. Wenn Matthias betrunken war, konnte er sich nicht beherrschen. Ich dachte, ich kann Andrea vor ihm beschützen, indem ich dafür sorge, dass er seine ganze Wut an mir auslässt, aber das hat ihm nicht gereicht.« Junck nahm an, dass bei der Aussage von Frau Kranz viele Tränen geflossen waren, aber das stand natürlich nicht in dem nüchtern verfassten Papier. »Andrea hat ebenfalls unter ihm gelitten«, las er weiter. »Erst später erfuhr ich, was wirklich passiert war. Sie hat mir nie verziehen, dass ich es zugelassen habe.« Man hatte sie gebeten, das zu präzisieren, woraufhin die Sätze gefolgt waren: »Ja, er hat sie missbraucht, und ich hätte es wissen müssen.« Am Ende gab die Zeugin zu, dass ihr Mann in der Mordnacht nicht zu Hause gewesen war.

»Sein Alibi ist geplatzt und du hast reagiert«, fasste Junck zusammen.

Henriette nickte und forderte ihn auf: »Lies das mit der Kerze.«

Die Augen des ehemaligen Ermittlers wanderten über das Papier. Andrea Kranz' Mutter machte dazu folgende Angaben: »Früher, als Andrea klein war, da hat er ihr manchmal eine Kerze geschenkt, weil sie das Kerzenlicht doch so mochte, und jetzt, da man bei ihr eine gefunden hat …«

Henriette ergänzte: »Die Frau brach nach der Vernehmung zusammen und der Verdacht gegen ihren Mann hatte sich erhärtet.«

Stefan Junck arbeitete sich durch weitere Aussagen, auch durch den Bericht der Gerichtsmedizin und der Kriminaltechnik.

»Du hattest keine andere Wahl, du musstest den Mann

verhaften.«

»Ja, aber jetzt ist er tot und man gibt mir die Schuld, zweifelt an meinen Fähigkeiten.«

»Du machst den Job nicht für dein Ego«, ermahnte sie ihr Vater. »Du machst ihn, um einen Verbrecher aus dem Verkehr zu ziehen und den Opfern Gerechtigkeit zukommen zu lassen.«

»Es tut weh, wenn sie dich fallen lassen«, murmelte Henriette und er verstand sie nur zu gut.

»Du musst dir ein dickeres Fell zulegen.« Er glaubte, gefühllos zu klingen, und ergänzte: »Nicht dass mir das jemals so richtig gelungen wäre.«

Sie sah ihn mit großen Augen an und er erinnerte sich an die kleine Henriette, immer ernst und zurückhaltend, ganz anders als ihre Mutter.

»Ich bin immer noch angepisst, weil sie mich aus dem Dienst verabschiedet haben.« Es war das erste Mal, dass er diesen Umstand so deutlich aussprach, und es hatte eine befreiende Wirkung.

»Ich dachte, du hattest genug, bist gerne in Pension gegangen. Ich …« Sie schwieg, verstand plötzlich, dass er ihr etwas sehr Persönliches anvertraut hatte, und fühlte sich ihm seit Langem richtig nahe.

»Sie haben mich mehr oder weniger abgeschoben. Nicht weil ich meine Arbeit nicht hätte machen können, einfach weil es bequemer war. Keiner will den *verkrüppelten Helden* ständig um sich herum haben.«

Junck schwieg und Henriette sagte: »Lass das nur Mama nicht hören. Die ist froh, dass du raus bist. Als du damals in die Klinik eingeliefert wurdest, ist sie vor Angst um dich beinahe gestorben.« Sie griff nach seiner Hand. »Mir ging es übrigens genauso.«

Er erwiderte ihren Druck und lächelte sie aufmunternd an.

KAPITEL 6

Etwa zur gleichen Zeit

Sie waren alle angetrunken, stützten sich gegenseitig, lachten und kicherten, machten alberne Bemerkungen, aber auch schlüpfrige Witze. Die jungen Frauen genossen den Augenblick, ohne an den morgigen Kater zu denken oder die Peinlichkeiten, die sie sich dann in nüchternem Zustand auf ihren Handys ansehen müssten.

Tabea Pröhl, die zukünftige Braut, amüsierte sich hervorragend. Zuerst hatte man ihr einen Bauchladen umgeschnallt, auf dem sich jede Menge Sexspielzeug befunden hatte, das sie an den Mann hatte bringen müssen. Die Frauengruppe hatte sich dazu in der Fußgängerzone aufgestellt, süßen Sekt getrunken und sehr zur Freude oder dem Ärger der Passanten ihre Sangeskünste zum Besten gegeben. Dann war eine Stretchlimousine aufgetaucht, gesponsert von den Brautjungfern, um sie anschließend von Klub zu Klub zu fahren.

»Vorglühen«, wie die Trauzeugin von Tabea so schön gesagt hatte.

Jetzt sollte das Highlight des Abends folgen.

»Kein Junggesellinnenabschied ohne Männerstrip« war

die Parole und als sie das entsprechende Etablissement betraten, waren sie in euphorischer Stimmung.

Was von außen wie eine alte Fabrikhalle aussah, entpuppte sich im Inneren als echte Partyhöhle. Rotes Licht im Eingangsbereich, flackernde Beleuchtung im großen Saal und dazu ohrenbetäubende Musik aus den Achtzigern, während sich auf der Bühne gut gebaute Männerkörper, braun gebrannt mit ölig glänzender Haut, lasziv und aufreizend bewegten.

»Oh mein Gott«, schrie die künftige Braut, kreischte hysterisch, als ihr ein getigerter Slip ins Gesicht geworfen wurde, und stieg sofort darauf ein, als einer der Stripper von der Bühne sprang und sie mit obszönen Bewegungen antanzte. Der Abend wurde immer wilder und Alkohol floss in Strömen. Champagner wechselte sich mit süßen Shots ab und irgendwann hatte Tabea das dringende Bedürfnis, frische Luft zu schnappen. Sie trug zwar noch den winzigen Schleier auf dem Kopf, der sie als Braut markierte, aber der war mittlerweile zerrupft und wirkte, genauso wie ihr Make-up, als würde er zu einem bizarren Kostüm gehören. Tabea hatte jedoch andere Sorgen als ihre Optik. Der Alkohol machte sich bemerkbar, ihr war schwindelig und übel. Tapfer schleppte sie sich um eine Ecke, keinesfalls sollte jemand mitbekommen, dass sie bereits schwächelte. Die frische Luft, die ihr eigentlich helfen sollte, wieder auf die Beine zu kommen, wirkte jedoch wie ein Katalysator für den Rausch. Die Übelkeit nahm zu und sie ging in die Knie, als sie sich übergeben musste.

Sie keuchte und spürte Hitze aufsteigen, dann kühlte ihre Haut ab und eine Gänsehaut ließ sie erschaudern. Plötzlich sehnte sie sich nach ihrem Bett, spielte mit dem Gedanken, einfach zu verschwinden, sich ein Taxi zu rufen, wenn sie nur wieder auf die Beine käme. Noch saß sie auf dem Boden, lehnte gegen die Mauer und redete ihrem Magen gut zu. Allein der Gedanke an weiteren Alkohol ließ sie trocken würgen.

»Geht es Ihnen nicht gut?«, hörte sie plötzlich eine Stimme neben sich. Ein Auto hatte angehalten und jemand stieg aus. »Soll ich vielleicht die Polizei rufen?«, fragte man sie, wohl wissend, dass das garantiert nicht ihr Wunsch war.

»Nein, um Gottes willen, ich habe nur zu viel getrunken«, beeilte sich die junge Frau wie erwartet zu sagen. Die Angst vor so einer Blamage machte Tabea leutselig und unvorsichtig. »Ist mein Junggesellinnenabschied und am liebsten würde ich jetzt nach Hause gehen.«

»Wissen Sie was?«, schlug man ihr freundlich vor. »Ich kann Sie fahren, und zu Hause angekommen schicken Sie Ihren Freundinnen eine Nachricht.« Sie ahnte das joviale Lächeln, das nun folgte, mehr, als dass sie es in der Nacht tatsächlich sah. »Manchmal ist es besser, mit Würde zu verschwinden, als sich der Peinlichkeit, zu bleiben, auszusetzen.«

»Ich habe zwar nicht genau verstanden, was Sie meinen«, antwortete Tabea mit schleppender Stimme und ließ sich aufhelfen, »aber es klang irgendwie gut.« Halbherzig stutzte sie dann doch und fragte lallend: »Sie sind doch kein Mensch mit mörderischen Neigungen, oder?«

Nachdem man ihr versichert hatte, dass das gewiss nicht der Fall sei, wiegte sie sich in Sicherheit.

Später würden die Freundinnen von Tabea nach anfänglichem Zögern der Polizei gegenüber bestätigen, dass die Braut weder als vernünftig noch als besonders vorsichtig galt. Dass Tabea Pröhl Entscheidungen aus dem Bauch heraus traf und es liebte, mit dem Feuer zu spielen. Selbst die geplante Hochzeit war eine Folge von unüberlegten Entscheidungen gewesen, mehr oder weniger aus einer Bierlaune heraus getroffen. In der Vergangenheit war Tabea gut damit gefahren, spontan zu handeln. Allerdings nicht heute Abend.

* * *

IN HENRIETTES WOHNUNG

Stefan Junck hatte sich durch die Akte gewühlt, viele Fragen gestellt und nun das Gefühl, Teil des Ermittlungsteams geworden zu sein. Der alte Jagdinstinkt schien immer noch vorhanden. »Leonhard Meier, der Verlobte, hat ein schwaches Alibi. Die Eltern bestätigen, dass er bei ihnen war, sonst keine Zeugen«, bemerkte er nachdenklich.

»Stimmt. Und er wusste, dass sich seine Freundin im Fitnessstudio aufhalten würde, allerdings fehlt mir bei ihm das Motiv. Wir haben Leonhard durchleuchtet, keine gewalttätige Vorgeschichte, keine Eifersuchtsszenen, warum hätte er Andrea Kranz töten sollen?«

Junck schnappte sich den Autopsiebericht, betrachtete anschließend eines der Tatortbilder. Es zeigte die Leiche im Grab, bis zur Brust mit Erde bedeckt. Nur das Gesicht war zu erkennen.

»Meiner Meinung nach hast du recht. Der Täter hat ganz bewusst zuerst den Körper zugeschaufelt, so als wollte er, dass sie ihm dabei zusieht, als müsste er mit seinem Opfer so lange wie möglich Blickkontakt halten.«

»Das bedeutet doch, er hat Andrea Kranz gekannt«, warf Henriette ein. »Deshalb hat der Vater auch so gut gepasst. Ich dachte, da er ihr schon in der Vergangenheit Gewalt angetan hat, und zwar nicht nur einmal, sondern als Wiederholungstäter, empfindet er auch keine Scham, nachdem er sie getötet hat.« Sie seufzte vernehmlich. »Aber so war es ja nun einmal nicht.«

»Was ist mit der Mutter?«, hakte Junck nach.

»Die Mutter?«, klang Henriette bestürzt.

»Schließen wir Frauen als Mordverdächtige seit Neustem aus?« Sein Ton war streng.

In einem anderen Zusammenhang hätte Henriette ihm den übel genommen, aber in diesem Augenblick stellte sie erleichtert fest, dass er sie tatsächlich wie eine Kollegin, besser gesagt wie eine Untergebene, behandelte.

Sie grinste und erwiderte: »Ich weiß nicht, ob ich dich gerne als Chef gehabt hätte, aber als Kollege bist du wirklich gut. Stimmt, die Mutter hat kein Alibi. Nachdem wir nun wissen, dass ihr Mann nicht zu Hause war, hielt sie sich dort alleine auf oder auch nicht.«

Junck ergänzte: »Sie behauptet, nichts von dem Missbrauch gewusst zu haben, aber das sagen sie ja alle. Die meisten schweigen aus Angst und Feigheit, aber einige werden auch zu Mittätern, das sollten wir nicht ausschließen.«

»Allerdings halte ich sie für körperlich nicht in der Lage, ein Grab auszuheben oder eine erwachsene Frau zu überwältigen. Dennoch werde ich auch da noch einmal nachhaken. Womöglich hat der Vater das Grab geschaufelt, sich dann ein Alibi verschafft und den Rest seine Frau erledigen lassen.«

»Passt das wirklich?«, fragte Junck kritisch. »Das Alibi liest sich nicht so, als wäre es arrangiert gewesen. Ganz im Gegenteil, der Alte hatte mehr oder weniger Glück.«

Henriette bestätigte das. Der Zeuge, der erst so spät aufgetaucht war, arbeitete ehrenamtlich für eine Hilfsorganisation, die sich um Obdachlose kümmerte. An besagtem Abend traf er auf Matthias Kranz, der stark alkoholisiert auf einer Parkbank gelegen hatte. Angesprochen von dem

Zeugen war Kranz unverschämt geworden und so in Erinnerung geblieben. »Ich bin keiner dieser dreckigen Penner, verpiss dich«, hatte er den ehrenamtlichen Helfer angepöbelt und sogar mit Schlägen gedroht, danach war er davongetorkelt. Der Zeuge war erst am heutigen Morgen von einer Auslandsreise zurückgekehrt, deshalb hatte er sich nicht früher bei der Polizei gemeldet.

»Und ihr seid sicher, dass diese Kerze nicht dem Opfer gehört hat?«, stellte Junck eine weitere Frage.

»Wir haben alle vernommen. Die Arbeitskollegen, die Mitarbeiter des Fitnessstudios, keiner hat ihr die zugesteckt und niemand wusste etwas von ihrer Vorliebe für Kerzen. Selbst der Verlobte sagte aus, dass Andrea Kerzen eigentlich nicht mochte. Auch für die Hochzeitstafel und die Kirchendekoration hat sie bewusst darauf verzichtet. Jetzt ist natürlich klar warum.«

»Wo hat die Frau gearbeitet?«

»In einer Bäckerei. Direkt in der City, sie hat sich hauptsächlich um den Kaffeeausschank gekümmert. Du weißt schon, *Coffee to go.*«

»Ich bin zwar ein Neandertaler, aber auch ich kenne das Prinzip von Kaffee zum Mitnehmen«, reagierte Junck amüsiert. Dann wurde er wieder ernst. »Das heißt, sie hat jeden Tag eine Menge Menschen getroffen.«

»Mit Sicherheit«, bestätigte Henriette. »Wir wissen, dass es einige Stammkunden gibt, aber vor allem auch Laufkundschaft.«

»Das heißt, wenn sie jemand beobachtet hat, wäre er niemandem aufgefallen, oder?«

»Nein, sicherlich nicht. Dort findet eine regelrechte Massenabfertigung statt. Zudem hat Andrea in vier Schichten gearbeitet, das bedeutet jede Menge Spielraum für einen unauffälligen Stalker.« Henriette runzelte skeptisch die Stirn. »Aber woher hätte er wissen können, wo er

Andrea Kranz findet? Dazu wäre eine Überwachung notwendig gewesen und die ist, wie wir Polizisten wissen, gar nicht so einfach.«

»So kompliziert muss es nicht gewesen sein«, widersprach ihr Vater. »Stehen die Verkäuferinnen in dieser Bäckerei alleine oder zu zweit hinter der Theke?«

Henriette kramte in den Papieren. »Laut Protokoll arbeiten mindestens vier hinter der Theke, plus die Bedienungen für die Tische, je nach Wochentag, zwei Festangestellte und drei bis fünf Aushilfen.«

Sie sah ihren Vater fragend an, als der zufrieden nickte.

»Achte das nächste Mal darauf, wie viele private Details du erfährst, wenn du nur genau zuhörst, während du in einer Warteschlange stehst. Ich weiß zum Beispiel ziemlich genau, wie der Hausbau meiner Apothekerin vorangeht, ohne dass sie mir je bewusst davon erzählt hat. Dafür spricht sie in meinem Beisein mit ihrer Angestellten oder telefoniert, während sie mein Rezept abrechnet.« Er zuckte mit den Schultern, fügte dann noch an: »Und für die modernen Kriminellen stehen ausreichend persönliche Daten in den sozialen Netzwerken.«

»Dann tippst du auf einen Fremden?«

»Wäre denkbar, wobei sich der Mörder seinem Opfer gegenüber vermutlich nicht als Fremder fühlt. Aber ich finde, du hast eben noch ein interessantes Stichwort gegeben und da würde ich ansetzen, auch weil es mich beunruhigt.« Besorgt sagte er deshalb: »Die Sache mit dem Wiederholungstäter.«

»Du denkst, Andrea Kranz ist nicht das erste Opfer unseres Mörders?«

»Ich befürchte, so viel Präzision spricht dagegen. Der Mord geschah mit Routine.«

»Aber er hat das Grab offen gelassen, ist das etwa Absicht gewesen?«

»Absicht nicht, aber womöglich Vernunft. Laut euren Recherchen ist anzunehmen, dass ihn der Jäger und dessen Hunde aufgeschreckt haben. Ich stelle mir das so vor.« Junck stand auf, seine Worte wurden ab jetzt durch entsprechende Gesten begleitet, als wäre er ein Pantomime. »Er legt die Tote ins Grab, gut möglich, dass er das schon zuvor ausgehoben hat, dann schaufelt er es zu, ist fast fertig und hört in der Ferne einen Schuss und/oder Hundegebell. Er muss davon ausgehen, dass jemand in seine Richtung kommt, dass die Hunde seine Spur aufnehmen. Jedenfalls riskiert er, wenn er weitermacht, gesehen zu werden. Bleibt er zu lange, sieht eventuell jemand seinen Wagen oder erkennt das Nummernschild. Also muss er seine Arbeit sofort abbrechen.«

»Für mich klingt das mehr nach Panik. Er hört den Jäger und springt hektisch in sein Auto, um die Flucht zu ergreifen.«

»Oder aber er kann das Risiko, dass die Leiche gefunden wird, getrost eingehen, weil er nämlich weiß, dass man auf keine Spuren stoßen wird, die zu ihm führen. Habt ihr irgendetwas gefunden?«, fragte Junck harmlos.

Henriette verzog das Gesicht. »Nein, nichts, nicht einmal an der Kerze. Und da die Leiche einige Tage im Freien lag, bevor sie dann tatsächlich entdeckt wurde …«

»Meiner Meinung nach war der Täter die Ruhe selbst. Er wusste, was er tat, agierte wohlüberlegt. Und ehrlich gesagt hoffe ich, dass ich unrecht habe. Denn wenn nicht, befürchte ich, dass er bald erneut zuschlagen wird.«

»Um das zu Ende zu bringen, was dieses Mal nicht geklappt hat«, ergänzte Juncks Tochter betroffen.

* * *

ETWA ZUR GLEICHEN ZEIT

Tabea Pröhl lag auf der Rückbank des Wagens und störte sich nicht an der Plastikplane über den Polstern. Sie war in einen Dämmerschlaf gefallen, aus dem sie gelegentlich aufwachte, wenn die Reifen eine Unebenheit überfuhren. Offensichtlich befanden sie sich auf einer schlecht geteerten Straße, eine mit Schlaglöchern und Rissen. Der jungen Frau war weiterhin speiübel und momentan konnte sie nur daran denken, endlich die eigenen vier Wände zu betreten.

Hatte sie überhaupt ihre Adresse genannt? Sie erinnerte sich nicht, nahm es aber an. Trotz ihrer hohen Promillezahl hatte sie plötzlich den Eindruck, dass sich die Fahrt zu lange hinziehen würde. Sie öffnete die Augen, blickte durch das Seitenfenster in die dunkle Nacht hinaus. Straßenlaternen suchte sie vergebens. Wo auch immer sie sich befand, es konnte unmöglich die Frankfurter Innenstadt sein. Aus dem vorderen Teil des Wagens erklangen Stimmen. Für einen kurzen Augenblick seufzte Tabea erleichtert. Sie hörte Lachen und nahm daher automatisch an, dass eine ihrer Freundinnen vorne sitzen würde. Dann jedoch folgte Musik und sie wusste, dass ihr das Radio einen Streich gespielt hatte. Mühsam rappelte sie sich auf. Sofort wurde ihr wieder schlecht und sie sank zurück.

»Wir sind gleich da«, sprach man beruhigend auf sie ein und Tabea hoffte, dass man ihr die Wahrheit sagte. Auch weil die Vorstellung, von einer Lüge in die Falle gelockt worden zu sein, zu schrecklich war.

Tatsächlich stoppte der Wagen, der Motor wurde ausgestellt und die Fahrertür öffnete sich. Kurz darauf drang kalte Luft in den Innenraum. Dann berührte jemand ihre Beine und zog daran. Sie glitt ohne Gegenwehr zur Tür, spürte einen Ruck am Arm und fühlte kurz darauf Boden unter den Füßen. Schwerfällig öffnete sie die Lider, aber wieder war da nur Dunkelheit. »Wo bin ich?«, stammelte sie erschöpft.

»Zu Hause«, sagte man ihr und immer noch glaubte sie, sich nur umdrehen zu müssen, um dann die vier Stufen zur Eingangstür zu erklimmen. Anschließend würde sie in den Fahrstuhl steigen und oben angekommen in ihrer Wohnung ins Bett fallen.

»Meine Schlüssel«, murmelte sie und erinnerte sich an ihre Handtasche. Sie lag noch im Wagen. »Ich brauche mein Handy, ich muss anrufen«, kam ihr ein weiterer Gedanke.

»Heute musst du nur noch eines, und zwar sterben«, erwiderte eine freundlich klingende Stimme – und im nächsten Augenblick durchfuhr die junge Frau ein stechender Schmerz. Das Messer bohrte sich tief in ihre Brust, Blut trat aus, spritzte wie eine kleine Fontäne in die Höhe. Tabea hatte einen erstickten Schrei von sich gegeben.

Vielleicht war es ein Segen, dass ihr der zuvor konsumierte Alkohol die Sinne vernebelte, denn so spürte sie kaum, wie man ihr das Oberteil vom Leib riss und vom Wahnsinn getrieben anfing, ihren Körper aufzuschneiden. Man hatte es auf ihr Herz abgesehen; jedoch nicht um es zu entnehmen, sondern um ihm etwas hinzuzufügen. Es spielte keine Rolle, ob das sorgsam in den Brustkorb gestopfte Stück Stoff für immer dort bleiben würde, was zählte, war lediglich das Ritual. Obwohl es nur ein paar Minuten dauerte, bis die weißen Fasern sich mit dem Blut der Toten vollsogen, waren sie doch von großer Wichtigkeit. Auch das Einwickeln der Leiche in den Rest des zerschnittenen Lakens hatte für die Gestalt, die sich eben eine unendliche Sehnsucht erfüllt hatte, eine große Bedeutung. Es war vollbracht.

* * *

AM NÄCHSTEN MORGEN, FLUGHAFEN FRANKFURT AM MAIN

Stefan Junck hatte bereits seinen Koffer aufgegeben, durch seinen steifen Arm gehandicapt hatte man ihm dabei geholfen. Die junge Frau am Schalter war sehr nett gewesen. Normalerweise hätte ihn das beschämt und verunsichert, ihm das Gefühl gegeben, nutzlos und alt zu sein. Heute belastete ihn das allerdings weniger. Vermutlich lag das tatsächlich an seiner Begegnung mit dem kranken Armin Damper.

Vor zwei Tagen war der Mann im Pflegeheim gestorben. Christina hatte ihm das erzählt. Sie hatte Damper erneut besuchen wollen und so von seinem Tod erfahren. Junck ermahnte sich seither selbst, optimistischer in die Zukunft zu blicken und vor allem regelmäßig den Anweisungen seines Physiotherapeuten zu folgen. Aufgeben schien ihm plötzlich keine Option mehr. So hatte er sich auch ein Herz gefasst und Christinas Entschuldigung nicht nur angenommen, sondern ihr einen Vorschlag unterbreitet: »Ich werde nach Spanien fliegen und die Lage sondieren, danach entscheiden wir weiter.«

Christina war erleichtert einverstanden gewesen und hatte ihm eine Begleitung mit Spanischkenntnissen organisiert. Eine Frau, deren Mutter Christina vor einiger Zeit gepflegt hatte.

Elga Rodriguez ließ jedoch auf sich warten. Ungeduldig blickte Junck zur Uhr. Eigentlich wäre er als einer der Ersten durch die Sicherheitskontrollen, jetzt musste er zusehen, wie sich andere vordrängten und die Schlangen an den Schaltern immer länger wurden.

»Wo bleibt die denn?«, entfuhr es ihm wütend, bevor er in der Menge eine Frau entdeckte, die direkt auf ihn zusteuerte. Sie hatten einen Kiosk als Treffpunkt gewählt und außer ihm stand zurzeit niemand vor den Bergen bunt bedruckten Papiers in allen Sprachen.

»Sind Sie Stefan?«, fragte sie, als sie ihn erreicht hatte, und stellte sich als Elga Rodriguez vor.

Er blickte in zwei kluge blaue Augen und ein Gesicht mit olivfarbenem Teint, das von lockigen braunen Haaren umrundet wurde. Elga mochte in seinem Alter sein, wirkte aber durch die lässige Kleidung und das strahlende Lächeln, das sie ihm jetzt zeigte, jünger. »Christina hatte recht, sie sagte: ›Halt nach dem ungeduldigsten Mann am Flughafen Ausschau, wenn du Stefan Junck suchst.‹«

»Ich und ungeduldig?«, ging er auf den Scherz ein. »Ich bin die Ruhe selbst.«

Sie grinste, glaubte ihm natürlich nicht und sagte: »Wenn es nicht eilt, könnte ich ja noch in die kleine Boutique …«

Ohne es zu wollen, entglitten Junck für einen Moment die Gesichtszüge, und Elga lachte herzhaft. »Nur ein Spaß! Kommen Sie, wir sollten uns beeilen, das Boarding fängt sicher gleich an.«

Junck hasste es zu fliegen und verstand nicht, wie sich seine Begleiterin völlig entspannt zur Seite rollen und leise schnarchen konnte, während er bemüht war, die Armlehnen nicht zu fest zu umkrallen. Um sich abzulenken, dachte er an den gestrigen Abend bei Henriette. Es hatte ihm viel bedeutet, ihr zur Seite stehen zu können. Hätte er die Reise nicht schon geplant gehabt und Christina sein Wort gegeben, wäre er in Frankfurt geblieben. Die nächsten Tage würden für seine Tochter kein Spaziergang werden. Automatisch dachte er über den Mord an Andrea Kranz nach.

Der Vater fiel als Verdächtiger aus, die Mutter war körperlich wahrscheinlich nicht dazu in der Lage gewesen, dem Verlobten fehlte das Motiv. Ein Luftloch ließ ihn zusammenfahren, während Elga sich murrend auf die andere Seite drehte. Schnell konzentrierte sich der ehemalige Hauptkommissar auf ein interessantes Detail.

Frankfurt ist ein Dorf, dachte er und erinnerte sich daran, wie überrascht er gestern gewesen war, als er erfuhr, dass ausgerechnet ein gewisser Lutz Wasnek die Vertretung von Matthias Kranz nach dessen Verhaftung übernommen hatte. Laut Henriette war der Mann sehr höflich gewesen und keinesfalls streitlustig. Nach dem Selbstmord hatte er sich betroffen gezeigt, aber von irgendwelchen Vorwürfen den Beamten gegenüber abgesehen.

Gerne hätte Junck seine Tochter in die eigenen Nachforschungen eingeweiht, aber dadurch wäre sie eventuell in Schwierigkeiten geraten. Immerhin hielt er Hinweise zurück, die zu einem Verdächtigen führen könnten. Deshalb beschloss er, nach seiner Rückkehr selbst mit Wasnek zu sprechen, denn eines machte ihn stutzig – gegenüber Christina hatte der Anwalt erklärt, nicht mehr als Strafverteidiger tätig zu sein; warum war er dann bei Matthias Kranz aufgetaucht?

In seiner Dienstzeit waren es oft klitzekleine Widersprüche gewesen, die ihn nicht schlafen ließen, die ihn umtrieben, bis er eine Antwort hatte. Vermutlich gab es in Wasneks Fall eine harmlose Erklärung, dennoch wollte er die hören.

Die Flugbegleiterin bot einen Snack an.

Elga wachte auf und bestellte ein Sandwich mit einem Glas Rotwein und ein Mineralwasser. Junck orderte einen Kamillentee, um das flaue Gefühl im Magen loszuwerden.

»Sind Sie krank?«, fragte Elga so laut, dass sich eine Frau zwei Reihen weiter vorne neugierig umdrehte.

»Nein«, brummte er genervt.

»Dann essen Sie doch, schmeckt gut.«

Er lehnte erneut ab und lenkte das Gespräch auf den Grund ihrer Reise. »Was hat Ihnen Christina denn erzählt?«

Elga trank genüsslich von dem Wein und meinte leichthin: »Wir suchen ihren Vater, der in Deutschland einige Schwierigkeiten hatte und deshalb unter falschem Namen nach Spanien geflüchtet ist, um nicht noch mehr Probleme zu bekommen. Ich soll Ihnen bei der Suche helfen, indem ich übersetze.« Sie sagte das, als hätte man sie lediglich gebeten, beim nächsten Einkauf eine Tüte Milch mitzubringen. Gut gelaunt verschlang sie mit einem letzten Bissen den Rest ihres Sandwichs.

»Und das ist für Sie in Ordnung?«, konnte sich Junck nicht zurückhalten.

Elga blickte ihn ernst an. Er sah die vielen Falten um ihre blauen Augen, die meisten stammten sicher vom Lachen, aber einige zeugten auch von Kummer. »Für Christina würde ich alles tun«, sagte sie dramatisch, so wie es nur eine temperamentvolle Südländerin konnte.

Er nickte, wusste nicht, was er darauf erwidern sollte, aber das wurde auch nicht von ihm erwartet. Elga war definitiv kein verschlossener Mensch. Offen erzählte sie ihm von der Zeit, als ihre Mutter noch gelebt hatte und zum Pflegefall geworden war. Wie Christina sich gekümmert und geholfen hatte und mit wie viel Herzblut sie die alte Frau selbst in deren letzten Stunden begleitet hatte.

Tränen liefen Elga übers Gesicht, auch dafür schämte sie sich nicht. »Meine Mutter war mein Ein und Alles und sie hat Christina ebenfalls sehr gemocht. Ich bin dankbar, dass ich mich jetzt revanchieren kann.«

»Sie haben keine Bedenken?«

Die ausladende Handbewegung, die folgte und ein Abwinken darstellen sollte, hätte fast dazu geführt, dass der Plastikbecher mit dem Wein auf Juncks Schoß gelandet wäre.

»Bedenken? Warum? Christina sagte, Sie würden auf mich achten, das genügt mir.«

* * *

Zur gleichen Zeit saß Raimund Prauch über einem Stapel Papiere. Einmal im Monat suchte er alle Unterlagen für den Steuerberater zusammen, als selbstständiger Organist konnte er sich dem lästigen Papierkram nicht entziehen.

Auch heute überschlug er seine Einnahmen. Auf das Haus lief noch eine Hypothek, die den größten Teil seines Verdienstes verschlang. Trotz seiner Popularität und des gut gefüllten Terminkalenders wurde das Geld am Monatsende wieder einmal knapp. Lily durfte davon jedoch nichts erfahren. Sie liebte das Haus viel zu sehr, deshalb würden sie niemals umziehen. Mittlerweile wären einige Renovierungen notwendig und auch der Garten wirkte verwahrlost, aber ihm fehlte es an Zeit, und die Arbeiten waren nichts für eine zarte Frau.

Trotzdem bedauerte er nicht, dass ein Termin gecancelt worden war. Die Hochzeit von Andrea Kranz und Leonhard Meier fand nicht statt und damit blieb ihm eine weitere unehrliche Zeremonie erspart, auch wenn er das Geld gut hätte gebrauchen können.

Müde betrachtete er seine Hände. Sie waren zu so viel

mehr berufen als nur zum Aufspielen des Hochzeitsmarsches. Große Stücke, schwierige Kompositionen sollten diese Finger hervorbringen. Er konnte magische Momente erzeugen, die Sinne der Menschen berühren, wenn sie ihm denn zuhörten. Er war fähig, zu erschaffen oder zu zerstören, der falsche Griff, eine zu stark oder schwach angeschlagene Taste … Perfektion und Disharmonie lagen nahe beieinander, so wie auch das Leben und der Tod sich ständig berührten.

Er glaubte, ein Geräusch zu vernehmen, und schreckte auf. »Ich komme, Lily!«, rief er Richtung Wohnzimmer, wo er seine Frau vermutete. »Ich komme, mein Schatz.«

KAPITEL 7

Zur gleichen Zeit in der Dienststelle der Polizei

»Nein«, gab sich Henriette kämpferisch. »Ich werde diesen Fall nicht abgeben. Ich habe mir nichts zuschulden kommen lassen. Die Hinweise sprachen für sich, mein Vorgehen war absolut korrekt und ich habe einen Pädophilen verhaftet.«

»Der Mann hat sich umgebracht«, hielt ihr der Kommissariatsleiter entgegen.

»Das liegt weder in meinem Verantwortungsbereich noch in dem der Kollegen. Selbst sein eigener Anwalt sieht das so«, konterte sie. »Ich habe mich informiert. Es besteht keine rechtliche Notwendigkeit, mich von dem Fall abzuziehen.«

»Die Öffentlichkeit macht Druck.«

»Sie sind mein Boss, nicht die Öffentlichkeit«, blieb die Hauptkommissarin stur, so wie es ihr Junck geraten hatte. »Lass dich nicht einschüchtern« waren seine Worte gewesen.

»Ja, ich bin der Boss und ich entscheide, wer welchen Fall bearbeitet«, schnappte ihr Vorgesetzter.

Trotzdem gab Henriette nicht nach, allerdings hatte sie kein Interesse, den Mann zu verärgern, deshalb unterbreitete sie ihm einen Vorschlag: »Mir ist es völlig egal, wer offiziell den Fall übernimmt. Ich möchte nur meinen Job erledigen. Lassen Sie mich die ganze Arbeit machen und wählen Sie jemanden aus, der uns nach außen hin vertritt und den die Presse liebt. Sie wissen, dass ich nicht nur eine gute Ermittlerin bin, sondern auch über die Maßen engagiert. Ich kann, wenn es sein muss, rund um die Uhr arbeiten.«

Ihr Gegenüber schien mit dem Vorschlag leben zu können und lenkte ein. »Gut, so machen wir es.« Er blickte sie durchdringend an. »Vorerst«, setzte er nach.

Henriette war erleichtert, ihre Hartnäckigkeit hatte sich ausgezahlt, so wie es ihr Vater prophezeit hatte. Jetzt wartete eine Menge Arbeit auf sie.

Kurz darauf rief sie ihr Team zusammen und brachte die Kollegen auf den neusten Stand.

Am Ende folgten die Anweisungen: »Wir suchen in alten Fällen, zuerst im Frankfurter Raum, dann deutschlandweit.«

»Und nach was genau sollen wir da suchen?«, fragte einer ihrer Kollegen wenig begeistert.

Sie hätte den Mann ermahnen können, die Chefin rauskehren, aber das war nicht ihre Art.

Stattdessen erklärte sie geduldig: »Ich möchte eine Theorie überprüfen. Womöglich war Andrea Kranz nicht das erste Opfer unseres Täters. Wir suchen nach ungewöhnlichen Mordfällen, bei denen zum Beispiel etwas zurückgelassen wurde.«

»So wie die Kerze?«, stellte jemand eine Zwischenfrage.

»Genau«, antwortete Henriette. »Wenn er schon einmal zugeschlagen hat, dann könnte es Hinweise geben.«

»Was ist mit der Vermisstendatei?«, warf Henriettes Oberkommissar ein. »Beim Mord an Andrea Kranz gehen wir davon aus, dass er die Leiche verschwinden lassen wollte. Wenn er früher schon einmal getötet hat, ist es doch gut möglich, dass seine Opfer bisher nie gefunden wurden, weil er sie zu gut versteckt hat. Dann könnten wir sie vielleicht anhand der Vermisstendatei herausfiltern.«

Henriette entspannte und sah sich genötigt zu sagen: »Das ist ein sehr guter Vorschlag. Ich sehe, dass Sie alle bereit sind, mit mir den Fall zu lösen. Vielen Dank!«

Die Hauptkommissarin hatte den richtigen Ton getroffen und das Team eingeschworen. Ihr Vater hatte recht gehabt, Hilfe anzunehmen war kein Zeichen von Schwäche.

* * *

Während Henriette den Fall Andrea Kranz bearbeitete, saß Stefan Junck in einem Mietwagen neben Elga Rodriguez und ließ sich von Valencia nach Benicarló kutschieren. Elga war eine gute Fahrerin, sie plapperte munter drauflos, erzählte Junck von ihrer deutschen Mutter und dem spanischen Vater, wie sie damals nach Deutschland gekommen war und ihre neue Heimat lieben gelernt hatte. »Wir sind trotzdem jedes Jahr mindestens einmal nach Jávea gefahren, das liegt bei Alicante und dort wurde ich geboren. Mittlerweile leben keine Verwandten mehr, aber ich verbringe meine Ferien immer noch dort.«

Bei vielem, was sie erzählte, schwang eine ansteckende Fröhlichkeit mit. Wenn sie von unangenehmen Erlebnissen sprach, beendete sie ihre Ausführungen meistens mit dem Satz: »Aber wer weiß schon, wofür das gut war?«

Einmal antwortete ihr Junck: »Wenn Scheiße passiert, ist die meistens für nichts gut«, was ihr ein herzhaftes Lachen entlockte und sie sagen ließ: »Meine Güte, diese Haltung ist so herrlich deutsch wie das schlechte Wetter.«

Er stimmte mit ein, sie waren längst beim Du angekommen, und Junck ertappte sich dabei, dass ihm diese Frau, die er quasi eben erst kennengelernt hatte und die so anders war als er selbst, ein gutes Gefühl gab. Er dachte an Alexandra und fragte sich, ob es das war, was ihn auch bei ihr so fasziniert hatte. Auch sie war so völlig anders gewesen. Gehörte er zu den Männern, die sich vor allem von Gegensätzen angezogen fühlten?

»Hier irgendwo sollten wir zum Campingplatz kommen«, riss ihn Elga aus seinen Gedanken.

Sie hatten die Autobahn verlassen, waren dem Navi über diverse Kreisverkehre gefolgt und nun auf einer sehr schmalen Straße angelangt.

»Gibt es den Campingplatz überhaupt noch?«, fragte Elga skeptisch.

»Laut Internet ja«, antwortete der ehemalige Hauptkommissar unsicher.

Elga genügte das, um weiterzufahren. Sie mussten in zwei Sackgassen umständlich wenden und verpassten am Ende die Zufahrt, aber irgendwann erreichten sie ihr Ziel dann doch.

»Was für eine Hitze«, stöhnte Junck, als er sich aus dem kleinen Mietwagen schälte.

»Wir haben Ende März«, entgegnete Elga, als würde das alles erklären, »außerdem sind 25 Grad wohl kaum *heiß*.«

Stefan Junck sah das anders, so wie eine Gruppe von fünf Männern, die mit freiem Oberkörper seinen Weg passierten. Auch wenn die Bäuche, die sie vor sich her trugen, alles andere als ansehnlich waren, beneidete er sie doch um ihre Bräune, als er seine blassen Arme betrachtete. Zu seiner Überraschung sprachen sie deutsch und grüßten ihn mit einem knappen »Tag!«, das er erwiderte.

»Landsmänner?«, sagte jemand hinter ihnen.

Eine junge Frau hatte sich zu ihnen gesellt und

begrüßte sie in gebrochenem Deutsch mit den Worten: »Herzlich willkommen, was kann ich für Sie tun?«

»Sie sprechen unsere Sprache«, rief der ehemalige Ermittler überrascht und erfreut zugleich.

»Ein bisschen, wegen unserer deutschen Gäste.«

Sie musste sein Stirnrunzeln bemerkt haben und erklärte: »Die Überwinterer! Deutsche Rentner.«

Als sie erkannte, dass die Verwirrung ihres Gegenübers noch anhielt, ergänzte sie: »Die meisten sind von September bis Ende Februar, März hier. Langsam leert sich der Platz, dann beginnt das Ostergeschäft.«

»Und die leben ein halbes Jahr im Wohnwagen?«, fragte Junck überrascht.

»Aber ja«, antwortete ihm die junge Spanierin, die sich als Maria vorstellte, begeistert. »Die Winter sind bei uns mild, das Meer ist direkt vor der Tür, warum denn nicht? Und manche haben Fahrzeuge ...« Sie hob andächtig die Hände. »... die sind wie kleine Häuser. Wir schätzen die deutschen Gäste sehr. Immer ordentlich, machen nie Probleme.«

Junck verspürte große Lust, sich genauer umzusehen, aber zuerst musste er sich um den eigentlichen Grund seines Hierseins kümmern.

»Wie lange sind Sie denn schon hier?«, fragte er deshalb, nahm aber an, da er die junge Frau auf höchstens Anfang dreißig schätzte, dass sie ihm keine Hilfe sein würde.

»Ich bin hier groß geworden, das ist ein Familienbetrieb. Mein Vater hat den Platz vor fünfzig Jahren zusammen mit seinem Vater eröffnet.« Sie überlegte kurz. »Sie sind nicht hier, um einen unserer Bungalows zu mieten, oder?«

»Eigentlich nicht«, antwortete Junck ehrlich, »wir sind auf der Suche nach jemandem.«

Die Spanierin wirkte ein wenig enttäuscht, aber fand sofort zu ihrem freundlichen Wesen zurück und sagte: »Wenn ich helfen kann!«

Es war Elga, die es übernahm, den Sachverhalt zu erklären, so hatten sie es abgesprochen.

»Spanier lieben Familie und Familiengeschichten, vor allem, wenn es um die Zusammenführung von Eltern und Kindern geht«, hatte sie im Vorfeld argumentiert. »Lass es mich auf meine Weise erklären, und kein Wort über irgendwelche Schwierigkeiten.«

Er hatte zugestimmt und fragte sich, was Elga denn gerade erzählte. Der spanische Wortschwall, der sich aus ihrem Mund ergoss und dem Gesicht der jungen Campingplatzbetreiberin ein Mienenspiel entlockte, das von zutiefst erschüttert bis glücklich gerührt reichte, schien seine Wirkung jedenfalls nicht zu verfehlen. Kaum hatte Elga geendet, lotste man sie durch die Rezeption in ein angrenzendes Wohnzimmer, dann durch eine Küche in einen Hinterhof. Höflich bat man sie, Platz zu nehmen. Wenig später erschien ein älterer Mann um die siebzig, der sie überschwänglich begrüßte, während seine Frau kleine Gläser vor ihnen aufstellte und sie mit einer dunklen Flüssigkeit füllte. Dazu reichte sie Schälchen mit Oliven und Erdnüssen.

Alle sprachen laut und durcheinander, während Junck nichts weiter tun konnte, als an seinem Glas zu nippen.

»Wermut«, erklärte ihm Maria. »Hausmarke.« Und schon wurde ihm nachgeschenkt.

Es dauerte etwa eine halbe Stunde, bis Elga ihn ansah und sagte: »Francisco erinnert sich an einen Deutschen, der hier gearbeitet hat, zeig ihnen das Bild.«

Junck kramte aufgeregt das alte Foto von Kai Neintal aus der Tasche.

»Claro que sí«, reagierte der Alte daraufhin, »Patricio!«

Patricio war die spanische Version von Patrick. Neintal war damals unter dem Namen Patrick Schmidt aus Deutschland geflohen, sicherlich hatte Damper ihm den entsprechenden falschen Pass besorgt.

»Frag den Mann, ob er weiß, wo dieser *Patricio* heute steckt«, wandte sich Junck ungeduldig an Elga.

Wieder begann eine hektische Unterhaltung auf Spanisch, die mit einem »Vale!« von Elga endete, das so viel wie »in Ordnung« bedeutete. So weit blickte Junck bereits durch.

»Also, dieser Patrick hat auf dem Platz geholfen, Renovierungsarbeiten, Bepflanzung, Mülleimer leeren, was eben so anfällt. Er blieb ungefähr fünf, sechs Jahre, dann ist er einfach nicht mehr aufgetaucht, von einem Tag zum anderen verschwunden«, erklärte ihm seine Begleiterin.

»Er hat sich nicht verabschiedet?«

»No, no«, sagte der Alte, dessen Tochter ihm leise übersetzte.

»Und wo hat er in der Zeit gewohnt?«

»Anfangs auf dem Platz, dann fand er eine kleine Wohnung in einer Nachbarstadt namens *Peñíscola*.«

»Und gibt es da vielleicht eine Adresse?«

Elga wandte sich an ihre spanischen Gastgeber und wieder entbrannte eine heiße Diskussion.

»Die Mutter meint sich zu erinnern, dass er in der Altstadt gewohnt hat, und zwar unterhalb der Burg«, fasste Elga das eben Gehörte auf Deutsch zusammen.

»Das ist alles?« Man musste Junck seine Enttäuschung ansehen, denn sofort folgte ein »perdona« des alten Francisco.

Junck bekam ein schlechtes Gewissen und lächelte, bat Elga zu übersetzen. »Sag ihnen, dass sie uns sehr geholfen haben.«

Kaum hatte sie die Worte ausgesprochen, entspannten

sich die Mienen der Spanier wieder.

Junck stellte noch weitere Fragen, ob der Deutsche je über seine Pläne gesprochen, Namen von Freunden oder sonst irgendetwas Persönliches erzählt hätte, aber daran konnte sich Marias Vater nicht erinnern. Allerdings wusste er noch, dass der junge Mann sehr fleißig und höflich gewesen war, und dann machte er schließlich eine unheilvolle Bemerkung: »Patricio war ein trauriger Mensch, vermutlich hat er viel Unglück erfahren.«

Nachdem sie sich verabschiedet und tausendfach bedankt hatten, schlenderten Elga und Stefan kurz über den Campingplatz.

Junck war sichtlich fasziniert von den modernen Wohnmobilen und nahm die Einladung eines stolzen Besitzers an, sich dessen Wagen einmal genauer anzusehen.

»Männer und ihre *Spielzeuge*«, lästerte Elga, als Junck seine Besichtigung beendet hatte.

Der ehemalige Beamte ließ sich nicht provozieren, sondern meinte: »Die Vorstellung, einfach so loszufahren, ist schon faszinierend.«

»Du bist doch in Rente, was hält dich davon ab?«

Er zögerte und Elga antwortete für ihn: »Der Arm muss ja nicht ewig steif bleiben und außerdem kannst du mit Begleitung reisen.«

Sie hatte es völlig neutral gesagt und doch stellte er sich vor, sie würde mit ihm vor einem Wohnmobil sitzen, Rotwein aus Plastikweingläsern trinken, während auf dem Grill ein Steak brutzelte und sie Weihnachten unter Palmen in kurzen Hosen feierten. Vielleicht würde ihn Henriette dann für ein paar Tage besuchen. Er könnte ihr einen der Bungalows anmieten und …

»Was machen wir jetzt?«, riss ihn Elga ziemlich unsanft aus seinem Tagtraum.

»Wir fahren in den anderen Ort, da, wo er gewohnt

hat, und hören uns um«, gab er ihr geschäftsmäßig Antwort, schnappte sich aber beim Verlassen des Geländes noch einen Prospekt des Campingplatzes, denn man konnte ja nie wissen.

* * *

Hauptkommissarin Henriette von Born erntete für das neue Herangehen an den Fall nicht nur Lob. Der Kommissariatsleiter nahm sie gegen Mittag zur Seite und meinte: »Ist das notwendig?«

Henriette tat so, als wüsste sie nicht, worauf ihr Vorgesetzter anspielte.

»Die Durchsicht von ungeklärten Fällen und Vermisstenakten. Wenn da etwas durchsickert, schreien die Medien doch sofort nach einem Serientäter«, wurde der Mann deutlicher.

»Nur weil die Lösung unbequem sein könnte, ist sie noch lange nicht falsch. Oder soll ich etwa einer naheliegenden Theorie nicht nachgehen?«

»Das habe ich nicht gesagt«, knurrte der Kommissariatsleiter, »ich erbete mir lediglich etwas Fingerspitzengefühl.«

»Sagen Sie das mal den Opfern«, konterte sie und ihr Gegenüber erwiderte genervt: »Sie sind genauso anstrengend wie Ihr Vater!«

Vermutlich wollte er Henriette damit ärgern, da er richtigerweise davon ausging, dass sie das Verwandtschaftsverhältnis bewusst nicht an die große Glocke hängte. Vor wenigen Tagen wäre ihm das auch gelungen, aber es hatte sich einiges verändert. Deshalb sah sie den Beamten an, blinzelte und zeigte ihm ihr breitestes Grinsen, während sie antwortete: »Der Apfel fällt ja bekanntlich … und so weiter.«

Er nickte ihr zu und ließ sie stehen, während Henriette mit sich zufrieden war. Sie hatte es endlich erkannt. Hier ging es nicht um sie oder ihren Vater, nicht um Egos oder Kontakte, hier ging es lediglich um die Opfer.

»Frau von Born.« Eine Tür hatte sich geöffnet und ihr Oberkommissar rief nach ihr. »Ich glaube, ich habe da etwas.«

Kurz darauf betrachtete Henriette die Datei auf dem Bildschirm.

»Das sind die Überreste von Daniela Esser. Sie verschwand 2005 im Alter von dreiundzwanzig Jahren in Leipzig. Elf Jahre später, also 2016, fand man das Skelett einer Frau auf einem Baugrundstück. Die Identifizierung konnte anhand unserer Datenbank *Vermi/Utot* und der hinterlegten DNA erfolgen.«

Er schwieg und sie überflog die Protokolle und Berichte auf dem Monitor, dann richtete sie sich auf.

»Daniela Esser kam am zehnten September 2005 nicht von der Arbeit nach Hause«, gab sie das eben Gelesene wieder und griff sich einen Stift, um auf der Magnettafel die Eckdaten zu notieren.

»Haben Sie das gesehen, Frau von Born?«, wollte sie der Oberkommissar auf etwas aufmerksam machen.

Die Hauptkommissarin hielt kurz inne. »Henriette reicht, wenn du einverstanden bist. Mein Name ist so lang, dass es fast schon an Ressourcenverschwendung grenzt, ihn von den Kollegen aussprechen zu lassen.«

Das erste Mal, seit sie sich kannten, erschien ein Lächeln auf dem Gesicht des Oberkommissars. »Klar bin ich einverstanden! Fred«, fügte er noch an und dachte: *Die ist ganz anders, als alle sagen.*

»Also, Fred, zurück zum Fall.«

Das Du war noch ungewohnt, dennoch entgegnete er: »Sieh dir das an. Als man die Leiche ausgegraben hat, fand man ein weiteres, sehr kleines Skelett.«

»Etwa ein ungeborenes Kind?«

»Nein, die Überreste gehörten zu einer *Columba palumbus*« – es war offensichtlich, dass er mit einem unwissenden »Und was ist das?« von ihr rechnete, aber Henriette sagte nur nachdenklich: »Die Knochen einer Ringeltaube? Sind die da sicher?«

Der Oberkommissar murmelte: »Warum überrascht es mich nicht, dass du so etwas weißt?« Er seufzte vernehmlich und antwortete: »Aber ja, die sind sich sicher, haben jedoch vermutet, dass die Vogelknochen zufällig mit im Grab lagen. Allerdings dachte ich, das könnte auch eine ungewöhnliche Beigabe sein ...«

»Sehr gute Arbeit«, sagte sie anerkennend, »was wissen wir über das Opfer?«

»Ein braves Mädchen, der Vater hatte eine Tankstelle und engagierte sich in der Kirchengemeinde, die Mutter betrieb eine kleine Gärtnerei. Sie selbst arbeitete in einem Buchladen. Die Familie lebte in einem Vorort von Leipzig. Es gab noch zwei jüngere Geschwister, ein Mädchen und einen Jungen. Keine Feinde, keine ungewöhnlichen Vorkommnisse vor dem Verschwinden der jungen Frau«, fasste der Oberkommissar zusammen.

»Wie ist sie gestorben?«, hakte die Hauptkommissarin nach.

»Stumpfe Gewalt, mehrere Schläge auf den Schädel, vermutlich mit einer Schaufel«, gab ihr Fred Auskunft. »Die Tötungsart stimmt nicht überein«, bemerkte er entmutigt.

Einer plötzlichen Eingebung folgend fragte Henriette: »Hatte sie einen Freund?«

Ihr Kollege überflog die Dokumente auf dem Bildschirm. »Hier steht, sie hatte im Sommer 2005 das Aufgebot bestellt, die Hochzeit sollte vor Weihnachten stattfinden.« Fred sah seine Vorgesetzte an. »Daniela Esser und jetzt Andrea Kranz, beide Frauen waren verlobt. Es scheint so, als hättest du den richtigen Riecher gehabt, das könnte die Verbindung sein.«

»Wir grenzen die Suche vorübergehend ein«, reagierte Henriette angespannt. »Konzentrieren wir uns zunächst auf die Fälle, bei denen die Opfer verlobt waren. Filtert alle entsprechenden Mord- und Vermisstenfälle heraus. Ich befürchte, wir werden da noch mehr finden.«

* * *

Stefan Junck und Elga Rodriguez erreichten die Stadt Peñíscola eine halbe Stunde später.

»Die Burg« stellte sich als ein in Spanien sehr bekanntes Kulturdenkmal von gewaltigen Ausmaßen heraus. Der ehemalige Sitz des Templerordens, errichtet auf einem Felsen, thronte über der Altstadt, die aus kleinen Gassen und Winkeln bestand und für einen Fremden fast undurchdringbar schien. Viele der dort errichteten Häuser waren weiß getüncht, schmal, so als hätte man sie nachträglich in eine Lücke gequetscht, verschönert durch Balkone und blaue Fensterläden. In den Untergeschossen hatte man Geschäfte und Restaurants eingerichtet, die jedoch fast alle erst zur Sommersaison öffnen würden. Die Gebäude schmiegten sich wie ein enger Rollkragen um den Felsen, dessen Spitze die Burg krönte.

Um das Castillo von Peñíscola zu erreichen, musste man die steilen, gepflasterten Wege nach oben steigen. Junck fragte sich, wie die Bewohner hier ihre Autos durch-manövrieren konnten. Augenscheinlich schienen die jedoch kein Problem damit zu haben und lenkten ihre Fahrzeuge unter lautem Hupen und geübtem Rückwärtsfahren sicher durch das Labyrinth dieser ungewöhnlichen Altstadt. Oben angekommen bot sich ihnen ein herrlicher Blick auf das imposante Gemäuer.

»Ich war noch nie hier«, gestand Elga, »jetzt habe ich wenigstens einmal die Gelegenheit, den Sitz des berühmten Gegenpapstes live zu sehen.«

Junck hatte keine Ahnung von der Geschichte der Stadt und zuckte mit den Schultern, um seine Unwissenheit auszudrücken.

»Benedikt der Dreizehnte. Oder *Papa Luna*, wie er hier von allen genannt wird«, erklärte Elga begeistert. »Ein Papst, der seinerzeit von den Gegnern des römischen Papstes Urban VI. gewählt wurde. Er ist hier gestorben, vierzehnhundert irgendwas.«

Sie deutete hinter sich, und Junck sah die große Bronzefigur, die Papa Luna darstellte, der eine Hand zum Segen oder der Mahnung erhoben hatte und ein wenig mürrisch auf den Platz vor sich blickte.

»Komm, wir sollten hineingehen«, sagte Elga und eilte voran zum Kartenverkauf.

Junck hatte ein schlechtes Gewissen. Sie waren nicht hier, um Urlaub zu machen, sondern um Christina zu helfen.

Elga schien ihm anzusehen, warum er zögerte, und beruhigte ihn: »Die eine Stunde Kultur wird uns Christina verzeihen, außerdem kann ich mich beim Personal schon einmal umhören. Vielleicht wissen die etwas.«

Junck lenkte gerne ein und genoss den Ausflug in die Vergangenheit und den Streifzug durch das Castillo. Selbst als er ganz oben zwischen den Zinnen auf das blaue Mittelmeer blickte und sich bewusst wurde, dass es da gute sechzig Meter in die Tiefe ging, konnte er entspannt durchatmen. Elga bestand darauf, auch noch den angrenzenden Artilleriepark zu durchqueren.

Junck war begeistert, genoss die Wärme, die saftig grünen Palmen und das Kreischen der Möwen. Plötzlich empfand er es als Unverschämtheit, dass sich an einem so schönen Ort jahrelang ein gesuchter Mörder aufgehalten hatte. Irgendwie hielt er das für ungerecht.

Elga lotste ihn erneut durch die engen Gassen, sagte: »Da vorne ist eine Kneipe, ich bin am Verdursten.«

Junck hatte kein Lokal gesehen, folgte aber ohne Widerworte und war überrascht, dass seine Begleitung sich nicht geirrt hatte. Vor einem unauffälligen Eingang standen drei Tische auf schrägem Untergrund und gefährlich nahe an dem Bereich, der für die durchfahrenden Autos vorgesehen war.

Elga ließ sich erschöpft auf den Stuhl fallen und bestellte: »Dos cervezas«, woraufhin man ihnen zwei Bier und einen Teller mit kleinen Kartoffelstückchen brachte.

»Haben wir das bestellt?«, fragte Junck sofort irritiert.

»Müssen wir nicht, das nennt sich *Tapas* und die gibt es umsonst dazu.« Sie lachte. »Ich weiß, das ist ungewöhnlich, weil man selten etwas umsonst bekommt, aber greif nur zu, das ist keine Falle.«

Sie musste es nicht sagen, er wusste auch so, dass sie mit dieser Bemerkung auf sein typisch deutsches Misstrauen anspielte. Das Bier war eiskalt und die Kartoffeln mit der scharfen roten Soße, die von den Einheimischen *Patatas bravas* – würzige Kartoffeln – genannt wurden, schmeckten ausgezeichnet. Elga bestellte eine zweite Runde und dieses Mal begann sie mit der Wirtin ein Gespräch. Sofort entwickelte sich auch hier eine intensive Diskussion. Meist vergaß Elga, dabei zu übersetzen, aber das Wichtigste teilte sie Junck mit. Die Wirtin hatte zwischenzeitlich mehrfach telefoniert und Anwohner waren zu ihnen gestoßen. Manche hatten sich gesetzt und so war ein kleiner Menschenauflauf vor dem Lokal entstanden. Allen war daran gelegen, jenen Deutschen aufzuspüren, der so dringend von seiner leiblichen Tochter gesucht wurde. Leider hatten nur wenige auch schon vor dreißig Jahren hier gelebt und viele der Älteren waren zwischenzeitlich gestorben, trotzdem kamen sie voran. Nach einigen Telefonaten und falschen Fährten sagte eine Frau mittleren Alters, dass ihre Mutter vielleicht helfen könnte.

»Sie hat früher Zimmer an Arbeiter vermietet«, erklärte ihnen die Spanierin. »Als der Tourismus anfing, eine größere Rolle zu spielen, gab es auch immer mehr Saisonkräfte, möglich, dass sie etwas weiß.«

Leider war die alte Dame mittlerweile in einem Seniorenheim, aber per Telefon konnte man sie erreichen. Man übergab Elga das Handy und an ihrem angestrengten Gesichtsausdruck konnte man ablesen, dass die Frau am anderen Ende der Leitung nicht leicht zu verstehen war. Schließlich bedankte sie sich und legte auf.

Nicht nur Junck, sondern auch die umstehenden Helfer warteten gespannt auf Elgas Bericht. Aus Höflichkeit erklärte sie erst alles auf Spanisch. Die Gesichter ihrer Zuhörerschaft drückten, als sie geendet hatte, Bedauern aus. So wusste Junck bereits, dass sie ihre Suche noch nicht abschließen konnten.

Dennoch sagte Elga, nachdem sich die anderen wortreich verabschiedet hatten: »Eine Spur ist es vielleicht trotzdem. Die Frau konnte sich an einen deutschen Patricio erinnern. Ein hübscher junger Mann, der immer pünktlich die Miete bezahlt habe. Eines Tages sei er gegangen.«

»Hat er sich verabschiedet?«

»Ja, deshalb war er ihr auch im Gedächtnis geblieben.

Er sagte nämlich, er müsse gehen, weil hier immer mehr Deutsche ihren Urlaub verbrächten. Die Señora fand das lustig, deshalb hat sie es sich auch gemerkt und sie wusste noch, dass er angeblich nach Katalonien weiterreisen wollte, genauer gesagt nach L'Escala, weil das angeblich nur von Niederländern und Franzosen besucht werden würde. Wie auch immer er darauf kam.«

»Katalonien«, stöhnte Junck, »ich dachte, wir kämen schneller voran.«

Elga verzog genervt das Gesicht. »Du Muffel, hier ist es doch wunderschön, wie kann man nur so negativ sein?«

»So habe ich es nicht gemeint«, entschuldigte sich Junck, »aber wenn ich ermittle, dann zählt für mich immer nur, den Fall schnellstmöglich abzuschließen.«

»Und dann siehst du nicht, was sonst noch Gutes passiert«, schloss Elga für ihn den Satz. »Ist deine Ehe deshalb gescheitert?«, fragte sie direkt.

Überrumpelt stotterte Junck: »Nein, ich … nein«, reagierte er störrisch, »das hatte mehr mit den verrückten Ideen meiner Ex-Frau zu tun.«

»Natürlich, es sind immer die Ex-Frauen«, antwortete sie leichthin.

»Vermutlich habe ich mich auch nicht gerade mit Ruhm bekleckert«, gestand er ein, fragte dann jedoch vorwurfsvoll: »Warum reden wir denn jetzt eigentlich über mich?«

»Ich war neugierig«, gestand Elga, »und bevor du fragst: Mein Ex-Mann kam mit meinem Temperament nicht klar und ich nicht mit seiner Untreue.«

»So ein Idiot«, brach es aus Stefan heraus. Die eigene Offenheit machte ihn verlegen und er fügte leise an: »Ich weiß, wie das schmerzt.«

Er hatte noch nie mit jemandem über das Ende seiner Ehe gesprochen, er hatte es auch jetzt nicht vor, dennoch hatte Elga verstanden, dass auch er betrogen worden war.

Sie lächelte verschwörerisch und fragte: »Dann brechen wir unsere Zelte also hier ab und fahren nach L'Escala?«

»Ja, aber erst morgen, für heute widmen wir uns noch ein wenig dem Touristendasein.«

* * *

AM SPÄTEN NACHMITTAG AUF EINEM AUSFLUGSSCHIFF AUF DEM MAIN

Diana Zeitvogel hatte heute ihre dritte Tour. Die am späten Nachmittag war immer die anstrengendste. Am Morgen und am Mittag hielten sich die Besucher zurück, wussten, dass ihr Ausflug noch nicht zu Ende war, aber die Nachmittagsrundfahrt läutete gewöhnlich den kulturellen Feierabend ein. Also entschieden sich die Teilnehmer entweder besonders wissbegierig zu sein und unendlich viele und vor allem dämliche Fragen zu stellen, oder aber sie sahen keinen Grund mehr, konzentriert Informationen aufzusaugen, genossen stattdessen das Angebot der gut bestückten Bar und gingen der Reiseleiterin mit ihren schlüpfrigen Sprüchen auf die Nerven.

Diana gab trotzdem ihr Bestes. Sie kannte die Geschichte Frankfurts, die der Rhein-Main-Schifffahrt und die Launen der Menschen. So hatte sie auch heute die Reisegruppe im Griff, die sich zu einer Sightseeingtour auf dem Main angemeldet hatte. Eine Meute junger Männer und Frauen aus der Investmentbranche, die ihren Betriebsausflug auf dem Wasser ausklingen lassen wollten. Diana wusste, dass man ihr nur mit halbem Ohr zuhörte, störte sich jedoch nicht daran, sondern zog zügig ein verkürztes

Programm durch. Plötzlich erklang jedoch eine unerwartete Durchsage des Kapitäns, was die Besucher an Bord kaum wahrnahmen; zu sehr waren sie ins Gespräch vertieft. Diana hingegen wurde neugierig. Sie überließ die Gruppe sich selbst und kletterte aufs Oberdeck ins Freie.

»Was gibt es denn?«, fragte sie ein Mannschaftsmitglied.

»Eine der Schiffsschrauben blockiert, vermutlich wieder irgendein Müll.«

Diana kannte die Prozedur. Normalerweise waren solche Störungen schnell behoben. Mit langen Stangen und Haken würde die Besatzung die Blockade lösen, dann ginge es weiter.

Die Stadtführerin wollte gerade zurück zu ihren Kunden, als sie einen der Männer sagen hörte: »Ach du Scheiße …«

Der Rest der Mannschaft beugte sich über die Reling. Die meisten von ihnen wurden blass, als sie sahen, was an der Stange hing, mit der man versucht hatte, die Schraube freizustochern.

Die Dämmerung hatte noch nicht eingesetzt und so konnten alle erkennen, dass es sich bei dem Bündel, das nun neben dem Rumpf trieb, nicht um einen Teppich oder anderen Müll handelte, sondern um die Leiche einer Frau. Blauweiße Gesichtshaut, auf der dunkle Haarsträhnen klebten, eine aufgerissene Wange, ein zerschnittenes Auge. Diana wurde bei diesem Anblick schlecht. Sie wandte sich ab, einigen der Männer ging es genauso, ein paar mussten gut vernehmlich würgen.

Es war schließlich das besonnene Handeln des Kapitäns, das verhinderte, dass irgendwer in Panik geriet.

Kurz darauf erreichte die Wasserschutzpolizei das Ausflugsboot. Die Fahrt war für heute beendet.

KAPITEL 8

Hauptkommissarin Henriette von Born war auf dem Weg in die Gerichtsmedizin. Sie hatte eben mit ihrem Vater telefoniert, ihm von der Spur erzählt und der Frauenleiche in Leipzig, bei der das Skelett einer Taube gefunden worden war. Als sie ihm ihre Theorie dargelegt hatte, war er ziemlich still geworden, dann hatte er gefragt: »Sie waren also alle Bräute?«

»Ja, genau«, antwortete sie ihm, »das könnte die Verbindung sein, oder siehst du das anders?«

Junck stimmte ihr zu, mahnte sie zur Vorsicht und weiteren Überprüfungen, bevor sie ihre Theorie offiziell machen würde.

»Natürlich halte ich mich zurück«, war sie ein wenig genervt. Glaubte er denn, sie wüsste nicht, wie der Job funktionierte? Zum Abschied sprach er jedoch seine Anerkennung aus und teilte ihr mit, dass er bald zurückkomme.

»Was treibst du denn überhaupt in Spanien?«

»Ein Gefallen für einen Freund«, hatte er sich geheimnisvoll gegeben und Henriette war nicht weiter darauf eingegangen. Kurz kam ihr der Gedanke, dass ihr Vater sich vielleicht gewünscht hätte, er wäre selbst auf die Idee mit den Bräuten gekommen, verwarf diese Überlegungen dann jedoch wieder. Vermutlich hatte er einfach nur einen anstrengenden Flug hinter sich gehabt und sich deshalb so reserviert verhalten.

Außerdem hatte sie das Gefühl, auf der richtigen Spur zu sein. Bei der Leiche, die man am späten Nachmittag im Main gefunden hatte, handelte es sich nämlich um eine gewisse Tabea Pröhl, die gestern Nacht während ihres Junggesellenabschiedes sang- und klanglos verschwunden war. Die Vermisstenmeldung war kurz vor dem Leichenfund von der Mutter gemacht worden. Tabeas Freundinnen hatten angenommen, sie wäre mit einem der Striptease-Tänzer losgezogen und hätte bei ihm die Nacht und den nächsten Tag verbracht. Eine Vermutung, die Henriette angesichts der Tatsache, dass die Frau vorhatte zu heiraten, für ziemlich merkwürdig hielt. Der Verlobte hatte sich erst für heute Abend mit seiner Zukünftigen verabredet und daher gar nicht bemerkt, dass sie nicht in ihrer Wohnung übernachtet hatte, nur die Eltern – insbesondere die Mutter – waren besorgt gewesen.

Dennoch hatte der Mörder einen Vorsprung von fast vierundzwanzig Stunden und den konnte er vermutlich noch ausbauen. Die ersten Befragungen hatten rein gar nichts ergeben. Die Freundinnen waren alle angetrunken gewesen, der Klub gerammelt voll, Außenkameras Fehlanzeige, und Zeugen fanden sich auch nicht. Niemand war aufgefallen, dass sich Tabea nach draußen begeben hatte. Ihre Handtasche musste sie bei sich gehabt haben, allerdings fand das Reinigungsteam des Klubs am Morgen ihre Jacke.

»Eine von vielen«, bestätigte man der Polizei. »Jacken,

Taschen, Handys, Schuhe, Geldbeutel. Wenn die Party läuft, vergessen die Gäste nicht nur ihre guten Vorsätze«, hatte der Klubbesitzer mit anzüglichem Grinsen Auskunft gegeben.

Henriette trat durch eine der Schwingtüren. David Thom, der Gerichtsmediziner, stellte sich ihr in den Weg. »Schön, dass du dich wenigstens meldest, wenn ich eine Leiche anzubieten habe«, begrüßte er sie gereizt.

»Es tut mir leid«, erwiderte sie aufrichtig. »Ich hatte viel um die Ohren.«

»Schon gut«, antwortete er kalt. »Ich wollte dich nicht belästigen.«

Ihr Gespräch wurde durch das Eintreten eines weiteren Gerichtsmediziners unterbrochen. Der Mann hatte bei der Autopsie assistiert.

Freundlich grüßte er die Hauptkommissarin und sagte trocken: »Interessanter Fall, bin gespannt, was da dahintersteckt.« Daraufhin verschränkte er demonstrativ die Arme vor der Brust und ließ keinen Zweifel daran, dass sein berufliches Engagement groß genug war, um dem Gespräch mit der leitenden Ermittlerin beizuwohnen und gegebenenfalls deren Fragen zu beantworten.

Dennoch überließ er es Thom, die Ergebnisse vorzutragen.

Es folgte, wie zu erwarten, ein Bericht, der im Gedächtnis bleiben würde. Teile des Gesichts und ein Auge waren durch die Rotorblätter der Schiffsschraube zerstört worden. Unzählige Schnittverletzungen am Körper ließen vermuten, dass die Leiche längere Zeit vom Boot mitgezogen worden war. Dazu kamen winzige Bissspuren, vermutlich von heimischen Raubfischen.

»Keine Hinweise auf sexuelle Gewalt. Mageninhalt

und Blutwerte bestätigen, dass die Frau zum Zeitpunkt ihres Todes stark alkoholisiert gewesen war. Der Tod trat nach Mitternacht ein, Zeitfenster zwischen zwei und vier Uhr morgens«, beendete Thom seine Ausführungen.

»Die Todesursache?«, fragte Henriette mit belegter Stimme, nachdem man ihr die vielen äußerlichen Verletzungen beschrieben hatte.

»Scharfe Gewalt«, entgegnete Thom. Auf dem Bildschirm hatte er entsprechende Fotografien aufgerufen, um seine Ausführungen zu verdeutlichen. »Das hier ist ein Messereinstich, und der lange Schnitt am Oberkörper ist ebenfalls die Folge von Fremdeinwirkung. Und dann«, fuhr er zögernd fort, »haben wir noch etwas unter ihrer Haut etwa in Brusthöhe gefunden. Das Labor kümmert sich bereits darum.« Henriette betrachtete aufmerksam den Monitor, auf dem jetzt das Bild eines Stofffetzens erschien.

»Erinnerst du dich, dass die Leiche in ein zerrissenes Laken eingewickelt war?«

Die Hauptkommissarin nickte.

»Nach einer genaueren Inaugenscheinnahme haben wir festgestellt, dass man aus diesem Laken ein Stück herausgeschnitten hat.« Er holte Luft. »Dieses Stück wiederum wurde der Frau in die Schnittwunde gestopft.«

»Irgendeine Ahnung, warum der Mörder das hätte tun sollen?«

Das erste Mal mischte sich der Kollege ein und sagte: »Womöglich war es ein Versuch, die Blutung zu stoppen. Denkbar, dass er den Fetzen zur Wundversorgung benutzt hat.«

»Kann ich es sehen?«, fragte Henriette interessiert und Thom suchte die entsprechende Datei heraus. »Wir haben mehrere Aufnahmen gemacht.«

Henriette betrachtete das vom Blut verfärbte Stück

Stoff. Auf einem der Bilder hatte man es ausgebreitet. »Sieht wie ein Kreis aus.«

David nickte und öffnete eine weitere Datei. »Das ist das große Laken, aus dem das kleinere Stück stammt. Es ist ziemlich zerrissen, dennoch lässt sich erkennen, dass man es daraus herausgeschnitten hat.«

»Wenn ich eine Verletzung behandeln wollte, vor allem eine, die, wie ich annehme, stark geblutet hat, dann mache ich mir doch nicht die Mühe, noch irgendeine geometrische Figur irgendwo herauszuschneiden, oder?«

Die beiden Männer widersprachen nicht und Henriette bat darum, ihr die Fotos per E-Mail zu schicken. »An irgendetwas erinnert mich das«, sagte sie mehr zu sich selbst. »Ich brauche schnellstmöglich die Laborergebnisse und den vollständigen Bericht.«

Sie hatte sich verabschiedet, stand bereits wieder auf dem Flur, als man ihren Namen rief.

David Thom war ihr gefolgt. »War's das jetzt?«, meinte er vorwurfsvoll.

»Was?«, entgegnete Henriette überrascht, fragte sich, ob sie bei der Besprechung eben etwas vergessen hatte.

»Na, das mit uns«, klärte sie David auf.

Ihr Gesichtsausdruck deutete ihre Verwirrtheit an, er zog daraus jedoch andere Schlüsse. Ohne auf ihre Antwort zu warten, erwiderte er traurig: »Ich verstehe schon, ich werde dich in Ruhe lassen, ich bin schließlich kein Stalker«, versuchte er zu scherzen und machte auf dem Absatz kehrt, um sich zurückzuziehen.

»Nein«, rief sie plötzlich vehement. »Nein«, fuhr sie leiser fort, als er stehen blieb. »Es tut mir leid«, sagte sie ehrlich. »Ich will dich nicht vor den Kopf stoßen.«

»Was willst du *dann*?«, blieb er angespannt.

»Ich will diesen Fall lösen«, brach es aus ihr heraus. »Ich bin nicht das Mädchen, das von einer Prinzessinnen-Hochzeit, Kindern, Haus und Garten träumt, ich habe auch nicht die Geduld, den verführerischen Vamp zu spielen. Ich liebe meine Arbeit und möchte mich immer und jederzeit voll reinknien können, ohne deshalb ein schlechtes Gewissen zu haben, und ich …« Sie zögerte, beschloss dann jedoch aufrichtig zu sein. »Und ich mag dich, sogar sehr, aber ich bin mir nicht sicher, ob ich dir das geben kann, was du suchst. Meine Arbeit ist mir wichtig, ich …«

Sie wusste nicht, wie ihr geschah, als er sie einfach an sich zog und küsste. Es war ein leidenschaftlicher Kuss, den Henriette erwiderte.

Als er sie losließ, lächelte er. »Gut, meine Arbeit ist mir auch wichtig und eine Prinzessinnen-Hochzeit samt anschließendem Familienidyll brauche ich ebenfalls nicht, aber bitte …« Er sah sie eindringlich an. »… schließ mich nicht wieder aus deinem Leben aus, mit allem anderen kann ich leben.«

»Einverstanden«, flüsterte sie gerührt.

Er küsste sie zum Abschied noch einmal zärtlich auf den Mund und sagte: »Ich rufe dich später an, dann gehen wir essen und sprechen über deinen Fall. Vielleicht kann ich helfen.«

Beschwingt kehrte Henriette in ihr Büro zurück. David Thom schien der erste Mann zu sein, der sie verstand. Eine pompöse Hochzeit bliebe ihr mit ihm jedenfalls erspart. Plötzlich traf sie die Erkenntnis wie ein elektrischer Schlag: Das war es! Sie wusste, woran sie das Laken und dieser seltsame Stofffetzen erinnerten. Schnell griff sie zum Telefon, wählte Thoms Nummer.

»Schon Sehnsucht?«, nahm der scherzend den Hörer ab.

Sie ging nicht darauf ein, sondern fragte hektisch: »Hast du mir die Bilder bereits geschickt?«

»Bin eben dabei.«

Sie sah den Eingang in ihrem E-Mail-Account und legte ohne ein weiteres Wort auf.

Ihr Oberkommissar trat hinter sie: »Was gibt es denn?«

»Sieh dir das an«, forderte sie den Kollegen auf und fasste für ihn den Autopsiebericht zusammen, dann eilte sie zur Tafel. Auf einer freien Fläche notierte sie: *Kerze, Taube, Laken.*

»Ich sehe keinen Zusammenhang«, gab der Mann irritiert zu.

»Betrachte das ausgeschnittene Teil, das unter der Haut der Toten gefunden wurde. Wie sieht das für dich aus?«

»Wie ein schiefer Kreis?« Er blickte sie unsicher an.

»Wie ein schiefer Kreis«, bestätigte sie ruhig, »oder wie ein schlecht ausgeschnittenes Herz.«

»Der Täter hat also ein Herz aus einem Laken geschnitten und der Frau in die Brust gestopft. Warum? Ein Symbol für sein eigenes Herz, das er direkt an dem des Opfers wissen wollte?«, stieg der Oberkommissar darauf ein.

»Auch eine Idee, aber in dem Fall, denke ich, geht es um Brauchtum.«

»Keine Ahnung, von was du da sprichst«, gab er offen zu.

»Hochzeitsbräuche«, erklärte Henriette aufgeregt. »Die Kerze, die Taube und jetzt das zerschnittene Laken. Warst du noch nie bei einer Hochzeit?« Ohne seine Antwort abzuwarten, fuhr sie fort: »Letztes Jahr heiratete eine Freundin von mir. Nach der kirchlichen Trauung mussten sie und ihr frischgebackener Ehemann ein Herz aus einem weißen Bettlaken schneiden und anschließend durch die

Lücke schlüpfen. Außerdem ließ man Tauben fliegen und natürlich gab es auch eine Hochzeitskerze. Ich glaube …« Sie verbesserte sich: »Nein, ich bin mir ziemlich sicher, dass unser Mörder sich nicht nur zukünftige Bräute als Opfer aussucht, sondern es auch zu seinem Tötungsritual gehört, auf irgendwelche Symbole und Bräuche zurückzugreifen, die mehr oder weniger typisch für eine Hochzeit sind.«

* * *

AM NÄCHSTEN MORGEN

Elga lenkte den Wagen über die Autobahn Richtung L'Escala. Die 350 Kilometer entlang der Costa Brava verliefen schweigsam, der gestrige Abend war alles andere als erfreulich verlaufen. Stefan Junck hatte sich nach dem Telefonat mit seiner Tochter zwar bemüht, ein angenehmer Begleiter zu sein, aber ständig schweiften seine Gedanken ab.

Henriette hatte einen Zusammenhang erkannt. Die Opfer ihres Mörders waren alle verlobt gewesen, hatten geplant, bald zu heiraten. Er wiederum verfolgte einen Mann, der, wie es aussah, eine Verkäuferin in einem Brautmodengeschäft ermordet hatte, die zudem ein Hochzeitskleid trug. War das noch ein Zufall?

»Was ist los?«, hatte ihn Elga gestern gefragt, aber er hatte es nicht gewagt, ihr ehrlich zu antworten. Weder wollte er Interna über Henriettes Arbeit ausplaudern noch Elga beunruhigen. Auch jetzt, während der Fahrt, schwieg er und grübelte vor sich hin.

Elga hingegen war verärgert. Nach dem Besuch des Castillos in Peñíscola war Junck eigentlich in guter Stimmung gewesen. Sie hatten für den Abend den Besuch einer

Tapas-Bar vorgesehen gehabt. Nicht einmal über die späten Öffnungszeiten hatte sich Stefan beschwert; in Spanien ging man eben oft erst um 21.00 Uhr zum Abendessen. Dann jedoch, nachdem sie sich auf ihren Hotelzimmern frisch gemacht hatten, war er verändert gewesen. Verschlossen und beunruhigt. Allerdings hatte er ihr nicht erklärt warum, sondern mit der Ausrede, müde zu sein, den Abend so schnell beendet, dass sie nicht einmal das Essen genießen konnte.

Auch jetzt saß er geistesabwesend neben ihr. Elga hatte genug von dem Kerl. Sie hatte ihn sympathisch, sogar recht anziehend gefunden, aber sie war keine Frau für komplizierte Typen, *die* Zeiten waren vorbei.

Für so was bin ich zu alt, dachte sie und nahm sich fest vor, den Kontakt zu Junck nach dem Spanientrip abzubrechen.

»Es tut mir leid«, sagte der jedoch plötzlich. »Ich kann dir nicht sagen, worum es geht, aber es gibt etwas, das mich beunruhigt, etwas, das in Frankfurt passiert. Falls wir in L'Escala keine hilfreiche Spur finden, möchte ich deshalb schnellstmöglich zurückfliegen.«

»Und das hättest du mir nicht gleich sagen können?«, schnauzte sie und überholte für ihre Verhältnisse ziemlich rücksichtslos einen Kleintransporter. Elga war wütend und machte daraus kein Geheimnis. »Ich hatte mich auf gestern Abend gefreut und du ziehst die ganze Zeit ein Gesicht, als wären wir bei einer Beerdigung. Da wäre ich lieber alleine unterwegs gewesen.«

Er entschuldigte sich erneut und sagte: »Wir holen das in Frankfurt nach, bei einem erstklassigen Spanier. Ich zahle und du kannst die Speisekarte hoch und runter essen.«

»Eigentlich wollte ich unsere Bekanntschaft nicht vertiefen«, reagierte sie immer noch zornig. Ihr Blick wanderte kurz zu Junck. Sein Gesicht drückte jedoch so große Enttäuschung aus, dass sie nicht anders konnte, als zu sagen: »Aber ich wähle das Lokal, und wage es dann ja nicht, schlechte Laune zu haben!«

»Versprochen«, antwortete er erleichtert, wobei er sich fragte, warum ihm Elgas Wohlwollen so wichtig war.

»Wir sind gleich da«, bemerkte die nun und wartete auf Anweisungen.

Junck hatte sich im Internet über Campingplätze in L'Escala informiert. Einen hatte er gefunden, der just in dem Jahr eröffnet worden war, als Kai Neintal alias Patrick Schmidt Peñíscola verlassen hatte. Ihm schien es logisch, dass sich der Mann in einem ähnlichen Job beworben hatte, und bei einer Neueröffnung wurde immer Personal benötigt.

»Glaubst du das wirklich?«, fragte ihn Elga, nachdem er ihr seine Theorie dargelegt hatte.

»Menschen neigen dazu, das zu tun, was sie bereits kennen. Neintal macht da sicher keine Ausnahme, daher würde ich mit der Suche dort beginnen.«

Tatsächlich hatten sie auch dieses Mal Glück. Ein Patricio aus Deutschland war anscheinend vor ungefähr dreiundzwanzig Jahren nach L'Escala gekommen. Die Betreiberin des Campingplatzes erkannte ihn auf dem Foto. »Er blieb bis 2005. Das war das Jahr, als wir erweitert haben, deshalb erinnere ich mich noch. Wir brauchten Platz, weil immer mehr Kunden kamen.«

»Auch Deutsche?«, ließ Junck Elga fragen.

»Vor allem Deutsche«, erhielten sie freudig Antwort.

»Was wurde aus Patricio?«

»Er wollte etwas Neues ausprobieren, im Hafen arbeiten, das hat er mir zumindest gesagt.« Sie seufzte. »Manche Menschen können nicht sesshaft werden, Patricio war so einer.«

Freundlicherweise nannte man ihnen die Adresse eines Lokals. »Dort treffen sich die einheimischen Fischer. Wenn Ihr Patricio dort war, dann kennen die Männer ihn bestimmt.«

»Wir kommen gut voran«, bemerkte Elga bei der Fahrt Richtung Hafen. »Ist doch seltsam, dass Christinas Vater so auf der Flucht vor seinen Landsmännern war, oder?«

Weiterhin wollte Junck nicht über den Mord vor dreißig Jahren sprechen, dennoch sagte er: »Christinas Vater hatte seine Gründe, Deutschland zu verlassen. Sein Wunsch war es, unentdeckt zu bleiben. So gesehen hat ihn die Vergangenheit regelrecht eingeholt. Ich habe nachgelesen«, führte er weiter aus. »L'Escala war einmal ein kleines Fischerdorf, dann begann der Tourismus. Anfangs ein paar Franzosen und Niederländer, vor allem aber Spanier, und plötzlich zieht es Deutsche hierher. Vermutlich hat er befürchtet, dass ihn jemand erkennen würde.«

»Na und?«, reagierte Elga verständnislos. »Ist ja nicht so, dass der Kerl ein gesuchter Spion ist.« Sie hatte es leichthin gesagt, erkannte aber an Juncks Gesicht sofort, dass etwas im Argen lag. Ihr Blick wurde durchdringend. »Christina sagte nur, er hätte Schwierigkeiten gehabt und sei deshalb verschwunden. Ich nahm an, er hätte Geldprobleme und wollte über seine Schulden das sprichwörtliche Gras wachsen lassen. Muss ich mehr wissen?«

»Es besteht keine Gefahr«, antwortete ihr Junck ausweichend.

Sie nickte etwas zögernd. »Ich halte mein Versprechen und werde Christina helfen.«

Er war froh, dass sie nicht weiter bohrte, hatte aber dennoch ein schlechtes Gewissen. Deshalb konnte er auch bei der Fahrt zum Hafen weder die atemberaubende Landschaft noch den Anblick des türkisblauen Meeres unter der spanischen Sonne richtig genießen.

* * *

AM NACHMITTAG

Der Anwalt Lutz Wasnek hatte die Kanzlei ungewöhnlich früh verlassen. Selena, seine Frau, hob überrascht die akkurat gezupften Augenbrauen, als er unerwartet zu Hause auftauchte. Sofort war ihm auch klar, warum sein Erscheinen nicht auf Begeisterung stieß. Sein Erstgeborener lümmelte sich nämlich im Wohnzimmer herum und spielte am großen Fernseher mit seiner Konsole, anstatt für die Abiturprüfungen zu lernen. Mittlerweile war er, nachdem ihn Schulwechsel und mangelnde Leistung zu Ehrenrunden verdammt hatten, der Älteste in der Klasse. Wasnek hätte ihm an einem anderen Tag geduldig zugeredet, allein schon Selena zuliebe, aber heute fehlte ihm dafür der Nerv.

Die Wut, mit der er seinem Sohn nun entgegentrat, erschreckte ihn selbst, erinnerte ihn an den eigenen Vater, dem er doch nie hatte gleichen wollen. Die Worte rutschten ihm, ohne zu überlegen, über die Lippen, etwas, das für ihn mehr als ungewöhnlich war. Als Anwalt hatte er gelernt, Sprache gezielt einzusetzen. Den Berufsanfängern in seiner Kanzlei bläute er immer ein, dass Juristen die Worte so sorgsam und präzise benutzen mussten wie Chefköche ihre Messersets. Unter keinen Umständen würden die zum Beispiel ein delikates Filet mit einem stumpfen Hackbeil zerteilen. Analog verzichtete ein Anwalt daher auf ungenaue Äußerungen, derbe Kraftausdrücke und offensichtliche Beleidigungen.

Heute vergaß Wasnek diese goldene Regel und

beschimpfte seinen Stammhalter als faulen Drecksack, der ihm auf der Tasche liegen würde.

Selena eilte sofort herbei, wagte aber angesichts der Verfassung ihres Mannes nicht, sich einzumischen. Lediglich ein leichtes Kopfnicken signalisierte ihrem geliebten Sohn, den Mund zu halten und schleunigst nach oben zu verschwinden.

»Setz dich auf deinen fetten Arsch und lerne für die Prüfungen, sonst kannst du dir jemand anderen suchen, der dich durchfüttert«, blaffte der Zweiundsechzigjährige.

Das bleiche Gesicht seines Filius war starr vor Schreck, die Augen blickten Hilfe suchend zur Mutter und tatsächlich glaubte Wasnek, Tränen darin zu erkennen.

»Er ist eben sensibel«, pflegte Selena zu sagen, wenn er wieder irgendetwas verbockt hatte. Ihn jetzt so eingeschüchtert zu sehen, schien ihr recht zu geben und verschaffte Wasnek keine Genugtuung. Wieder tauchte das Bild des eigenen despotischen Vaters vor seinem geistigen Auge auf und er bereute bereits, laut geworden zu sein. »Geh nach oben und lerne«, sagte er deshalb ruhiger. Die Wut war verflogen. Sein Sohn eilte davon, stürzte die Treppe hinauf und ließ seine Zimmertür geräuschvoll ins Schloss fallen.

»Was sollte das?«, richtete Selena das Wort an ihn. Als ehemalige Theaterschauspielerin gelang es ihr, solche Fragen durch Körperhaltung und Stimmlage besonders dramatisch zu stellen.

»Eine lang verpasste Notwendigkeit«, erwiderte Wasnek, der nicht daran dachte, sich zu entschuldigen. Er hätte die Dinge anders sagen können – die Verpackung war schlecht gewählt, der Inhalt jedoch zutreffend. Daher sah er die Siebenundvierzigjährige kalt an. *Ich werde das nicht diskutieren*, schien sein Blick auszudrücken.

Selena – eine kluge Frau, die wusste, wie sie ihren

Mann zu nehmen hatte – schwebte zum Schrank, in dem die alkoholischen Getränke standen, und schenkte ihm seinen Lieblingswhiskey ein. Da sie wusste, dass er nicht gerne allein trank, nahm sie sich ebenfalls einen Schluck, obwohl es für sie weder die Zeit noch das geeignete Gebräu war. Sie reichte ihm das Glas, ließ ihres leicht dagegen stoßen, sodass ein leises Klirren entstand, setzte sich dann mit der Anmut einer Ballerina in einen Sessel und sagte verständnisvoll: »Dieser Selbstmord macht dir zu schaffen, nicht wahr?«

Wasnek setzte sich ebenfalls, lehnte sich zurück und nahm einen großen Schluck. Das war einer der vielen Momente, in denen er Selena bewunderte. Sie hatte ihn vermutlich nicht aus Liebe geheiratet, Vernunft wäre vielmehr das richtige Wort. Dennoch spielte sie die Rolle der fürsorgenden Ehefrau perfekt. Sie hatte ihm drei Kinder geboren, stand immer zu hundert Prozent hinter ihm und hatte ein ausgezeichnetes Gespür für seine Launen. Ob das einfach in ihrer Natur lag oder sie lediglich in der Rolle blieb, als Schauspielerin womöglich nicht anders konnte, das war ihm seit jeher egal, denn es funktionierte. Es gab Phasen in seinem Leben, da war er sogar fest davon überzeugt, dass zwischen ihnen alles echt war, dass er mit ihr das große Los gezogen hatte und dass es ihm endlich gelingen würde, die Vergangenheit zu überwinden.

»Ja«, gab er schließlich zu. »Dieses Mandat hat mich Kraft gekostet.«

»Du hättest es einem Angestellten übergeben können«, sagte sie vorsichtig, sehr darauf bedacht, keinen Vorwurf in ihre Stimme zu legen. Eine andere Frau hätte ihm wahrscheinlich auf den Kopf zugesagt, dass es völlig idiotisch war, einen Typen wie Matthias Kranz zu vertreten. Sie hielt sich jedoch zurück und meinte lediglich: »Ich habe mich ehrlich gesagt gewundert, dass du das Mandat überhaupt angenommen hast, deine Kanzlei ist doch gar nicht auf solche Fälle spezialisiert.«

Ein zweites Mal an diesem Tag hatte er die Befürchtung, seinem Vater ähnlicher zu sein, als er es je gewollt hatte, indem er sagte: »Ein guter Anwalt kann das Gesetzbuch anwenden, und zwar *jedes* Kapitel!« Er entschuldigte sich. »Tut mir leid, es sollte nicht unfreundlich klingen, aber so wurde ich eben ausgebildet. Ich bin nicht auf Strafrecht spezialisiert, aber wenn es sein muss …«

»Und warum musste es sein?«, hakte Selena jetzt direkt nach. »Der Publicity wegen hast du es ja kaum gemacht, oder?«

»Nennen wir es die Folge einer Sentimentalität«, erklärte er, besann sich dann aber und sagte: »Lass uns nicht mehr darüber reden, es ist nun einmal geschehen.«

Sie schien sich zu fragen, ob er noch von dem Mandat sprach oder bereits über den Streit mit seinem Sohn.

»Der Junge wird es überleben«, fügte er an und sie nahm es als Antwort auf die nicht gestellte Frage.

»Jetzt brauche ich ein wenig Zeit für mich«, beendete er das Gespräch.

Elegant erhob sich Selena, säuselte: »Natürlich, mein Lieber«, und verließ das Zimmer.

Er hörte sie die Treppe nach oben eilen, vermutlich um den beleidigten Sohn zu bedauern, ihm war es gleich.

Erschöpft schloss er die Augen, erinnerte sich an den Anruf.

»Ein Mandant braucht dringend Rechtsbeistand«, hatte ihm seine Assistentin mitgeteilt. »Er wurde verhaftet.«

Wasnek hatte sofort drei, vier Namen im Kopf gehabt. Alles Klienten, bei denen er ständig befürchten musste, sie eines Tages wegen ihrer grenzwertigen Geschäfte und undurchsichtigen Finanztransaktionen in der Untersuchungshaft besuchen zu müssen, aber sie nannte ihm keinen davon.

»Ehrlich gesagt habe ich den Namen noch nie gehört«, hatte sie entschuldigend eingestanden. »Es handelt sich um einen gewissen *Matthias Kranz* und es geht um Mord.«

Für die Antwort hatte er nur wenig Zeit gehabt und eine Entscheidung getroffen. »Ich werde hinfahren«, war er zur Überraschung seiner Assistentin bereit gewesen, den Fall zu übernehmen.

Jetzt fragte er sich, ob ihm das Schicksal einen üblen Streich spielte. Zuerst tauchte die Tochter von Kai Neintal bei ihm auf und kurz darauf folgte die Verhaftung von Matthias Kranz.

* * *

Im Büro der Hauptkommissarin sah es mittlerweile aus wie in einem Archiv. Überall hatten ihre Kollegen kleine Aktenstapel errichtet. Ausdrucke von Vermissten- und ungelösten Mordfällen, sortiert nach Jahren, Tötungsart und ungewöhnlichen Merkmalen. Magnettafeln standen wie Raumtrenner in dem Zimmer, beschriftet mit Namen und Orten. Jemand hatte eine Karte von Deutschland organisiert, auf der nun mit roten Kreuzen die Städte gekennzeichnet wurden, die als Tatorte infrage kamen.

»Das sind unglaublich viele Daten«, seufzte Henriette irgendwann. »Vor allem die Vermisstenfälle.«

»Ja«, stimmte ihr der Oberkommissar zu. »Wir haben bisher keine weiteren Morde, die zu unserem Täter passen könnten, aber die Liste der vermissten Frauen, die vor ihrem Verschwinden in einer Beziehung standen, die ist lang. Und wir sind noch nicht einmal zehn Jahre zurückgegangen. Außerdem könnte er sich seine Opfer theoretisch auch im Ausland suchen. Wer sagt uns denn, dass er nur in Deutschland zugeschlagen hat? Das würde dann vielleicht auch erklären, warum wir keine weiteren Leichen finden, oder aber ...« Fred zögerte und Henriette ahnte, was ihm auf dem Herzen lag.

»Du denkst, ich habe mich verrannt«, nahm sie es ihm ab.

»Na ja«, gab er zu. »Wir haben einen alten, ungelösten Fall. Die Ermordung einer Frau namens Daniela Esser, die Heiratspläne hatte. Ermordet wurde sie 2005, gefunden 2016. In ihrem Grab fand man das Skelett der Taube. »Andrea Kranz, die eine Kerze bei sich hatte, und Tabea Pröhl mit dem Laken, sind aktuelle Fälle. Zwischen 2005 und heute ist eine lange Zeit vergangen.«

»Was bedeuten könnte, dass unser Täter all die Jahre sehr geschickt war. Er will nicht, dass seine Opfer gefunden werden.«

»Und doch haben wir innerhalb kürzester Zeit gleich zwei entdeckt«, warf Fred vorsichtig ein. »Vielleicht heißt das auch«, fuhr der Oberkommissar fort, »dass es keine Verbindung zu Daniela Esser gibt.« Jetzt war es raus und er fühlte sich besser. »Nicht falsch verstehen«, setzte er nach, »aber du solltest das einfach im Hinterkopf behalten.« Er sah über die Schulter, ein sicheres Zeichen, dass er prüfen wollte, ob man sie belauschte, da verstand Henriette.

»Sie reden über mich, oder?«, fragte sie deshalb direkt.

»Tun sie«, gab er offen zu. »Sieh dir das Büro an, das wirkt schon irgendwie besessen. Manche meinen, du willst etwas beweisen, weil dir der Kranz gestorben ist. Dass dich der Ehrgeiz blind macht.«

»Und was meinst du?«, reagierte sie gereizt.

»Das ich noch nie an einer so spannenden Ermittlung beteiligt war.«

Sie lachte auf und schüttelte den Kopf. »Die Antwort hatte ich nicht erwartet.«

Fred grinste. »Ich stehe hinter dir, rate dir aber, ein wenig zurückzurudern. Sag zumindest irgendetwas wie: ›Wir verfolgen die Spur, schließen aber nicht aus, dass das eine Sackgasse ist.‹ Das nimmt denen die Luft aus den Segeln.«

»Du bist ein echter Freund«, sagte sie ein wenig gerührt, »danke.«

Verlegen blickte er auf seinen Bildschirm und murmelte: »Ich hab nur keine Lust, mich an einen neuen Hauptkommissar gewöhnen zu müssen.«

Bevor sie etwas erwidern konnte, stieß der Kollege jedoch einen Pfiff aus. »Eine habe ich vielleicht doch noch gefunden«, sagte er mit gerunzelter Stirn. Er hatte eine weitere Datei auf dem Monitor geöffnet und druckte die Seiten jetzt aus. »Könnte die passen?«, fragte er, als er Henriette den Autopsiebericht reichte.

»Die Leiche wurde 2002 gefunden, allerdings ist sie bis heute nicht identifiziert. Alter ungefähr fünfundzwanzig, vermutlich stammte sie aus dem osteuropäischen Raum, darauf ließen ihre Kleider schließen. Auch sie war in der Erde vergraben, ein weiterer Baustellenfund, und zwar nahe der Stadt Schwandorf in Bayern.« Er ging zur Karte und sagte: »Das liegt etwa dreihundert Kilometer von der tschechischen Grenze entfernt. Wenn die Frau von dort stammt, gab es bei uns vermutlich keine Vermisstenmeldung.«

»Wurde denn nach dem Leichenfund kein Kontakt mit den ausländischen Behörden aufgenommen?«

Er überflog die Einträge auf dem Bildschirm. »Doch, aber das ergab nichts. Vielleicht hat die Familie der Frau sie nicht als vermisst gemeldet, vielleicht kein Vertrauen in die Behörden ihres Landes gehabt. Ich meine, das liegt eine ganze Zeit zurück, Tschechien war damals noch nicht einmal in der EU, vieles ist da möglich. Interessant ist jedenfalls, dass man bei der Leiche eine Visitenkarte fand, und zwar von einem Brautmodengeschäft. Die war zum Glück für uns aus Plastik. Offenbar war man damals nicht sonderlich umweltbewusst. Das Kärtchen hat die Jahre in der Erde jedenfalls, ohne Schaden zu nehmen, überstanden und dient uns heute als Hinweis.«

»Vielleicht wollte sie sich in Deutschland ein Hochzeitskleid kaufen, hat man die Spur überprüft?«

»Das Geschäft, das die Karte hat herstellen lassen, befand sich tatsächlich in Schwandorf, musste aber 2001 Insolvenz anmelden. Laut Gerichtsmedizin lag die Leiche zwei bis drei Jahre in der Erde. Man hat ehemalige Angestellte ausfindig gemacht und befragt, aber niemand konnte sich an die Frau erinnern. Zudem war von ihrem Gesicht nicht mehr viel übrig.« Mit zusammengekniffenen Augen betrachtete er die Fotografien. »Die Verwesung war bereits zu stark fortgeschritten.«

»Wie ist sie gestorben?«

»Eindeutig erwürgt, so wie Andrea Kranz.«

»Sollte in dem Fall die Visitenkarte des Brautmodengeschäfts zum Ritual gehört haben?«, überlegte Henriette laut.

»Ich denke, ich habe etwas Besseres«, warf der Oberkommissar ein. »Im Bericht des Gerichtsmediziners wird erwähnt, dass sich in der Mundhöhle der Frau *Sand* befunden hat.«

»Sie lag in der Erde«, erwiderte Henriette irritiert, »da ist das doch normal.«

Fred grinste triumphierend. »Der Sand stammte definitiv nicht vom Fundort. Genauer gesagt handelte es sich sogar um zwei verschiedene Arten von Sand. Die damaligen Ermittler sind deshalb davon ausgegangen, dass der

Mörder die zwei Sorten Sand absichtlich hinterlassen hat. Tatsächlich mutmaßte man, dass es sich um einen Ritualmord handelte. Ein verlassener Ehemann oder Freund, ein Täter, der eventuell aus einer anderen Kultur stammte. Weiter sind die allerdings nicht gekommen.«

»Die haben an der falschen Stelle gesucht«, warf Henriette ein.

»Jetzt, wo ich mich nur noch mit Hochzeitsbräuchen befasse, ist es einfach«, stimmte ihr Fred zu. »Ich denke, hier wurde auf die Sandzeremonie angespielt.«

Die Hauptkommissarin ergänzte: »Braut und Bräutigam geben jeweils Sand in eine Schüssel, der sich dann vermischt. Symbolisch für den Übergang von der Einsamkeit in die Zweisamkeit.«

»Also haben wir wohl ein weiteres Opfer«, stellte der Oberkommissar mit angespannter Miene fest.

KAPITEL 9

Etwa zur gleichen Zeit

»Ich bekomme gar nichts«, schüttete Susanne Kranz gerade ihr Herz bei ihrer Freundin Claudia Gummer aus. »Vielleicht ein bisschen Witwenrente, haben die auf dem Amt gesagt. Aus der Wohnung muss ich auch raus.«

»Vielleicht findest du einen Job«, schlug Claudia vor. »Matthias hat doch eh euer ganzes Geld versoffen, viel schlimmer kann es ohne ihn kaum werden.« Sie wollte trösten, riss aber nur die alten Wunden auf.

»Andreas Beisetzung hat die Familie ihres Verlobten übernommen, aber Matthias' Beerdigung musste ich bezahlen und das kostet mich all meine Ersparnisse«, beklagte sich Susanne.

»Ich habe dir gleich gesagt, spende ihn dem Krankenhaus für Forschungen, dann wäre er wenigstens einmal in seinem Leben zu etwas gut gewesen.« Sie kicherte über das eigene Wortspiel und schenkte sich von dem Sekt nach, den sie mitgebracht hatte.

Ihre Späße kamen bei Susanne jedoch nicht an. Beinahe sah es sogar so aus, als würden sich deren Augen mit Tränen füllen.

»Du wirst doch um dieses Arschloch nicht weinen.

Überleg mal, was der dir angetan hat, dir und deiner Tochter.«

»Es hat auch gute Tage gegeben«, erwiderte Susanne Kranz trotzig.

Claudia rollte mit den Augen. Die beiden Frauen waren bereits seit der Schulzeit befreundet, Matthias Kranz kannten sie ebenfalls seit ihrer Jugend. Claudia hatte sogar einmal einen One-Night-Stand mit ihm gehabt, aber das wusste Susanne nicht und es lag auch lange zurück. Dennoch hatte Claudia in Matthias nie etwas anderes gesehen als einen unberechenbaren, wenn auch reizvollen Typen. Susanne hingegen war stets völlig blind gewesen, wenn es um ihren Ehemann ging.

»Was sollen das für gute Tage gewesen sein? Die, an denen er dich nicht geschlagen, sich dafür aber an deiner Tochter vergangen hat?«

»Er war krank«, verteidigte ihn Susanne.

»Ja«, stieß Claudia spitz hervor, »das war er ganz sicher. So ein Mistkerl. Er hat dich wie eine Sklavin behandelt, schau dich an.« Der Alkohol ließ sie die Dinge deutlicher aussprechen, als sie es eigentlich wollte. »Siehst aus wie eine Siebzigjährige.«

Jetzt fing Susanne doch an zu weinen und Claudia tätschelte mitfühlend ihren Arm. »Ich kenne eine super Friseurin, die verlangt auch nicht viel Geld. Wirst schon sehen, wir peppen dich wieder auf, ein bisschen Make-up, ein paar neue Klamotten.«

»Ich habe kein Geld«, stöhnte Susanne.

»Keine Sorge, ich weiß, wie man günstig einkauft.« Sie deutete auf ihr Smartphone. »Es gibt ein paar echt gute Onlineshops, auch für Secondhandware.«

»Wozu sollte ich mich überhaupt aufpeppen?«, jammerte Susanne müde.

»He, mit neunundfünfzig geht noch was. Wir suchen dir einen neuen Kerl, einen netten.«

»Ich will meinen Matthias«, schluchzte sie herzzerreißend.

Claudia verzog missbilligend das Gesicht. Sie stritt zwar nicht ab, dass Matthias Kranz in seinen jungen Jahren eine gewisse Anziehung auf Frauen gehabt hatte, aber Susannes aufopfernde Haltung ihm gegenüber war ihr stets ein Rätsel gewesen. Wie oft hatte die Freundin vor ihrer Tür gestanden – natürlich mit einem blauen Auge und aufgeplatzter Lippe? Claudia hatte es aufgegeben, ihr zu einer Trennung zu raten, aber dass Susanne nach Matthias' Tod anfing, ihn zu glorifizieren, überraschte sie nun doch.

»Ich war wenigstens nie allein und er hat Geld verdient, so kamen wir über die Runden. Er hat Sachen repariert.«

»Er hat auch genug kaputtgemacht«, murmelte Claudia und betrachtete das Etikett der Sektflasche. Dort stand »12 %«, die waren offensichtlich nicht genug. Ohne zu fragen, stand sie auf und holte die Flasche Schnaps aus dem Regal. Vielleicht würde Hochprozentiges Susannes Verstand wieder zurechtrücken.

»Ich hätte nicht gegen ihn aussagen dürfen. Schließlich war er doch unschuldig und hat sich umgebracht.« Sie stöhnte. »Ich bin schuld. Wäre ich dabei geblieben, dass er an dem Abend zu Hause war, dann würde er jetzt noch leben.«

»Himmel«, stöhnte Claudia, »auch wenn er Andrea nicht umgebracht hat, war er ein Verbrecher.« Sie wurde lauter. »Er hat eure Tochter vergewaltigt!«

»Das hat Andrea immer behauptet«, entgegnete Susanne nachdenklich. »Vielleicht hat sie die Dinge nur missverstanden.«

»Das ist nicht dein Ernst«, wurde Claudia nun wütend. »Seit ich dich kenne, hast du für ihn nach Ausreden gesucht, denkst du nicht, es reicht jetzt? Glaubst du wirklich, Andrea hat den Kontakt zu dir aus einer *Laune* heraus abgebrochen? Erinnere dich, wie du deswegen heulend in meiner Küche gesessen hast.«

Susanne wollte sich nicht erinnern, sie hatte sich bereits entschieden – so wie viele Male zuvor –, dass es leichter war, schlimme Dinge zu verdrängen, als den Tatsachen ins Auge zu sehen.

»Wir hatten schwere Zeiten, das stimmt, aber am Ende haben wir uns doch immer wieder zusammengerauft. Ich habe ihn auf dem Gewissen. Meinetwegen hat er sich umgebracht.«

»Er hat sich umgebracht, weil er ein Feigling war und Angst vor dem Knast hatte«, hielt Claudia ungehalten dagegen und schenkte sich und ihrer Freundin einen weiteren Schnaps ein.

»Ich hätte zu ihm halten müssen, aber diese Polizistin, die hat mich irgendwie überredet.«

»Ist das denn erlaubt?«, wurde Claudia nun doch hellhörig. Sie hatte selbst nicht viel übrig für die Ordnungshüter und ging der Polizei grundsätzlich aus dem Weg.

Susanne nippte an ihrem Glas. »Eigentlich ist die an allem schuld. Hätte die mir nicht so zugesetzt, dann wäre ich bei meiner Aussage geblieben und Matthias hätte sich nicht umgebracht. Diese Hauptkommissarin hat mich manipuliert, so heißt das doch, oder?«

Claudia nickte heftig.

»Sie hat mir Angst gemacht, mich verunsichert und jetzt hat sie meinen Matthias auf dem Gewissen.«

»Weißt du«, fuhr Claudia mit listigem Blick fort, »manche kriegen Entschädigungen, wenn sie vom Staat schlecht behandelt werden ...«

Susanne erwiderte eifrig: »Matthias wurde schlecht behandelt und ich auch.«

»Man muss sich nicht alles gefallen lassen«, stachelte Claudia ihr Gegenüber weiter an.

»Nein, muss man nicht«, antwortete Susanne Kranz daraufhin kämpferisch.

»Eine Entschädigung für den ganzen Ärger wäre das Mindeste, oder?«, spann Claudia den Faden weiter.

»Dann könnte ich die Wohnung behalten, vielleicht in Urlaub fahren und neue Klamotten kaufen.«

Die Freundinnen sahen sich entschlossen an.

»Gleich morgen spreche ich mit Matthias' Anwalt«, sagte Susanne mit fester Stimme.

»Und wenn der nicht helfen kann, dann gehen wir ins Fernsehen, die haben dort Rechtsanwälte, die auch Leuten wie uns zur Seite stehen«, entgegnete Claudia kämpferisch.

* * *

L'ESCALA, SPANIEN

Stefan Junck und Elga Rodriguez hatten sich ein wenig in L'Escala umgesehen, während sie auf die Rückkehr der Fischer warteten. Man sagte ihnen, dass die Männer erst gegen 16.00 Uhr in den Hafen einlaufen würden.

Obwohl sich der ehemalige Hauptkommissar Mühe gab, entspannt zu wirken, kreisten seine Gedanken ausschließlich um Henriette und die Mordfälle. Sie hatte ihm eine kurze Nachricht geschickt, in der sie ihm von ihrer Entdeckung bezüglich der Rituale berichtet hatte. Etwas, das ihn weiter beunruhigte.

»Wir können heute Abend noch zurückfliegen«, unterbrach Elga seine Grübeleien, die es aufgegeben hatte, ihn auf besonders hübsche Ecken der Stadt aufmerksam zu machen.

Bereits um 15.30 Uhr saßen die beiden dann in dem Lokal, in dem sich gewöhnlich die Fischer trafen. Elga sprach mit dem Wirt, der sich an Patricio erinnerte, allerdings konnte er mit dem Foto nichts anfangen.

»So sieht Patricio nicht aus, der ist viel älter.«

Natürlich ist er das, dachte Junck. Kai Neintal alias Patricio war heute, wenn er denn noch lebte, neunundfünfzig Jahre alt.

Elga musste den Mann bitten *seinen Patricio* zu beschreiben.

»Groß, kräftig, mit Glatze.«

»Ist er Deutscher?«, fragte Elga weiter.

Der Wirt zögerte. »Irgendwer hat mal gesagt, Patricio würde aus Rumänien stammen. Allerdings spricht er ganz gut Spanisch und sogar recht passabel Katalanisch.«

»Und wo ist der Mann jetzt?«

»Keine Ahnung, so gut kannten wir uns auch wieder nicht. Ich habe ihn schon lange nicht mehr gesehen. Laut Jorge ist er abgehauen, nachdem es Streit wegen des Geldes gegeben hat. Was mich nicht überrascht.«

Natürlich hakte Elga nach, warum ihn der Streit nicht überrascht hatte.

»Jorge ist ein schwieriger Typ.« Er zwinkerte Elga zu. »Aber das weißt du nicht von mir.« Wie in Spanien oft üblich duzte man sich. Der Wirt wartete nicht auf ihre Versicherung zu schweigen, denn er war ganz offensichtlich eine Plaudertasche. Vermutlich bedauerte er längst, dass sein Lokal zu einem Treffpunkt mürrischer Männer geworden war, denen der Sinn nicht nach Klatsch und

Tratsch stand, sondern deren einzige Themen das Wetter, die Tiden und die Fangquoten der EU waren.

»Jedenfalls hat Jorge den Patricio unter seine Fittiche genommen. Die beiden sind seit über zehn Jahren jeden Tag aufs Meer rausgefahren. Hab mich gewundert, dass es einer mit Jorge ausgehalten hat ... Und dann war Patricio plötzlich weg. Seither hüte ich mich, in Jorges Gegenwart etwas Falsches zu sagen.«

Elga vergaß zu übersetzen und fragte aufgeregt: »Du glaubst, Jorge hat Patricio etwas angetan?«

Der Wirt zischte »Psst« und senkte die Stimme. »Ich sage nur, dass schon so mancher Streit auf dem Meeresgrund geendet hat.«

Automatisch flüsterte sie nun auch, als sie Junck auf Deutsch erklärte: »Patricio ist verschwunden und der Wirt glaubt, er wurde von Jorge getötet und ins Meer geworfen, weil Jorge wiederum ein schwieriger Typ ist.«

Unwillkürlich rollte Junck mit den Augen. »Und wann geschah das?«, fragte er müde.

Immer noch mit gesenkter Stimme richtete Elga das Wort erneut an den Wirt und erklärte dann: »Er meint, vor ungefähr einem halben Jahr.«

Stefan Junck wurde hellhörig, wollte es noch einmal genau wissen.

»Si, si«, bestätigte der Gastronom, »vor ungefähr sechs Monaten habe ich Patricio zuletzt gesehen.«

Weitere Fragen konnten sie nicht mehr stellen, denn eben öffnete sich die Tür, und eine Gruppe Männer, die meisten in ziemlich dreckigen Gummistiefeln und Overalls, die sie bis zur Hüfte heruntergekrempelt hatten, betrat die Kneipe. Einige ließen sich ihre Getränke direkt aushändigen und verschwanden wieder nach draußen. Andere setzten sich an einen Tisch und holten Spielkarten heraus oder hievten sich auf die Barhocker an der Theke und verfolgten das Sportprogramm im Fernsehen.

Der Wirt gab Elga ein Zeichen. Er deutete zu einem Ecktisch etwas abseits. »Das ist Jorge«, flüsterte er unheilvoll. »Aber das weißt du nicht von mir.«

Junck brauchte nur einen Blick auf den Alten zu werfen, um zu wissen, dass er von dem nichts erfahren würde. Aber manchmal war auch das Ungesagte entscheidend und deshalb bat er Elga, erneut ihren Charme spielen zu lassen und das Gespräch mit dem Fischer zu suchen. Er schätzte den Mann auf etwa siebzig. Seine Haut war von der Sonne ledrig und braun. Seine Hände geschwollen, die Finger krumm, so als hätten sich die Knochen durch lange harte Arbeit verformt. Er drehte sich eine Zigarette, die schief wurde, so wie er selbst es war. Noch bevor er Anstalten machte, nach draußen zu gehen, um sie zu rauchen, erreichten sie den Tisch des Mannes.

Elga gab sich freundlich, erzählte die Geschichte von einer jungen Deutschen, die ihren Vater suchte, dessen Spur nach L'Escala geführt hatte. Das erste Mal, seit sie auf spanischem Boden waren, wurden sie abweisend behandelt.

»Was geht das mich an? Ich habe bestimmt keine deutsche Tochter«, schnappte der Fischer und wollte aufstehen.

»Por favor«, bat Elga und machte ein jammervolles Gesicht, »das Mädchen ist meine Freundin und sehr unglücklich, Familie bedeutet ihr alles. Die Mutter ist tot und sonst hat sie niemanden auf der Welt.«

Ihre Ausführungen hätten sogar ein Herz aus Stein erweicht – jedoch nicht das von Jorge, der Elgas Meinung nach überhaupt kein Herz besaß.

»Wenn ihr die Familie so viel bedeutet, warum weiß sie dann nicht, wo ihr Vater ist?«

»Weil er verschwand, als sie noch ein Kind war, und sie erst vor Kurzem von seiner Existenz erfahren hat«, reagierte Elga mittlerweile ärgerlich.

»Nicht mein Problem«, schnauzte der Fischer.

»Sag ihm, es wird zu seinem Problem, wenn wir die Polizei einschalten«, mischte sich Stefan Junck ein, der es an der Zeit fand, etwas Druck zu machen.

Mit Genugtuung sah er, wie Jorges Kinnlade beim Wort *Polícia* nach unten klappte. Dennoch blieb der Mann stur. »Ich kenne keinen Deutschen«, beharrte er.

»Was ist mit Patricio, Patrick Schmidt? Oder ist dir der Name Kai Neintal ein Begriff?«

Jorge stritt Letzteres ab, schien es dann aber für klüger zu erachten zuzugeben, dass er Patricio kannte.

»Der Kerl hat mich um Geld betrogen, wir hatten Streit und er ist abgehauen. Wusste nicht, dass er Deutscher ist. Zu mir hat er gesagt, er käme aus Ungarn.«

»Wissen Sie, wo er hinwollte?«

Jorge schüttelte den Kopf.

»Hat er nie von irgendwelchen Plänen erzählt? Zum Beispiel, wo er als Rentner leben wollte?«

Wieder wackelte der wettergegerbte Schädel des Alten verneinend hin und her. Elga stellte in Juncks Auftrag weitere Fragen, erhielt aber nur sehr dürftige Antworten. Schließlich übersetzte sie Juncks ungeduldigen Worte: »Du warst mit dem Kerl jahrelang jeden Tag auf dem Meer draußen und hast nicht den Hauch einer Idee, wo er jetzt sein könnte?«

»Wir waren fischen, nicht in den Flitterwochen«, blaffte der Alte.

»Frag ihn, ob Patricio angemeldet war«, forderte Junck seine Begleiterin auf.

Elga tat wie ihr geheißen und Jorge grinste boshaft. »Naturalmente«, sagte er selbstbewusst, »Patricio hatte ordentliche Papiere dabei.«

»Einen ungarischen Pass?«, ließ Junck spitzfindig nachfragen.

Der Alte saß in der Falle, denn nun musste er zugeben, dass er einen deutschen, vermutlich abgelaufenen Pass gesehen hatte oder dass er auf die Vorlage eines Dokuments verzichtet und den langjährigen Mitarbeiter illegal beschäftigt hatte. Junck vermutete sowieso Letzteres.

»Hab's nicht so mit Papierkram und bin auch kein Zöllner. Ungarn, Deutschland, Schweden … Ich bin Katalane, der Rest der Welt interessiert mich nicht«, wand sich Jorge jedoch geschickt heraus.

Die Art, wie er Junck dabei ansah, signalisierte dem, dass Jorge genau wusste, dass Patricio unter falschem Namen in Spanien gelebt hatte.

Offensichtlich gewann Jorge seine Selbstsicherheit nun zurück und der Gedanke an die Polizei schreckte ihn auch nicht mehr. Sicherlich war ihm aufgegangen, dass man ihm nichts anhaben konnte. Er würde einfach leugnen, etwas über Patricios wahre Identität gewusst zu haben.

Trotzdem wurde er plötzlich zugänglich und sagte: »Vielleicht kann ich doch helfen.«

Elga war ganz Ohr.

»Patricio sprach viel von Norwegen und dass man in den Fischfabriken dort gut verdienen könnte. Ich denke, er ist nach Norwegen, um sich fürs Alter ein finanzielles Polster zu schaffen.« Jorge stand auf, er war nicht groß, aber sein abweisender Blick hielt ihm die Menschen sicher vom Leib. Zu guter Letzt sagte er noch: »Falls sich Patricio bei mir meldet, richte ich ihm aus, dass ihr ihn sucht.« Ohne ein weiteres Wort drehte er sich um, steckte sich die

Zigarette in den Mund und zündete sie sich trotz des strengen Rauchverbots noch im Lokal an.

Elga wechselte mit dem Wirt einen Blick. *Siehst du, der Kerl ist gefährlich*, schien dessen Gesichtsausdruck zu sagen.

Als sie nach draußen gingen, war Jorge verschwunden; sie hörten sich noch weiter um, erhielten aber von allen die gleiche Antwort: Patricio war in Ordnung, keiner hat verstanden, dass er es so lange bei dem alten Jorge ausgehalten hat. Die einen dachten, er wäre Russe, andere hielten ihn für einen Franzosen, deutsch hätten sie ihn jedenfalls nie sprechen hören und dass er gegangen sei, das war eben so. Richtig zu ihnen gehört hatte er sowieso nie.

***

AM SPÄTEN ABEND

Hauptkommissarin von Born marschierte Richtung Ausgang. Es war bereits spät und als sie einen Blick auf die Uhr warf, stöhnte sie leise. Zumindest könnte ihr Chef nie behaupten, sie wäre wortbrüchig geworden, denn auch heute hatte sie Überstunden gemacht. Nun freute sie sich auf ein deftiges Abendessen. David Thom erwartete sie bereits in einem Lokal um die Ecke. Sie kannte die Speisekarte, und ihr Magen knurrte voller Vorfreude.

Als man sie jetzt ansprach, erschrak sie, da sie in Gedanken bereits im Restaurant saß. Der Mann, der sie aufhielt, war älter, sie schätzte ihn auf Anfang sechzig. Er machte einen unsicheren Eindruck, schien unschlüssig. Seine Begrüßung überraschte sie. »Frau von Born?« Er wartete nicht auf ein »Ja«, denn er wusste genau, wen er vor sich hatte. »Mein Name ist Bender, ich bin ein Kollege vom Vierunddreißigsten.«

Sie nickte, blickte den fremden Beamten freundlich an, registrierte, wie schwer er sich tat. Als er sich auch noch umblickte, so als fürchte er, man könne ihn beobachten, sagte sie charmant: »Ich bin gerade am Gehen, warum begleiten Sie mich nicht auf den Parkplatz?«

Erleichtert stimmte er zu und sie wurde neugierig, wagte aber nicht, durch vorschnelle Fragen den anderen zu verschrecken.

Er atmete voller Genuss die frische Luft ein, zündete sich dann aber eine Zigarette an, was Henriette absurd fand, jedoch schwieg sie dazu.

»Sagt Ihnen der Fall *Kai Neintal* etwas?«

Henriette schüttelte den Kopf.

»Ich habe gehört, dass Sie tief in unsere ungelösten Mord- und Vermisstenfälle eintauchen.«

Sie seufzte. »Ich weiß schon, die Kollegen denken, ich übertreibe.«

»Ja«, stimmte er ihr zu ihrer Überraschung zu.

Sie hatte eigentlich erwartet, er würde widersprechen, ihr sagen, dass Gründlichkeit immer ihre Berechtigung hatte, aber das tat er nicht. Stattdessen zog er gierig an der Kippe und fluchte leise. »Kann sein, dass man mir übel nehmen wird, dass ich diesen Fall wieder aufs Tablett bringe«, meinte er nun.

»Warum sollte man das?«

»Weil er damals schon mit Ärger verbunden war und niemand gerne an so etwas rührt.«

Henriette fasste sich ein Herz und meinte: »In Ordnung. Ich verspreche, dass ich niemandem sage, woher ich den Hinweis auf den Fall Kai Neintal habe.«

Der Kollege nickte. »Ist mir recht. Ich stehe zwar kurz vor der Pension, möchte aber trotzdem keinen Ärger mehr. Die Sache mit Gustav war schlimm genug.«

»Gustav?«

»Gustav Tausch, Hauptkommissar Gustav Tausch, mein damaliger Chef. Er hat in dem Fall ermittelt und am Ende …«

»Was ist das für ein Fall?«, unterbrach ihn Henriette.

»Kai Neintal hat eine Verkäuferin in einem Brautmodengeschäft ermordet. Sie trug ein Hochzeitskleid, er hat ihr die Kehle aufgeschlitzt und ihr Blut in einem Sektglas aufgefangen. Danach arrangierte er die Leiche im Schaufenster. Das Ganze geschah vor dreißig Jahren.«

»Dreißig Jahre«, wiederholte Henriette perplex.

»Tja, ich weiß ja nicht, ob der Fall zu dem passt, in dem Sie gerade ermitteln, aber wenn es einen Mord mit Bezug zu Hochzeitsritualen gab, dann diesen. Allerdings gilt er offiziell als gelöst, vermutlich der Grund, weshalb Sie ihn noch nicht im Fokus hatten.« Er seufzte. »Sicher wären Sie aber in den nächsten Tagen darüber gestolpert. Ich kam, um Sie vorzuwarnen.«

»Wieso das? Sie kennen mich doch gar nicht«, reagierte Henriette überrascht und auch ein wenig belustigt. Ihr schien das Gespräch langsam in eine merkwürdige Richtung zu gehen.

Bender hob unglücklich die Hände. »Der Fall hat dem damaligen Ermittler kein Glück gebracht. Hauptkommissar Gustav Tausch hat sich darin verloren. Sie müssen wissen, dass Kai Neintal nie verhaftet wurde und dass daher einige Fragen offenblieben. Als ich hörte, in welche Richtung Sie ermitteln, da wollte ich das loswerden.«

Er sah ihr an, dass sie nicht wirklich verstand.

»Gehen Sie einfach behutsam vor. Lesen Sie die Fallakte, aber behalten Sie es vorerst für sich. Die Leute reden bereits und ich will nicht, dass man Sie und Gustav Tausch über einen Kamm schert.«

»Das ist zwar sehr nett von Ihnen, aber ich wundere

mich doch, dass Ihnen mein Ruf oder meine Karriere so am Herzen liegt.«

Bender nickte verständnisvoll. »Natürlich«, gab er zu. »Mein Verhalten kommt Ihnen aufdringlich vor, aber ich habe meine Gründe. Sagen wir, ich versuche eine alte Schuld zu begleichen, die ich vermutlich nie zurückzahlen kann. Aber«, sagte er nun leichthin, »man kann es ja trotzdem versuchen.«

Henriette verstand und lächelte. »Hat das zufällig etwas mit Hauptkommissar Stefan Junck zu tun?«

»Sie sind ihm sehr ähnlich«, erhielt sie Antwort. »Und ja, er hat mir einmal sehr geholfen und da ist es das Mindeste, seiner Tochter wenigstens einen Tipp zu geben. Sehen Sie sich die Akte des Schaufenstermordes an, jedoch diskret.« Er wollte sich verabschieden, aber Henriette hielt ihn zurück und fragte: »Welche Fragen blieben in dem Fall offen?«

Bender rang mit sich, antwortete dann aber doch: »Für mich und meine Kollegen ging es darum, Neintal zu verhaften. Als er unauffindbar blieb, schwand gezwungenermaßen unser Interesse, denn wir mussten uns anderen Aufgaben zuwenden. Aber Gustav Tausch fing an, seine Ermittlungen zu hinterfragen, und natürlich kam er dann auch an den Punkt, an dem er die Schuld des Verdächtigen bezweifelte. Wenn man lange genug sucht, findet man immer einen Widerspruch, ein loses Ende oder eine Unwahrscheinlichkeit.«

»Kann ich mit Tausch sprechen?«

»Er ist tot«, erwiderte Bender trocken. »Würde er noch leben, hätte er sich vermutlich über Ihren Besuch gefreut.«

Der Mann nickte ihr zu und verabschiedete sich.

Henriette sah ihm nachdenklich hinterher, dann machte sie kehrt und betrat erneut das Dienstgebäude.

Das Abendessen musste ausfallen, die Fallakte Kai Neintal hatte Vorrang.

* * *

ETWA ZUR GLEICHEN ZEIT

»Ihr blöden Weiber, denkt ihr, es ist eine gute Idee, die Cops zu provozieren? Was, wenn deshalb jemand in der alten Scheiße rührt?«, fuhr Hansjörg Gummer seine Frau Claudia an.

»Es geht nicht um die Vergangenheit«, gab die sich selbstbewusst. »Das betrifft nur Susanne und Matthias.«

»Ausgerechnet Susanne, warum hast du ihr das nicht ausgeredet? Dieser dämlichen Kuh das Fernsehen vorzuschlagen! Manchmal zweifle ich an deinem Verstand.«

Claudia, vom Alkohol angestachelt, verzog ärgerlich das Gesicht. Sie hasste es, wenn man sie als dumm bezeichnete, ob das direkt oder indirekt geschah, spielte keine Rolle; denn sie selbst hielt sich für äußerst raffiniert und gewisse Erfolge in der Vergangenheit bestätigten das auch. Obwohl sie weder schön noch mit besonderem Charme gesegnet war, hatte sie sich Hansjörg geangelt und auch sonst gelang es ihr normalerweise, das zu bekommen, was sie wollte.

»Rede nicht so mit mir«, fuhr sie ihren Mann deshalb an. »Wenn Susanne an Kohle kommt, dann wird das unser Schaden nicht sein. Das arme Huhn ist doch gar nicht in der Lage, mit Geld umzugehen. Ich werde ihr da zur Seite stehen müssen.« Der mit korallenrotem Lippenstift geschminkte Mund zog sich auseinander und hätte einem zufälligen Beobachter das Gefühl vermittelt, einem boshaft lächelnden Clown gegenüberzustehen.

Hansjörg erwiderte ihr Grinsen. »Du raffiniertes Miststück«, sagte er anerkennend und zog sie an sich, dabei grub er seine Finger in ihr ausladendes Hinterteil. »Bist doch meine Beste!«

»Natürlich bin ich das«, flötete Claudia. »Und wegen der alten Geschichten brauchst du dir keine Gedanken zu machen. Kranz ist weg, Damper ist weg, die können nichts mehr sagen. Und was vor dreißig Jahren war, interessiert ohnehin niemanden mehr.«

KAPITEL 10

Am Flughafen von Barcelona wuchsen Stefan Juncks Sorgen mit jeder Lautsprecherdurchsage. Ihre Maschine hatte Verspätung, ein Problem mit der Technik. Vorerst erhielten die Reisenden keine Informationen über den Starttermin.

Elga hatte sich deshalb eine Kleinigkeit zu essen besorgt und ihm ebenfalls etwas mitgebracht. Lustlos kaute er auf dem halben Baguette herum, das mit Tortilla belegt war. Das Eier-Kartoffel-Omelett schmeckte jedoch hervorragend und so ließ er sich dann doch zu einer entsprechenden Bemerkung hinreißen.

Elga lotste ihn zu einem Lokal und bestellte für beide ein Glas Rotwein. »Jetzt entspanne dich«, sagte sie kumpelhaft. »Wir sitzen hier fest, daran können wir nun mal nichts mehr ändern.«

»Ich bin ein Idiot«, sagte er plötzlich, »dabei war es so einfach, so logisch. Die gleiche Situation wie bei Helmut.«

»Wer ist Helmut?«, hakte Elga irritiert nach.

Junck trank einen Schluck und seufzte. »Helmut ist ein Dackel.«

»Männer sind das manchmal«, bemerkte seine Begleiterin und verdrückte den letzten Bissen Tortilla.

»Nein, Helmut ist wirklich ein Hund.«

Sie sah ihn herausfordernd an, vermutete, er würde sie auf den Arm nehmen, aber Junck erklärte: »Diese ganze Reise war umsonst. Kai Neintal ist weder in Spanien noch in Norwegen, Kai Neintal ist mittlerweile wieder in Deutschland. Es ist wie bei dem Dackel.« Er erzählte Elga von dem Zeitungsbericht über das vermisste Tier, das dann nach drei Tagen einfach wieder zu Hause vor der Tür stand.

»Du denkst, er ist nach Deutschland zurückgekehrt?«

»Ja, denn irgendwann kehren die meisten wieder zurück«, erwiderte Junck müde.

»Warum jetzt, und warum hat er sich dann nicht bei Christina gemeldet?«

»Der Zeitpunkt muss mit dem Tod der Mutter zusammenhängen. Sie starb vor sechs Monaten, und zufällig ist Kai Neintal zeitgleich mit seinem langjährigen besten Freund Jorge in Streit geraten und verschwunden.«

»Dieser Jorge ist schon ziemlich übel«, warf Elga ein, die immer noch in Betracht zog, dass der unsympathische Fischer seinen Freund im Meer versenkt hatte.

»Jorge mag ein Arschloch sein, aber ein sehr loyales Arschloch. Er war tagein, tagaus mit Neintal auf dem Meer, da kann mir keiner erzählen, dass es da keine Freundschaft gab. Jorge kennt zumindest einen Teil von Neintals Geschichte. Mit der Norwegen-Story wollte er uns nur auf eine falsche Fährte locken, so wie mit dem Streit, den haben sich die beiden ausgedacht.«

»Vielleicht gab es aber auch wirklich Streit wegen Geld, das kommt in den besten Familien vor. Du hast Jorge doch darauf angesprochen. Sicher hatte er Neintal nicht angemeldet, vielleicht ging es darum.«

Junck zog die Augenbrauen fast bis zum Haaransatz nach oben. »Sorry, aber das glaubst du doch selbst nicht. Wie wir erfahren haben, hat sich keiner von Neintals früheren Arbeitgebern um Anmeldungen und Papiere gekümmert und wenn überhaupt, geschah das nur halbherzig. Ich habe da mal im Internet recherchiert. In den letzten Jahren wurden die Gesetze strenger und die Kontrollen verschärft, aber glaubst du wirklich, dass sich jemand wie Jorge darum schert und vor allem, dass sich die spanischen Behörden mit einem kleinen Fischer aufhalten, der vermutlich sowieso keine Steuererklärung abgibt?«

»Na hör mal, wenn wir schon über illegale Beschäftigung sprechen, dann schau dir mal die deutschen Statistiken an«, reagierte Elga empfindlich.

»Schon gut«, winkte er mit der linken Hand ab. »Das war auch nicht als Kritik gemeint, nirgendwo ist es perfekt. Ich wollte nur sagen, dass Jorge und Kai Neintal Freunde sind und unser Katalane vermutlich direkt nach unserem Gespräch ein Telefonat mit Christinas Vater geführt hat.«

»Also denkst du, er wird ihm sagen, dass ihn seine Tochter sucht? Das ist doch gut. Dann kann er sich direkt bei ihr melden. Mission erfüllt.«

Für einen Augenblick lag blanke Panik in Juncks Blick, dann versuchte er, schnell seine Sorge zu verbergen.

»War das nicht das Ziel?«, fragte Elga irritiert. »So schlimm können seine Geldprobleme doch nicht gewesen sein, dass er nach dreißig Jahren im Exil immer noch nicht seine Tochter treffen darf.« Sie stockte. »Aber es geht hier nicht um Schulden, oder?«

»Nein«, gestand ihr Junck, »es geht um weit mehr.«

* * *

Am nächsten Morgen war Henriette von Born schon früh auf den Beinen. Sie und ihr Oberkommissar hatten noch in der Nacht alles zusammengesucht, was sie über Kai Neintal und den Mord an Nora Roth vor dreißig Jahren hatten finden können. Sie hatten bis nach Mitternacht zusammengesessen und spekuliert. War Kai Neintal derjenige, den sie suchten?

Bender hatte ihr geraten, vorsichtig zu sein, nichts an die große Glocke zu hängen. Der damalige Ermittler Gustav Tausch war tot, den konnte sie nicht fragen, aber dessen Frau lebte immer noch in Frankfurt. Ehefrauen bekamen so einiges mit und wenn deren Mann unter dem Druck und der Ablehnung der Kollegen während seiner Dienstzeit gelitten hatte, dann wusste sie sicher davon. Womöglich hatte er mit ihr seine Theorien besprochen, Henriette hätte das zumindest getan.

Automatisch dachte sie an David Thom. Er war gestern in ihrem Büro aufgetaucht und hatte Essen vorbeigebracht, ohne ihr einen Vorwurf aus dem verpatzten Date zu machen. So stellte sie sich eine Partnerschaft vor.

Als ihr dann die Tür von Tauschs Frau geöffnet wurde, musste Henriette bald erkennen, dass ihre Vorstellung von einer Beziehung nicht von jedem geteilt wurde.

Mit notgedrungener Höflichkeit bat man sie herein, als sie sich als Polizistin zu erkennen gab.

»Ich bin hier, weil Ihr Mann im Fall Kai Neintal ermittelt hat«, sagte Henriette freundlich.

»Ja und?«, antwortete man ihr knapp.

»Ich dachte, Sie könnten mir von seinen Ermittlungen erzählen.«

Zu Henriettes Überraschung lachte die Frau auf. »Der Schaufenstermord war wie eine Geliebte für meinen Mann. Daher hat er nie darüber gesprochen und ich wollte das auch nicht. Oder würden Sie gerne etwas über die erfahren, die Ihnen den Mann nimmt?«

»So schlimm?«, rutschte es Henriette heraus, was der Frau irgendwie das Gefühl gab, ein verständnisvolles Gegenüber zu haben.

»Schlimm ist kein Ausdruck, es hat mich furchtbar genervt, das habe ich auch schon Ihrem Kollegen gesagt.«

»Welchem Kollegen?«, fragte Henriette völlig überrumpelt.

»Na, dem, der Gustavs Unterlagen abgeholt hat.«

»Ihr Mann hatte Unterlagen?«

»Ja, einen ganzen Karton voll, Ihr Kollege hatte ganz schön zu schleppen, und das mit einem steifen Arm.«

Der Hauptkommissarin blieb der Mund offen stehen.

Sie musste einen so verstörten Eindruck machen, dass die Witwe von Gustav Tausch fragte: »Geht es Ihnen nicht gut?«

Henriette sammelte sich. »Doch«, murmelte sie und fragte mit belegter Stimme: »Wann wurden die Sachen geholt?«

Ihr Gegenüber runzelte die Stirn, sagte dann nachdenklich: »Das liegt vielleicht zwei Wochen zurück.«

Henriette hatte Mühe, einen hässlichen Fluch zurückzuhalten, als sie Hals über Kopf die Wohnung der Frau verließ.

Im Auto war sie weniger kontrolliert und wer sie vorbeifahren sah, nahm sicher an, sie würde über ein Headset ein sehr aufreibendes Telefongespräch führen. In Wirklichkeit hielt sie jedoch einen Monolog über Enttäuschungen und Verrat.

* * *

Als Henriette in das großzügige Wohnzimmer stürmte, lag ihre Mutter Alexandra lang gestreckt auf der Couch und folgte interessiert dem Treiben auf dem Fernsehbildschirm. Neben sich hatte sie eine Schachtel Pralinen und eine Tasse Kaffee platziert.

»Henriette«, fuhr sie erschrocken in die Höhe, als ihre Tochter hereinplatzte.

»Hast du davon gewusst?«, rief diese außer sich ohne Begrüßung.

Alexandra zögerte und ging in Gedanken ihre Verfehlungen der letzten Tage durch. *Nein*, dachte sie, *nichts davon kann Henriette meinen.*

»Du hast ihm den Schlüssel zu meiner Wohnung gegeben, hat er dich darum gebeten?«

Alexandra von Born war erleichtert, die Wut ihrer Tochter richtete sich ganz augenscheinlich wieder einmal gegen Stefan. Trotzdem antwortete sie ehrlich: »Ich habe ihm keine andere Wahl gelassen, er wollte sich nämlich nicht einmischen.«

Diese Antwort nahm der Tochter ein wenig den Wind aus den Segeln. »Bist du sicher, dass er dich das nicht nur hat glauben lassen? Und …« Sie stockte, blickte gereizt zum Bildschirm, auf dem irgendeine bis über beide Ohren tätowierte Frau mit blaugrünen Haaren einen Typen anschrie, der heulend auf dem Boden kniete und um Verzeihung winselte. Das Ganze war schwer zu verstehen, weil die Szene offenbar ohne Skript gedreht worden war. »Was siehst du dir da überhaupt an?«, blaffte sie deshalb genervt.

Alexandra griff schnell nach der Fernbedienung, murmelte: »Nichts«, und schaltete den Fernseher aus.

»Also«, stellte sie die Tochter erneut zur Rede. »Wie lief das ab?«

Ihre Mutter, sonst meist geduldig mit den Launen der

Tochter, fing an, sich zu ärgern. »Ich bin keiner deiner Verdächtigen«, reagierte sie daher gereizt. »Sag mir erst einmal, was genau passiert ist.«

Henriette ließ sich auf die Couch fallen, schnappte sich den Kaffee ihrer Mutter, trank einen Schluck und meckerte: »Himmel, wie viel Zucker ist denn da drin?«, bevor sie erklärte: »Er ermittelt in einem alten Fall und hat mir das verheimlicht. Und jetzt sieht es so aus, als würden sein Fall und mein aktueller Fall sich überschneiden. Natürlich frage ich mich da, ob er das nicht von Anfang an gewusst und mir nur vorgegaukelt hat, mir helfen zu wollen, um an Informationen zu kommen.« Auffordernd blickte Henriette zu ihrer Mutter.

Alexandra von Born schüttelte amüsiert den Kopf, tippte sich dann mit dem Zeigefinger an die Stirn und sagte: »Mein Kind, du hast einen Vogel.«

»Mama, mir ist das ernst«, erwiderte Henriette streitlustig.

»Mir auch«, fuhr Alexandra sie ungewohnt energisch an. »Dein Vater ist der integerste Mann, den ich kenne. Wenn einer nicht in der Lage ist, Spielchen zu spielen, dann er. Nie und nimmer würde er dich hinters Licht führen. Wenn Stefan von dir Informationen gewollt hätte, dann hätte er direkt gefragt. Abgesehen davon wäre es ihm nie gelungen, mich zu manipulieren. Ich kenne ihn.«

»Und wieso hat er mir dann nicht gesagt, dass er selbst ermittelt?«, hakte Henriette etwas besänftigt nach.

»Keine Ahnung, das ist halt so bei seinem Polizistending. Immer ist alles geheimnisvoll, nur nichts erzählen, um den anderen zu schützen, und eines Tages, da fühlt der sich dann ausgeschlossen.« Alexandra wusste selbst nicht, warum sie das gesagt hatte, denn sofort griff Henriette ihre Worte auf und meinte: »Habt ihr euch deshalb getrennt? Weil er dich aus seinem Leben ausgeschlossen hat?«

Offiziell hatte es immer geheißen, ihre Eltern hätten unüberwindbare Differenzen gehabt, wären einfach zu verschieden gewesen. Mehr hatte Henriette nie erfahren.

»Dein Vater hatte keine Schuld, auch wenn du mir das nie geglaubt hast.«

»Schon gut, ich weiß, ihr habt euch auseinandergelebt. Trotzdem fühlt es sich für mich immer noch so an, als hätte er uns im Stich gelassen, nur weil er mit Großvaters Reichtum nicht klarkam.«

»Das denkst du?«, hakte Alexandra besorgt nach. »Das war mir nicht klar.«

»Spielt doch auch keine Rolle mehr«, entgegnete Henriette ungeduldig. »Ich bin ihm vielleicht nicht völlig egal, aber großes Interesse hatte er nie, sonst wäre er doch vermutlich geblieben, wo er doch so integer ist.«

Ihre Mutter stieß geräuschvoll die Luft aus, ein sicheres Zeichen, dass ihr etwas auf den Nägeln brannte. Sie hatte sich nach dem Aufstehen auf einen Morgen auf der Couch zusammen mit ihrer Lieblingssoap und kalorienhaltigen Naschereien gefreut. Keinesfalls hatte Alexandra damit gerechnet, dieses längst überfällige Gespräch heute führen zu müssen.

»Was ist?«, fragte Henriette misstrauisch, als sie das ernste Gesicht ihrer Mutter bemerkte.

»Ich habe ihn damals betrogen«, brach es aus Alexandra heraus, »deshalb ist er gegangen.«

Henriette blieb der Mund offen stehen und der vorwurfsvolle Blick, vor dem sich Alexandra all die Jahre gefürchtet hatte, traf sie nun mit voller Wucht.

»Wir waren relativ jung, als wir geheiratet haben – vor allem ich war jung. In der Villa war eingebrochen worden und dein Vater hat in dem Fall ermittelt. Ich brauche nicht zu erwähnen, dass er die Diebe natürlich gefasst hat. Ich habe mich sofort in Stefan verliebt …« Sie lächelte versonnen. »Er war so anders, so gradlinig und so ehrlich. Als ich ihm sagte, dass ich von ihm schwanger bin, da hat er vor Freude geweint. Gott, ich war so dumm.« Sie musste sich zusammenreißen, um nicht die Fassung zu verlieren. Als sie sich nun trotz der frühen Stunde einen Grappa einschenkte, ersparte sich Henriette einen Kommentar, sondern wartete geduldig ab.

»Er war ein super Vater, hat beim Windelwechseln geholfen und ist nachts aufgestanden, wenn du geschrien hast. Er hätte gerne mit mir in einer stinknormalen Wohnung ohne Hausangestellte gelebt. Aber mir zuliebe ist er hier eingezogen und hat sogar deinen Großvater ertragen. Stefan wollte ein normales Familienleben führen und ich wollte das eigentlich auch, aber ...«

»Du hast dich gelangweilt«, warf Henriette gereizt ein.

»Nein«, widersprach ihre Mutter vehement. »Ich konnte nur nichts mit mir anfangen. Ich war noch so jung und es gewohnt, ständig unterwegs zu sein. Mit Stefans Job war das nicht mehr möglich. Vermutlich hätte er ihn sogar für mich aufgegeben, aber dann wäre er unglücklich gewesen. Ich wusste doch, wie wichtig ihm die Arbeit war.«

»Daraufhin hast du dir einfach einen anderen gesucht, einen, mit dem du Party machen konntest. Für mich war ja gesorgt. Hausangestellte, Großvater, Internate.«

»*Einfach* war damals gar nichts«, widersprach ihr Alexandra, versuchte aber nicht, sich herauszureden. »Dir zuliebe haben wir uns einvernehmlich getrennt. Ich glaube, wenn es dich nicht gegeben hätte, würde dein Vater bis heute kein Wort mehr mit mir wechseln. Er hat sich absolut anständig verhalten, wollte keinen Cent bei der Scheidung, nur ein gemeinsames Sorgerecht. Und er hat sich gekümmert, alles mitgetragen und dir sicher einige Fehlentscheidungen deiner Mutter erspart. Dein

Vater wollte definitiv nur dein Bestes. Also«, versuchte sie ihre Anspannung zu verbergen, »ich weiß nicht, was da läuft mit euren Fällen …« Das letzte Wort sprach sie sichtlich genervt aus. »… aber ganz sicher hat Stefan nie und nimmer die Absicht gehabt, dich zu übervorteilen oder auszunutzen. Ich wünschte, er wäre so ein Arschloch, dann könnte ich mich weniger schuldig fühlen.« Nun kullerten ihr doch Tränen übers Gesicht.

»Das wusste ich alles nicht«, murmelte Henriette fassungslos.

»Natürlich nicht, dein Vater hätte mich nie bei dir schlechtgemacht, obwohl er jeden Grund dafür gehabt hätte.«

»Er hat gesagt, du wärst eine gute Mutter«, sagte Henriette mit belegter Stimme.

»Na toll, jetzt fühle ich mich noch schlechter«, gab Alexandra zur Antwort. Sie setzte sich ihrer Tochter gegenüber und ergriff deren Hände. »Wenn ich geahnt hätte, dass du so über Stefan denkst, hätte ich dir schon früher die Wahrheit gesagt, aber irgendwie habe ich immer geglaubt, es würde keine Rolle spielen, warum wir uns getrennt haben. Denn eines ist sicher, wir lieben dich beide von ganzem Herzen. Bitte sei mir nicht böse.«

Henriette seufzte und umarmte ihre Mutter. »Schon gut, dir kann doch keiner böse sein«, sagte sie und meinte es ehrlich.

Als die Hauptkommissarin sich verabschiedete, hielt ihre Mutter sie kurz zurück und meinte: »Triffst du dich immer noch mit dem Leichenbestatter?«

Henriette rollte übertrieben mit den Augen. »Er ist Gerichtsmediziner.«

»Bring ihn doch mal zum Essen mit. Dein Großvater und ich würden ihn gerne kennenlernen.«

Henriette drehte sich um und grinste. »Kann ich mir

vorstellen, wird aber nicht passieren.« Damit verschwand sie.

Alexandra schaltete den Fernseher wieder ein. Eine lange Werbeunterbrechung hatte offensichtlich dafür gesorgt, dass die Szene von eben noch nicht vorbei war. Der Kerl flehte immer noch um Vergebung.

»Nun mach schon«, wandte sich Alexandra an die Frau mit den blaugrünen Haaren, »vergib ihm endlich, er hat es doch nicht so gemeint.«

Kaum war Henriette wieder im Revier, erhielt sie einen Anruf von ihrem Vater, der atemlos sagte: »Wir hatten achtzehn Stunden Verspätung. Ich bin eben gelandet, ich muss dir etwas sagen, es geht um den Fall. Ich glaube, ich habe wichtige Informationen für dich«, sagte er und begann ihr alles über seine eigenen Nachforschungen zu erzählen.

* * *

AM SPÄTEN ABEND

Susanne Kranz war im Fernsehen, sie hatte es tatsächlich geschafft. Ihre Geschichte wurde als Aufhänger für eine Reportage über polizeiliche Ermittlungen verwendet.

Noch unterschlug man in dem Beitrag, dass Susanne Kranz über Jahre hinweg zugesehen hatte, wie die eigene Tochter vom Vater missbraucht worden war. Aus Matthias Kranz' Taten wurde zwar kein Geheimnis gemacht, dennoch richtete sich das Hauptaugenmerk in der ersten Folge auf die Polizei. Insbesondere galt das Interesse Hauptkommissarin Henriette von Born, die angeblich auf höchst manipulative und unlautere Weise die Ehefrau ihres Hauptverdächtigen zu einer Aussage überredet habe.

»Eine Aussage, die am Ende zum Tod des Mannes führte«, so der Moderator der Sendung.

Natürlich war das eine erste Schlagzeile und sicherlich würde es nicht lange dauern, bis man die Motive der Ehefrau und die Vorgeschichte von Matthias Kranz weiter unter die Lupe nehmen würde. Zuschauer liebten es, wenn die Unaufrichtigen bloßgestellt wurden. Der Sender wusste das, verstand sich darauf, die Fakten in dünnen Scheibchen zu präsentieren, und hatte gewiss kein Bedürfnis, Susanne Kranz bei ihrer fragwürdigen Anklage zur Seite zu stehen. Außerdem sollte eine ausgewogene Reportage gedreht werden. Auch wenn sich das ein paar Tage hinziehen würde, wäre Susanne Kranz am Ende kein Publikumsliebling.

Erfahrene Zuschauer hörten schon bei der ersten Ausstrahlung heraus, dass es der Frau nur darum ging, irgendwie an Geld zu kommen.

Auch Claudia Gummer und ihr Mann Hansjörg sahen die Sendung mit Sorge.

»Ich wusste, dass das schiefgeht, und diese blöde Kuh bemerkt noch nicht einmal, wie sie aufs Glatteis geführt wird. Was quatscht die da überhaupt für einen Scheiß? Die werden die Alte am Ende steinigen, das steht jetzt schon fest«, blökte Hansjörg.

»Was spielt das für eine Rolle? Hauptsache, sie sorgt dafür, dass die Öffentlichkeit sich für ihren Fall interessiert. Dann sind die Behörden gezwungen zu zahlen, damit sie das Maul hält.«

»Ich weiß nicht«, widersprach Hansjörg. »Der Anwalt hat euch womöglich nicht ohne Grund von der Sache abgeraten.«

»Was weiß der schon? Ein reicher alter Schnösel, der

vermutlich mit denen ganz oben unter einer Decke steckt. Die kennen sich doch alle. Eine Krähe hackt der anderen kein Auge aus. Wirst schon sehen, Susanne kommt an ihr Geld und dann profitieren auch wir.«

»Na hoffen wir mal, dass das funktioniert.«

»Das wird es«, gab sich Claudia zuversichtlich, ohne sich anmerken zu lassen, dass sie bereits selbst Befürchtungen hatte. Susanne war ihr entglitten, hatte Blut geleckt, nachdem ihr vom Sender eine Aufwandsentschädigung zugesteckt worden war. Zu befürchten blieb, dass die es ihr versüßte, sehr offen über die Vergangenheit zu sprechen. Beim heutigen Dreh hatte sie Claudia nicht mehr dabeihaben wollen.

»Ich kann denen noch viel aus Matthias' Leben erzählen, die sind ganz versessen auf das, was er getan hat. Und Kohle gibt es dafür auch.« Auf Claudias Einwände hatte sie gereizt reagiert: »Du gönnst mir mein Glück nicht. Außerdem war es doch deine Idee, aus Matthias Kapital zu schlagen.«

Claudia würde diese Auseinandersetzung Hansjörg gegenüber nicht erwähnen. Sie hatte vor, die Angelegenheit schnell selbst zu regeln, denn ihr Mann hatte recht, es war eine dumme Idee gewesen, Susanne Kranz zu raten, an die Öffentlichkeit zu gehen.

* * *

SPÄTER AM ABEND

Henriette tat sich schwer, nicht einfach loszuheulen. Am Mittag hatte sie erfahren, dass Susanne Kranz gegen sie Beschwerde eingereicht hatte, dann war die ganze Geschichte auch noch im Fernsehen breitgetreten worden. Im Prinzip rechnete sie jeden Moment damit, in Sonderurlaub geschickt zu werden. Den Tag hatte sie überstanden, aber was wäre morgen?

Erleichtert öffnete sie die Tür, als es klingelte. Ihr Vater kam wie versprochen vorbei.

»Was läuft da?«, fragte er statt einer Begrüßung und spielte auf die Rufmordkampagne von Susanne Kranz an.

»Ich schwöre, ich habe mir nichts zuschulden kommen lassen. Ich war noch nicht einmal mit der Frau allein. Ich bat sie lediglich, darüber nachzudenken, eine ehrliche Aussage zu machen.«

»Ich weiß, dass du nichts Falsches getan hast«, beeilte sich Junck zu erwidern, »ich frage mich nur, was die Frau damit bezwecken will.«

»Geld«, entgegnete Henriette müde. »Es geht doch immer ums Geld. Großvater hat bereits seine Hilfe angeboten. Er will einen seiner Juristen schicken und der Frau ein Angebot machen.«

Stefan Junck schwieg, was Henriette veranlasste zu sagen: »Keine Schimpftirade über den Mann, der jedes Problem mit der EC-Karte lösen will?«

»Wenn es dir hilft, soll es mir recht sein«, antwortete ihr Vater gepresst.

»Das sind ja ganz neue Töne«, reagierte seine Tochter empört. »Ich dachte, man sollte über solchen Anfeindungen stehen.«

»Ja, allerdings würde ich meiner Tochter diesen Kampf gerne ersparen. Vielleicht ist das der Moment, wo du die Hilfe deines Großvaters annehmen solltest.«

»Kommt nicht infrage«, widersprach Henriette, »ich habe mir nichts vorzuwerfen. Von mir wird ganz bestimmt niemand ausbezahlt. Ich bin bereit zu kämpfen.«

»Du bist genauso fehlgeleitet wie dein alter Herr«, seufzte er schließlich und nickte ihr zu. »Lass uns an die Arbeit gehen.«

KAPITEL 11

Gegen 23.00 Uhr

Susanne Kranz hatte sich heute sogar einen Friseurbesuch gegönnt. Es lief gut und sie fühlte sich gut. Endlich galt ihr alle Aufmerksamkeit, endlich behandelte man sie mit Respekt, freundlich und zuvorkommend. Sie brauchte Claudia nicht mehr, sie würde nun selbst für sich sorgen. Die Frau beim Sender war sehr nett gewesen, hatte sich Zeit genommen und ihre Geschichte hören wollen. Sie hatte sich wie eine gute Freundin verhalten, ihr ein Taschentuch gereicht und mehrmals versichert, wie tragisch das doch alles sei. Davon abgesehen waren die dort sehr großzügig. Man würde sie bezahlen, wenn der Sender dafür exklusiv berichten durfte.

Susanne hatte nur die Hälfte von dem Vertragswerk verstanden, aber die Summe, die man ihr genannt hatte, war überzeugend gewesen. Umso mehr hatte sie der späte Anruf in Euphorie versetzt. Ohne zu zögern, war sie zum vereinbarten Treffpunkt aufgebrochen. Sie würde heute ein paar sehr interessante Informationen erhalten und diese vermarkten. Die Quelle wollte auf eigenen Wunsch unerwähnt bleiben und forderte nur einen kleinen finanziellen Ausgleich.

Der Treffpunkt machte Susanne keine Angst. Sie war in solch einem Viertel groß geworden, hatte gelernt, mit unschönen, düsteren Ecken zu leben, sie gehörten zu ihrer Welt. Auch ein heruntergekommener Spielplatz konnte sie nicht schrecken. Das rostige Klettergestell war von einem Signalband umwickelt, ein verblasster Zettel forderte die Eltern auf, Kinder davon fernzuhalten. Die Schaukel sah nicht minder gefährlich aus, schien hingegen freigegeben, und ansonsten gab es noch einen großen Sandkasten, dessen feiner Inhalt gespickt war mit Glasscherben, Hundekot und Zigarettenfiltern. Ein verlassener Platz, der tagsüber sicher keine verantwortungsvolle Mutter mit Kind anlockte und nachts lediglich die Menschen, die fragwürdige Absichten hatten.

Susanne begann nun doch nervös zu werden. Niemand verbrachte an solch einem Ort mehr Zeit als notwendig. In der Ferne hörte sie Schreie, dann Kichern. Vermutlich kam das vom Parkplatz des Discounters ein paar Straßen weiter. Jugendliche, die sich dort die Nacht um die Ohren schlugen, Einkaufswagen als Spielzeuge verwendeten und den Anwohnern mit ihrem Gebrüll so lange auf die Nerven gingen, bis die die Polizei verständigen würden. Es hatte sich nichts geändert. Sie und Claudia hatten sich in ihrer Teenagerzeit oft aus dem Haus geschlichen, um die Nacht an solchen Plätzen zu verbringen. Sie hätte sich damals überall hinbegeben, nur um bei Matthias zu sein. Sie seufzte bei dem Gedanken an diese Zeit.

Eine Laterne erleuchtete ihren Standort. Die Birne musste neu sein, denn gleißendes Licht umgab den Bereich direkt um die Leuchte. Leider waren alle anderen trübe oder kaputt. Trotzdem erkannte Susanne eine Gestalt, die sich langsam näherte.

Was gleich darauf folgte, war nicht das, was sich Susanne Kranz in ihrer Fantasie ausgemalt hatte. Alles geschah für sie völlig unerwartet; sie erkannte zu spät, wen sie vor sich hatte. Ein sehr schmerzhafter Schlag traf sie und sofort machte sich ein ihr vertrautes Gefühl breit – sie war wieder einmal verraten worden. Ihr Magen verkrampfte sich. So war es schon oft gewesen. Ihr Vater hatte sie verraten, ihr Ehemann, ihre Freundin Claudia. Oh ja, Susanne wusste, dass die mit ihrem Matthias im Bett gewesen war. Sie hätte sie dafür am liebsten erwürgt, aber sie hatte geschwiegen; aus Angst, am Ende allein dazustehen und Claudia zur Feindin zu haben. Warum dachte sie ausgerechnet jetzt daran, was spielte das noch für eine Rolle?

»Bitte, ich habe nichts getan!« Tränen liefen ihr über die Wangen, während sie am Boden kauerte und mit den Händen gegen die Wunde am Kopf drückte. Sie erhielt keine Antwort. Es war wie bei Matthias, auch er hatte sich nie durch ihre Worte aufhalten lassen, sondern einfach weiter zugeschlagen. Eigentlich war es immer besser gewesen, gar nichts zu sagen. Hier und heute jedoch spürte Susanne, dass man ihr nicht nur Schmerzen zufügen wollte. Matthias hatte sie am Leben gehalten, damit er wieder und wieder von ihrer Angst und ihrer Qual zehren konnte. Die Gestalt, die sich nun über sie beugte, hatte kein Interesse an einem Opfer auf Raten.

»Ich will nicht sterben«, jammerte Susanne und wiederholte ihre Worte: »Ich habe nichts getan.«

»Nein, du hast nie etwas getan, warum fängst du dann jetzt damit an?«

»Ich stoppe die Fernsehauftritte, versprochen«, stammelte sie hastig. »Wenn es das ist, ich ...«

Sie brach ab, ihre angebliche Quelle war in die Hocke gegangen, kniete neben ihr. Vielleicht hätte sie sich wehren sollen, versuchen zu fliehen, aber das war nicht Susannes

Art. Sie hatte gelernt, einfach auszuhalten. So konditioniert, saß sie auch in Erwartung des eigenen Todes still da. Bereit, das ultimative Opfer zu bringen, weinend und kraftlos, fast wie ein Baby.

Ein Messer wurde wütend in ihren Hals gerammt, die Verletzung, die es verursachte, war tödlich. Susanne hockte mit aufgerissenen Augen da, ihre Hände wanderten zu ihrer Kehle. Blut, das sich im Mund gesammelt hatte, quoll über die Lippen, ähnlich einem Brei, der aus einem überkochenden Topf blubberte.

»Du dumme Kuh«, vernahm sie die Stimme, die aus weiter Entfernung zu kommen schien. Es waren mit Abscheu ausgesprochene Worte und doch hatten sie etwas Vertrautes. Beschimpfungen hatten sie immer begleitet, waren oft schlimmer gewesen als der körperliche Schmerz, und doch, jetzt beim Sterben, war sie froh sie zu hören, denn das bedeutete zumindest nicht allein zu sein. Susannes Blick verklärte sich, sie kippte zur Seite, aber es war noch nicht vorbei.

Sie spürte kaum noch, was mit ihr geschah. Es fühlte sich an, als würde sie gleich einschlafen, erste schemenhafte Gestalten des bevorstehenden Traumes tauchten bereits aus ihrem Unterbewusstsein auf. War das Messer, das nun über ihrem Körper schwebte, echt oder bereits ein Teil des folgenden Albtraums? Spürte sie wirklich den Schmerz, den die Klinge verursachte, die einer scharfen Klaue glich und wie das Pendel einer Standuhr über ihren Brustkorb wanderte und ihn aufschlitzte? War es Einbildung, dass sich eine Flüssigkeit auf ihrer Haut ausbreitete wie warmes Öl, oder strömte ihr eigenes Blut aus den tiefen Schnittwunden, die eben doch real waren? Ihr Körper verkrampfte sich, ein letzter Hilferuf ihres zusammenbrechenden Organismus. »Tu etwas«, schien er ihrem Gehirn zu signalisieren, »tu endlich irgendetwas, rette dich!«

Sie hatte nie etwas getan, nicht in ihrer Ehe, nicht zum Schutz ihres Kindes, nicht für sich selbst. In ihren letzten Sekunden spürte sie, dass man ihr die Kleider auszog – eine weitere Demütigung auf ihrem qualvollen Weg ins Jenseits, dann erst setzte ihr Herz aus. Ab jetzt würde eine andere Welt darüber richten, wie viel Schuld Susanne Kranz in ihrem Leben auf sich geladen hatte.

Ihre Leiche wurde ohne jeden Respekt behandelt. Nackt und geschändet zerrte man sie zu dem Sandkasten gleich nebenan. Dort legte man sie auf halb verrottete Verpackungen eines Fast-Food-Restaurants, vermutlich die Überbleibsel einer Teenie-Party. Susanne Kranz' Leib wurde obszön zur Schau gestellt, die Brüste unbedeckt, die Beine gespreizt. Damit war es jedoch noch nicht genug. Wie um das Opfer zu verhöhnen, steckte das Messer tief in ihrem Fleisch. Die Klinge verschwand komplett im Unterleib der Frau, sodass nur noch der Griff sichtbar war.

Ihre Kleidung wurde achtlos zwischen den rostigen Spielgeräten verteilt. Die leere Handtasche der Toten landete in einer Pfütze, die zumindest im Schein der flackernden Straßenlaternen so aussah, als wäre das darin befindliche Regenwasser mit Motorenöl vermischt. In diesem Moment begann ein leichter Nieselregen.

Gerne hätte die Gestalt, die sich nun beeilte zu gehen,

einen letzten Gruß hinterlassen, nur so aus Gewohnheit. Der Gedanke, einen Strauß Baccara-Rosen auf dem kalkweißen Leib der Toten zu platzieren, schien verlockend. Tiefrote dichte Blütenblätter, mühsam gehalten vom grünen Kelch darunter, der dann in den langen, eleganten Stiel überging, hätten das Bild sicher verschönert, einen atemberaubenden Kontrast geschaffen, aber auch das falsche Signal. Die Frau in der Sandgrube war, im Gegensatz zu anderen, nie dafür geschaffen gewesen, auf ein Meer aus Rosen gebettet zu werden.

* * *

ZUR GLEICHEN ZEIT IN HENRIETTES WOHNUNG

»Geht es dir gut?«, fragte Henriette ihren Vater, nachdem sie sich gegenseitig auf den neusten Stand gebracht hatten.

Stefan Junck war müde, er hatte einen langen Tag hinter sich und das Gefühl, die Situation wäre außer Kontrolle geraten. Unbewusst versuchte er, mit der rechten Hand Greifbewegungen zu machen, eine Übung, die ihm sein Physiotherapeut verordnet hatte. Bis vor Kurzem war es ihm sinnlos erschienen, da sich einfach keine Besserung zeigen wollte. Ungeduldig hatte er die Wirksamkeit der Maßnahmen infrage gestellt. In den letzten Tagen jedoch, insbesondere nach dem Treffen mit Armin Damper, hatte sich das geändert. Künftig wollte er härter an seiner Genesung arbeiten und den mühsamen Weg nicht scheuen. Zur Belohnung spürte er immer häufiger ein leichtes Kribbeln unter der Haut, so als würde ihm sein Körper ein positives Feedback geben.

»Ich hätte mich nie darauf einlassen dürfen«, erwiderte er, anstatt Henriette eine Antwort auf ihre Frage zu geben.

»Gott, ich vermisse den Job so sehr, dass ich mich habe hinreißen lassen.«

»Du hast einer Freundin geholfen«, widersprach seine Tochter. »Christina Löblich war auf der Suche nach ihrem Vater, nach ihrer Identität. Nicht zu wissen, woher man kommt, macht es doch noch schwerer zu wissen, wer man ist, oder?«

Er lächelte sie an. »Gut möglich, aber als Polizist hätte ich vernünftiger sein müssen. Hier fallen Vater- und Mördersuche leider zusammen. Mit Abstand betrachtet habe ich irgendwie auch meine Eitelkeit befriedigt. Nach dem Motto: *Du hast es noch drauf.*«

»Christina hätte doch auf jeden Fall nach ihm gesucht.«

»Stimmt, dennoch wäre es richtig gewesen, die Kollegen zu informieren.«

»Das hast du ja jetzt getan«, sagte sie verschwörerisch. »Also, wo stehen wir?«

»Ich vermute, Neintal ist in Deutschland, Beweise gibt es dafür aber nicht. Auch denkbar, dass er in Norwegen frisch gefangenen Lachs in Dosen verpackt«, fasste Junck zusammen.

»Er hätte all die Frauen in der Vergangenheit töten können, das weißt du, oder?«, sprach Henriette ihre Befürchtungen aus. »Die Grenzen waren die ganze Zeit offen. Nicht ungewöhnlich für einen Serienmörder, dass zwischen seinen Taten längere Zeiträume liegen. Manche planen ihren nächsten Mord über Jahre.«

»Der einzige Punkt, der Neintal zugutekommt«, warf Junck ein.

»Warum das?«, fragte seine Tochter überrascht.

»Sagen wir, Neintal kommt alle paar Jahre nach Deutschland, um einen Mord zu begehen. Er hat die ganze Zeit irgendwo in Spanien gearbeitet, das heißt, er hatte nie viel Zeit für seine Reisen. War es ihm also überhaupt möglich, innerhalb weniger Tage ein passendes Opfer zu finden? Woher wusste er, wer heiraten wollte, wer wann ins Sportstudio ging, wer einsame Spaziergänge liebte, sich ohne Begleitung zum Joggen aufmachte oder nach der Arbeit einen dunklen Nachhauseweg hatte?«

»Aufgebote in Zeitungen, Zufallstreffer und natürlich das Internet. Das gilt zwar noch nicht für die Neunziger, aber später hätte er dadurch auf eine Fülle von Informationen zugreifen können.«

»Nehmen wir an, das stimmt«, spann Junck den Faden weiter, »dann hieße das, bis vor einem halben Jahr hat er in unregelmäßigen Abständen und fern von Frankfurt agiert. Kaum ist die Mutter seiner Tochter tot, kehrt er nach Frankfurt zurück und bringt hier zwei Frauen um. Andrea Kranz und Tabea Pröhl. Aber warum?«

»Christinas Mutter hat ihn womöglich abgeschreckt. Anzunehmen, dass er sich ihr gegenüber verpflichtet fühlte, um Frankfurt einen Bogen zu machen.«

»Das wäre denkbar«, gab Junck zu, kam dann noch auf ein anderes Thema zu sprechen. »Was ist mit dem Anwalt, Wasnek? Hast du mit ihm reden können?«

Junck hatte seiner Tochter bereits am Telefon von Christinas Unterhaltung mit dem Mann erzählt. »Jemand muss dem Anwalt auf den Zahn fühlen, mittlerweile scheint es mir besser, wenn das offiziell geschieht. Er hat Matthias Kranz vertreten, obwohl der sicher nicht zu Wasneks Standardklientel gehört. Wie kam es dazu? Kannte er den Mann eventuell von früher? Von Christina weiß ich, dass Wasnek damals als Strafrechtler tätig war. Deshalb hatte er auch Kai Neintals Verteidigung übernommen. Wäre doch interessant, was er über die beiden Männer zu sagen hat.«

Henriette hatte ihm zugestimmt. »Ich werde ihn aufsuchen. Meiner Meinung nach ist Wasnek ein vernünftiger Mann. Ich denke, er wird mit mir reden.«

Daraufhin war Henriette zu der Kanzlei aufgebrochen, um mehr über die ungewöhnlichen Mandate des Juristen zu erfahren.

Lutz Wasnek war sehr zuvorkommend gewesen und hatte sein Bedauern über Susanne Kranz' Kampagne ausgedrückt. »Ich weiß nicht, was in die Menschen fährt, wenn sie trauern. Ich habe ihr dringend von solch einer Aktion abgeraten, aber sie wollte offensichtlich nicht auf mich hören. Der Rat eines Juristen hat längst an Bedeutung verloren, seit die Menschen im Internet mit Infos überflutet werden.«

»Ich bin eigentlich nicht direkt wegen Susanne Kranz hier«, hatte ihm die Hauptkommissarin mitgeteilt. »Es geht eher um *Matthias* Kranz.«

Er sah sie skeptisch an.

»Sie müssen nicht antworten und ich möchte Ihnen keine Geheimnisse entlocken, ich bin lediglich in Sorge, etwas übersehen zu haben«, umging sie die Wahrheit und formulierte ihre Frage so geschickt, dass sie weder ihren Vater noch Christina erwähnen musste. »Wie kam es dazu, dass Sie Matthias Kranz vertreten haben? Der Name Ihrer Kanzlei ist mir geläufig, aber nur im Zusammenhang mit Vermögensangelegenheiten. Man würde Sie also nicht kontaktieren, wenn man wegen einer Mordanklage einen Anwalt bräuchte. Sehen Sie ...« Sie gab sich leicht verlegen. »Ich denke natürlich über Kranz' Selbstmord nach. Frage mich, ob ich seine Gemütsverfassung falsch eingeschätzt habe. Ein Beweis für seinen angeschlagenen geistigen Zustand könnte sein, dass er in Panik den erstbesten

Anwalt angerufen hat, den er finden konnte ...« Sie suchte den Blick des Älteren. »Sie verstehen, was ich meine? Er erinnert sich an Ihre Werbeanzeigen, den fett gedruckten Eintrag im Telefonbuch, den obersten Treffer in einer Internetsuchmaschine und wählt die Nummer, ohne das Fachgebiet der Kanzlei zu kennen. War es etwa so?«

Wasnek schüttelte gutmütig den Kopf, er schien verstanden zu haben. »Nein«, beruhigte er sie, »wäre er ein Fremder in Panik gewesen, dann hätten wir ihn an eine andere Kanzlei verwiesen. Kranz hat sich jedoch an mich gewandt, weil er schon lange in unserer Kundendatei ist.«

»Ohne indiskret zu wirken, was hatte Kranz bei Ihnen zu suchen? Soviel wir wissen, hinterlässt er seiner Frau nur Schulden.«

»Ob Sie es glauben oder nicht, in meinen Anfangsjahren war ich der Anwalt für Strafrecht in der Kanzlei. Der Wunsch meines Vaters.« Ein bitterer Zug lag um seinen Mund. »Ich wollte überhaupt kein Anwalt werden und Strafrecht schreckte mich regelrecht ab. Sie kennen das sicher. Die ältere Generation sucht unerbittlich jemanden, der in die Fußstapfen tritt. Im Hause von Born wird das vermutlich nicht anders sein.«

»Sie haben sich über mich informiert?«

Wasnek lächelte. »Ich kenne Ihren Großvater flüchtig und Ihr Name hat einen hohen Wiedererkennungswert. Aber um auf Ihre Frage zurückzukommen, vor vielen Jahren habe ich einige Mandanten vertreten, die, sagen wir, in üblen Kreisen verkehrten. Kranz war einer von ihnen und als er sich hier meldete, schien es mir nicht richtig, ihm die Hilfe zu verweigern. Als Anwalt fühlte ich mich verantwortlich. Nennen Sie es die umständliche Moral eines mittlerweile alten Mannes. Und ich verrate Ihnen noch etwas«, fuhr er ernst fort. »Ich habe seinen

Selbstmord ebenfalls nicht kommen sehen. Es ehrt Sie, dass Sie sich verantwortlich fühlen, aber das sind Sie nicht, keiner von uns. Matthias Kranz hat seinen Weg selbst gewählt.«

»Es ist sehr anständig von Ihnen, dass Sie Kranz noch immer vertreten haben«, bemerkte Henriette höflich, tat dann so, als fiele es ihr schwer, die nächste Frage zu stellen, und sagte ein wenig kleinlaut: »Ich bin ehrlich gesagt auch noch wegen eines anderen Ihrer alten Mandanten hier.«

Er hob überrascht die Brauen, wirkte jedoch nicht verärgert über ihr kleines Manöver.

»Es geht um Kai Neintal«, meinte die Hauptkommissarin.

Der Anwalt verzog keine Miene.

Henriette hielt es daher für das Beste, nahe an der Wahrheit zu bleiben: »Ich gehe alte Fälle durch, suche nach Parallelen.«

Er nickte langsam. »In der Presse heißt es, die beiden ermordeten Frauen wären verlobt gewesen, wollten bald heiraten. Vermuten Sie deshalb einen Zusammenhang zum Schaufenstermord? Eventuell eine gewagte Theorie«, entgegnete Wasnek.

»Wir sind noch auf andere Zusammenhänge gestoßen, aber das ist noch unter Verschluss«, erwiderte sie aufrichtig. »Es würde mir daher helfen, wenn ich Ihnen zu Neintal ein paar Fragen stellen dürfte.«

Wasnek lehnte sich zurück und machte eine wohlwollende Geste. »Also schön, soweit ich kann, helfe ich gerne«, antwortete er freundlich.

»Wie kam es dazu, dass Sie Neintal vertreten haben?«, begann Henriette.

»Eigentlich hatte er das seiner reizenden Verlobten Sylvia Löblich zu verdanken. Sie war es damals gewesen, die in unserer Kanzlei aufgetaucht war und nach einem fähigen Anwalt gesucht hatte. Offenbar hat sie meinen Vater beeindruckt und das sollte etwas heißen. Denn der hat mich ihretwegen von einem anderen Fall abgezogen. Gewinnen konnte ich nicht, das war von Anfang an klar, aber ich habe zumindest das Beste für Neintal herausgeholt. Liegt lange zurück.«

»Glauben Sie, dass der Mann damals den Mord begangen hat?«, fragte Henriette nun ganz direkt. Schnell ergänzte sie: »Reine Neugier und völlig unter uns natürlich.«

Wasnek gab nach. »Interessant, dass man mir diese Frage innerhalb kürzester Zeit zum zweiten Mal stellt.« Er betrachtete Henriette forschend, die so tat, als wüsste sie nichts von Christina Löblichs Besuch bei dem Mann.

»Die Tochter von Sylvia und Kai, eine gewisse Christina Löblich, hat mich erst vor Kurzem aufgesucht und bat mich ebenfalls um meine Einschätzung.«

»Wirklich, Neintal hat eine Tochter?«, verstellte sich die Hauptkommissarin und kritzelte unschuldig Christinas Namen auf ihren Block. »Und was haben Sie geantwortet?«

Er gab sich einen Ruck und sagte überzeugt: »Es tat mir leid, das der jungen Frau sagen zu müssen, aber ich denke, er hat es getan, und nicht nur, weil die Indizien und Zeugenaussagen gegen ihn sprachen.«

Henriette schwieg und sah den Mann erwartungsvoll an.

»Kai Neintal war von seiner Freundin besessen. Ich weiß das, weil ich ihn mit ihr erlebt habe. Ich befürchte, er hat Sylvia manchmal Angst gemacht.«

»Davon steht nichts in den Akten«, warf Henriette ein. Als sie jedoch bemerkte, wie der Anwalt daraufhin genervt die Arme über der Brust verschränkte, so als wollte er sagen: *Na dann behalte ich diese Sachen eben für mich*, lenkte sie schnell ein: »Bitte sprechen Sie weiter, ich vermute, dass niemand aus Neintals Freundeskreis gegen ihn ausgesagt hätte.«

»Nein«, ließ sich Wasnek bewegen, seine Ausführungen fortzuführen. »Die hielten zusammen wie Pech und Schwefel. Sylvia war jedoch anders. Es hat mich nicht gewundert, dass sie ihm den Laufpass gegeben hat, nachdem er sein Versprechen gebrochen hatte.«

»Der Rückfall«, warf sie ein.

»Sylvia hatte auch in meinem Beisein öfter betont, dass sie niemals einen Spieler heiraten würde.«

»Und als sie Schluss macht, tötet Neintal eine Verkäuferin?«, folgerte die Hauptkommissarin ungläubig.

»Es war das Kleid«, antwortete Wasnek und ergänzte mit nachdenklicher Miene: »Das vermute ich zumindest und ich verlasse mich auf Ihre Verschwiegenheit. Das hier ist kein offizielles Gespräch.«

»Natürlich«, beruhigte sie ihn schnell.

»Ich glaube nicht, dass er an diesem Abend eine Verkäuferin in Sylvias Kleid sah, sondern Sylvia selbst. Betrunken und, wie gesagt, besessen, vergaß er sich womöglich, glaubte, seine Verlobte vor sich zu haben, die sich ihm verweigerte. Er tötet sie, weil es ihm erträglicher erscheint, sie in einem Grab zu wissen als im Bett mit einem anderen.«

»So schätzen Sie Kai Neintal ein?«, hakte die Hauptkommissarin sofort nach.

»Er war grenzenlos eifersüchtig, auch wenn er das zu verstecken suchte. Vermutlich hatte Sylvia einfach nur Glück, dass er in jener Nacht eine andere getötet hatte.« Er seufzte, sagte traurig: »Sie wäre in dem Kleid sicher eine wunderschöne Braut gewesen.« Dann riss er sich zusammen und meinte: »Verzeihen Sie, aber auf meine alten Tage leide ich deutlich mehr bei dem Gedanken, dass Menschen eine Gelegenheit zum Glücklichsein verpasst haben. Sylvia hatte das Glück wirklich verdient.«

Henriette hatte sich eifrig Notizen gemacht, aber auch eine weitere Frage formuliert, die sie jetzt stellte: »Wissen Sie, ob sich Kai Neintal und Matthias Kranz kannten?«

»Das nehme ich doch an«, erwiderte Wasnek offen, »Kranz wurde aufgrund von Neintals Empfehlung unser Mandant.«

Henriette hatte sich schließlich höflich bedankt und auf die Worte: »Viele Grüße an Ihren Großvater«, lächelnd geantwortet: »Die werde ich gerne ausrichten!«

Nachdem sie ihrem Vater das Gespräch mit eigenen Worten wiedergegeben hatte, entgegnete der: »Damit ist das Rätsel um Wasnek gelöst. Scheint seinen Beruf ernst zu nehmen, wenn er sich Kranz auch noch heute verpflichtet fühlt.«

»Den Eindruck hatte ich auch«, bestätigte Henriette.

Ihr Vater überlegte und meinte dann: »Zwischen Neintal und Kranz gab es also eine Verbindung. Vielleicht solltest du nach weiteren Querverweisen suchen. Sprich mit Menschen, die die beiden damals gekannt haben, bringe auch den Namen Armin Damper ins Spiel.«

»Womöglich war der Mord an Andrea Kranz gar kein Zufall. Womöglich ging es dabei um eine sehr persönliche Sache, vielleicht Rache«, spekulierte Henriette daraufhin.

»Aber für was?«, hakte Junck nach.

»Wenn Neintal so eifersüchtig und besessen war, dann wäre es doch möglich, dass er sich irgendetwas zusammenreimt, zum Beispiel eine Art Verschwörung seiner damaligen Freunde. Vielleicht glaubt er ja selbst, unschuldig zu sein, eventuell erinnert er sich nicht an die Nacht und geht davon aus, man hätte ihm den Mord untergeschoben?«, schlug Henriette vor. Dann riss sie die Augen auf und sagte: »Vielleicht war das sogar der Fall. Kranz galt immer schon als gewalttätig. Wenn er damals die Verkäuferin getötet und es Neintal angehängt hat, wäre das für Neintal durchaus ein Motiv.«

Junck seufzte. »Ich möchte dir ja nicht reinreden, aber nach allem, was wir mittlerweile wissen, denke ich, dass du den alten Fall zumindest gründlich überprüfen musst.«

»Ich weiß«, erwiderte seine Tochter gefasst. »Auf dem Revier werden sie mich zwar für verrückt erklären, aber ich werde den Fall Neintal noch einmal aufrollen. Ich denke, unsere Antworten finden wir in der Vergangenheit.«

* * *

ETWAS SPÄTER

Raimund Prauch war spät nach Hause gekommen. Lily lag bereits im Bett. Die Duftkerze, die er ihr das letzte Mal mitgebracht hatte, brannte auf ihrem Nachttisch. Vorsichtig blies er sie aus und augenblicklich verstärkte sich der Lavendelgeruch im Raum, vermischte sich mit dem süßlichen Duft seiner Frau, der ihm so vertraut war.

Er sog diese Mischung gierig ein, vermittelte sie ihm doch, zu Hause zu sein.

Auf Zehenspitzen ging er ins Wohnzimmer und stellte den Fernseher an. Leise, um Lily nicht zu stören, saß er nun, eine seiner Partituren auf dem Schoß, da und konnte den Blick nicht vom Bildschirm lösen. Er sah sich eine Wiederholung an. Susanne Kranz, die Mutter der ermordeten Andrea Kranz, wurde interviewt. Sie hatte ihren Ehemann an die Polizei ausgeliefert, etwas, das Prauch das

Gesicht voller Abscheu verziehen ließ und ihn in seinem Misstrauen gegenüber den Frauen bestärkte, die allzu bereitwillig ihr Ehegelübde ablegten. »Sie hat es auch nicht verstanden«, zischte er wütend. »Sie hat nicht verstanden, was es heißt, einen Eid zu leisten, einen Eid, den selbst der Tod nicht auflösen sollte.« Wütend schaltete er das Gerät ab. Es machte keinen Sinn, sich über die Verfehlungen der anderen aufzuregen, sie wurden schließlich irgendwann alle dafür bestraft.

* * *

Auch Lutz Wasnek kam erst nach Mitternacht nach Hause.

Selena war noch wach, sie hatte die Oper besucht und so trug sie noch eines ihrer tadellos sitzenden Abendkleider und ein atemberaubendes Make-up.

»Du wirst mit jedem Tag schöner«, begrüßte er sie bewundernd.

»Schade, dass du nicht dabei warst, es hätte dir gefallen! Die Inszenierung kann man als absolut gelungen beschreiben.«

Sie erzählte ihm den neusten Klatsch, den sie in der Pause erfahren hatte, während sie sich die hochhackigen Schuhe abstreifte und auf einem Sessel Platz nahm. Wasnek öffnete eine Flasche Champagner und schenkte sich und ihr ein.

»Du hattest einen schweren Tag, das sehe ich«, sagte sie besorgt. »Ich habe gehört, dass die Frau deines toten Mandanten gegen die Polizei vorgehen will. Vertrittst du sie etwa?«

Erleichtert nahm sie sein Kopfschütteln zur Kenntnis.

»Ein Glück, die Leute reden bereits, meinen, dass sich der Anwalt, der sich darauf einlässt, keinen Gefallen tut.«

»Natürlich nicht«, stimmte er ihr zu.

Sie bemerkte seine Anspannung und sagte: »Versprich mir, dass du solche zwielichtigen Mandanten nicht mehr vertrittst. Auch wenn sich das albern anhört, schaden die deiner Gesundheit. Unserem Familienleben sind sie ebenfalls nicht zuträglich.« Sie hielt ihm ihr leeres Glas hin und er schenkte nach. »Ganz zu schweigen davon, dass du damit sicher nichts verdienen kannst.«

Wasnek widersprach nicht, sondern sah aus dem Fenster. »Vielleicht sollte ich kürzertreten«, schlug er vor, etwas, das Selena mit mäßiger Begeisterung aufnahm.

Dennoch sagte sie: »Eine gute Idee, dann könnten wir eine schöne Reise machen.«

Er schwieg, dachte aber bei sich: *Wäre es nur so einfach.* Dann jedoch sagte er: »Du hast recht, lass uns im Sommer verreisen.«

* * *

GEGEN MORGEN

Draußen war es noch dunkel; Christina Löblich lag trotzdem bereits hellwach im Bett. Seit Juncks Besuch konnte sie nicht mehr entspannen. Auch jetzt war sie versucht aufzustehen und aus dem Fenster zu blicken. Dabei hätte sie nicht sagen können, ob sie hoffte oder sich davor fürchtete, draußen ihren leiblichen Vater zu entdecken. Stefan Junck hatte sich mit ihr unterhalten, bemüht, als Freund aufzutreten, aber sie hatte dennoch deutlich den Polizisten herausgehört.

»Wir können das nicht länger für uns behalten«, war er direkt zur Sache gekommen. Er hatte ihr von der Reise erzählt, von seinen Vermutungen und weiteren toten

Frauen in den letzten Jahren. Außerdem von den aktuellen Mordfällen, die sie aus der Presse kannte.

»Du glaubst, mein Vater wäre dafür verantwortlich?«, hatte sie entsetzt reagiert.

Er war in der Wahl seiner Worte vorsichtig gewesen, dennoch klang für sie am Ende ein »Ja« durch.

»Armin Damper hat uns gesagt, mein Vater sei damals unschuldig gewesen«, versuchte sie sich an den sprichwörtlichen Strohhalm zu klammern.

»Die Worte eines sterbenden Mannes«, antwortete Stefan sanft. »Womöglich war das die Äußerung eines Wunsches. Für Damper war es sicher einfacher zu glauben, einem unschuldigen Freund zur Flucht verholfen zu haben als einem Mörder.«

Sie fing nicht an zu streiten, das wäre albern gewesen, immerhin hatte sie selbst Zweifel. »Stimmt, Damper ist kein zuverlässiger Zeuge«, sagte sie deshalb nüchtern, »meine Mutter aber schon.«

»Deine Mutter?«, hakte Junck nach. »Ich dachte, die hat nie über Neintal gesprochen.«

»Das war auch nicht nötig. Ich bin mir sicher, dass sie ihn für unschuldig gehalten hat.«

»Wie kommst du darauf?«, fragte Junck überrascht.

»Wegen mir«, erwiderte die junge Frau überzeugt. »Sie hätte mich nicht geboren, wenn sie ihn für einen Mörder gehalten hätte, davon bin ich überzeugt.«

Er wollte Einwände erheben, aber sie unterbrach ihn: »Ich hatte Zeit nachzudenken.« Sie war jetzt völlig ruhig. »Meine Mutter sagte gelegentlich Dinge wie: ›Das hätte deinem Vater gefallen‹, oder: ›Er aß gerne Käsekuchen.‹ Das waren Sätze, die ihr einfach so herausgerutscht sind, die ich im Nachhinein nicht für Lügen halte. Natürlich dachte ich bis vor Kurzem, sie würde den erfundenen amerikanischen Soldaten meinen, aber heute bin ich mir sicher, dass diese unbedarften Äußerungen Kai Neintal gegolten haben. Sie hätte nicht so über ihn gesprochen, wenn er vor dreißig Jahren eine Verkäuferin abgeschlachtet hätte. Sie hat sogar sein Kind zur Welt gebracht, das ist doch Beweis genug.«

»Warum hat sie ihn dann verheimlicht?«

»Um mich zu schützen, ist doch klar. Ist für ein Kind sicher nicht einfach, unter Menschen aufzuwachsen, die deinen Vater für einen Mörder halten.« Sie sah ihn an. »Ich bin keine Träumerin«, argumentierte sie heftig. »Ich rede mir die Welt nicht schön. Zuerst habe ich ihn auch für schuldig gehalten«, gab sie offen zu, »aber je mehr ich darüber nachdenke, desto mehr bezweifle ich es.« Ihr Blick wurde flehend. »Du musst das aufklären.«

Junck sah sie traurig an. »Und wenn ich herausfinde, dass er doch schuldig ist?«

»Das werde ich dann akzeptieren müssen, aber ich bezweifle es.«

»Ich bin um deine Sicherheit besorgt«, war Junck nicht umhingekommen, daraufhin zu sagen.

»Wieso sollte er eine Gefahr für mich sein? Er ist mein Vater«, hatte sie völlig überzeugt erklärt.

»Wir wissen nichts über Kai Neintal, du kannst dir also nicht sicher sein«, war Junck nichts anderes übrig geblieben, als zu widersprechen.

»Hätte er mir etwas antun wollen, dann hätte er es schon längst getan«, hatte sie dagegengehalten und abgelehnt, als Junck ihr vorgeschlagen hatte, sie irgendwo anders unterzubringen.

Sie hatte ihm nicht die ganze Wahrheit gesagt, vielleicht war das unfair gewesen, aber gleichzeitig fürchtete sie auch, sich dadurch um eine Chance zu bringen. Seit einiger Zeit hatte sie nämlich das Gefühl, beobachtet zu werden. Angefangen hatte das an dem Abend, an dem sie mit Junck die Unterlagen in Gustavs Karton durchgegangen war. Immer wieder drehte sie sich seither auf der Straße um, glaubte, hinter sich jemanden zu spüren. Wenn sie an der Kasse im Supermarkt stand oder im Café saß, überlegte sie, welcher der älteren Männer um sie herum vielleicht ihr Vater sein könnte. Sprach sie ein Fremder an, zuckte sie zusammen, auch wenn der am Ende nur den Weg zur Paulskirche wissen wollte.

Nun schlug sie doch die Bettdecke zurück und sprang aus dem Bett. Dieses Mal eilte sie nicht zum Fenster, um hinter dem Vorhang hervorzuspähen, sondern schlüpfte im Dunkeln die Treppe nach unten. Bewaffnet mit einer Taschenlampe hastete sie zur Eingangstür. Noch einmal tief Luft holend riss sie die nun auf und leuchtete zeitgleich in die Nacht. »Hallo, Kai, bist du da draußen?«

Sie hörte ein Scheppern und glaubte Schritte zu vernehmen, die sich entfernten.

»Warte doch«, rief sie verzweifelt, dann wurde es still.

Christinas Herz klopfte, sie fröstelte und plötzlich bekam sie eine Gänsehaut. Schnell schloss sie die Tür wieder und machte das Licht an. War sie paranoid, leichtsinnig? Vermutlich beides. Was, wenn sich ein aggressiver Obdachloser hinter den Müllcontainern verkrochen hatte oder ein Junkie? Stefan würde ihr den Kopf abreißen, wüsste er von derlei Aktionen.

Sie schlurfte zurück ins Bett, zog die Decke über den Kopf und weinte leise.

Die Gestalt, die jetzt zu ihrem Fenster hinaufsah, blieb unbemerkt. Sie war nicht davongelaufen, sondern hatte sich am anderen Ende des Hofes versteckt gehalten und beobachtet, wie der Obdachlose hinter den Mülltonnen davongehastet war.

»*Kai*«, hatte sie gerufen, ein Name, den er schon lange nicht mehr gehört hatte.

Er wartete noch fünfzehn Minuten, dann machte er sich wieder auf den Weg. Ziellos, so wie die letzten dreißig Jahre.

KAPITEL 12

Am nächsten Morgen

Hauptkommissarin Henriette von Born hatte ihr Team um sich versammelt; es war an der Zeit, Klartext zu sprechen. Sie brachte den Fall Kai Neintal und den Schaufenstermord vor dreißig Jahren ins Gespräch. Ihren Vater ließ sie unerwähnt, sprach lediglich von einer Quelle und trug den Kollegen die Fakten vor. Sie listete die Morde auf, die sie ein und demselben Täter zuordnete.

Dabei nannte sie als Erstes Tabea Pröhl, die vor wenigen Tagen nach ihrem Junggesellinnenabschied ermordet worden war, ihr folgte Andrea Kranz, die im Wald in einem halb geschlossenen Grab gelegen hatte, und anschließend kam sie auf die unbekannte Tschechin zu sprechen, deren Leiche man 2002 entdeckt hatte.

»Ich ordne auch die 2005 verschwundene Daniela Esser unserem Täter zu. Ihre Leiche fand man 2016 in Leipzig, zusammen mit dem Skelett einer Taube. Womöglich begann diese Mordserie 1990 mit Nora Roth, die Verkäuferin in einem Brautmodengeschäft war. Anzunehmen, dass es zwischen 1990 und heute weitere Tötungen gab. Einige der Vermisstenfälle …« Sie deutete auf einen

Stapel. »… könnten auf das Konto unseres Mannes gehen.«

»Wir suchen also ab jetzt nach Kai Neintal, einem *Gespenst*«, äußerte sich einer der Kommissare spöttisch.

»Wir suchen *auch* nach Kai Neintal«, verbesserte ihn die Hauptkommissarin. »Zu diesem Zeitpunkt will ich nicht ausschließen, dass er entweder für alle Morde oder nur für den Schaufenstermord verantwortlich ist und die anderen Verbrechen mit ihm nichts zu tun haben. Auch die Theorie, dass er nicht der Mörder ist, vielleicht jedoch ein wichtiger Zeuge, will ich überprüfen«, stellte Henriette richtig. »Wir verfolgen mehrere Ansätze. Wenn die von mir aufgeführten Morde zusammenhängen, müssen wir da dranbleiben. Ein Team wird versuchen weitere Verbindungen zu finden. Gleichzeitig möchte ich wissen, wie die persönliche Verbindung zwischen Kai Neintal und Matthias Kranz ausgesehen hat. Dazu könnte uns seine Frau oder eventuell unsere Datenbanken Auskunft geben. Da Susanne Kranz momentan nicht gut auf die Polizei zu sprechen ist, fangen wir mit den Datenbanken an. Außerdem gehen die Befragungen im Fall Tabea Pröhl weiter.«

»Klingt irgendwie ziemlich chaotisch«, äußerte sich erneut der Kommissar von eben. Es war klar, dass er Henriette herausforderte.

Die ließ sich jedoch nicht provozieren und sagte gelassen: »Struktur finden Sie bei der Ablage der Akten oder im Kühlschrank in der Küche. Ermittlungsarbeit erfordert Fantasie und die Fähigkeit, um die Ecke zu denken. Aber jeder Vorschlag ist willkommen und findet Gehör.« Sie blickte den Mann fragend an, der sah mit geröteten Wangen zur Seite.

»Dann an die Arbeit«, sagte sie ernst und löste die Besprechung auf.

Eine junge Beamtin trat an sie heran. »Ich würde mir gerne Opfer Nummer eins vornehmen, Nora Roth. Man sagt doch, beim ersten Opfer ist es meistens etwas Persönliches.«

Henriette nickte, wollte schon zu einem »*Aber*« ansetzen, als sie die Kollegin unterbrach. »Ich weiß, sie trug das Hochzeitskleid, das sich Neintals Verlobte ausgesucht hatte, damit wäre es für ihn etwas Persönliches. Allerdings sagten Sie vorhin, Neintal könnte womöglich auch nur ein Zeuge sein. Dann kennen wir den Mörder nicht und es wäre logisch, mit dem Umfeld vom ersten Opfer zu beginnen, so als hätten wir es mit einem ganz frischen Fall zu tun.«

»Kommissarin Katja Zielke, richtig?«, fragte Henriette, die stets versuchte, sich alle Namen zu merken.

»Ja.« Die junge Frau wirkte verunsichert, erklärte: »Ich weiß, ich bin erst seit ein paar Tagen beim Morddezernat, ich wollte nicht …«

»Entschuldigen Sie sich nicht für eine gute Idee, bloß weil sie außer Ihnen keiner hatte. Gehen Sie an die Arbeit, das ist ein wirklich guter Ansatz. Wenn Sie etwas finden, kommen Sie direkt zu mir.«

Oberkommissar Fred trat zu ihr und säuselte leise: »Das Eis wird dünner, das weißt du, oder?«

»Ich höre es knirschen«, ging sie auf seine Anspielung ein, »aber bis es bricht, bleibe ich drauf.«

Der Untergang sollte nicht lange auf sich warten lassen. Zwei Stunden später erreichte Henriette die Meldung eines weiteren Leichenfundes.

»Sie haben gerade Susanne Kranz in die Gerichtsmedizin gebracht«, teilte ihr David Thom zusammen mit den wenigen Einzelheiten, die er kannte, telefonisch mit.

Sie nahm an, dass er dazu nach draußen geeilt war, denn im Hintergrund vernahm sie Straßengeräusche.

»Mord, so viel steht fest. Die Autopsie macht ein Kollege, ich komme sicher an den Bericht.«

»Kannst du sie nicht machen?«, hakte Henriette sofort nach.

»Keine gute Idee. Dass wir mehr oder weniger ein Paar sind, ist hier kein Geheimnis. Die Frau hat sich öffentlich gegen dich gestellt, jetzt ist sie tot. Sieht nicht gut aus, wenn ich mich da einmische.«

»Du hast recht«, gab Henriette nachdenklich zu und dankte ihm. Bevor sie auflegte, sagte sie noch: »Es ist mehr …«

Er verstand nicht und sie erklärte: »Wir sind nicht mehr oder weniger ein Paar, wir sind ein Paar, zumindest, wenn es nach mir geht.«

Er war gerührt. »Danke, dass du das sagst. Ich halte zu dir, versprochen, egal, was jetzt passiert.«

Die Hauptkommissarin legte auf. Davids Worte waren aufrichtig gemeint, dennoch klangen sie düster.

Zwei Minuten später rief sie ihren Oberkommissar zu sich. »Du hältst hier die Stellung, ich muss sofort los. Die haben die Leiche von Susanne Kranz auf einem Spielplatz in der Nähe des Bahnhofs gefunden. Die Kollegen vom zuständigen Revier übernehmen das. Ich will da hin, bevor man mich komplett abzieht. Ein Wunder, dass ich nicht schon zum Chef zitiert wurde. Zumindest scheinen sie nicht anzunehmen, dass ich etwas mit dem Mord zu tun habe«, frotzelte sie nicht ganz ohne Sarkasmus in der Stimme.

»Red bloß nicht so«, zischte ihr Kollege.

»Keine Sorge, ich war es wirklich nicht«, versuchte Henriette einen Scherz.

»Das weiß ich, dennoch bedeutet diese Sache Ärger.

Das kann ich spüren. Mach dich am besten gleich auf den Weg. Ich sage, dass ich nicht weiß, wo du steckst.«

»Ich möchte dich nicht in Schwierigkeiten bringen, du musst nicht für mich lügen.«

»Tu ich nicht, ich habe lediglich ein furchtbar schlechtes Gedächtnis und jetzt verschwinde.«

Auf der Fahrt verständigte Henriette ihren Vater.

»Scheiße«, kommentierte der die jüngsten Entwicklungen. »Sag mir, was ich tun kann.«

Sie zögerte, meinte dann jedoch: »Vielleicht kannst du dir den Tatort ansehen, ich kann da unmöglich aufkreuzen. Außerdem läuft mir die Zeit davon, ich muss mit dem leitenden Ermittler sprechen. Wenn die mich abziehen, wird der vermutlich nicht mehr mit mir reden, aus Angst, einen auf den Deckel zu bekommen. Allerdings weiß ich nur, dass der Tatort in der Nähe des Bahnhofs liegt.«

»Keine Sorge, das finde ich heraus.«

Es war ein spontaner Einfall, wenn auch nicht nur in der Not geboren, sich bei Elga Rodriguez zu melden. »Ich bräuchte eine Fahrerin und eine Ausrede«, sagte er halb im Scherz, halb ernst.

»Du brauchst meine Hilfe?«, reagierte sie verwundert.

Nachdem er das bestätigt hatte, fragte sie: »Immer noch die Sache mit Christinas Vater?«

»Mehr oder weniger«, gestand er ein, »dieses Mal helfe ich vor allem meiner Tochter.«

Sie verstand, er hatte ihr einiges über Henriette erzählt, auch dass sich ihre Fälle gekreuzt hatten. Die

Verspätung des Rückfluges hatte dann doch noch Zeit für Gespräche gelassen.

»Selbstverständlich«, antwortete Elga zu seiner Erleichterung. »Hast Glück, dass ich heute keine Termine habe, ich bin in zehn Minuten bei dir.«

Sie freute sich, Stefan wiederzusehen, auch wenn es sich nicht um ein richtiges Date handelte. Genau genommen fand sie diese ganze Polizeiarbeit auch irgendwie spannend. Die Männer, die sie in den Jahren nach ihrer Scheidung kennengelernt hatte, waren meist bemüht gewesen, sie zu unterhalten. Theater, Oper, Museen, schicke Restaurants und Cafés, Spaziergänge am Mainufer, das waren alles nette Ausflüge gewesen, aber selten hatte sie sich so lebendig und gefordert gefühlt wie an Juncks Seite.

Wie zu erwarten, stand er schon auf der Straße, als sie ihr bereits in die Jahre gekommenes Gefährt abbremste. Er hatte etwas Mühe, seine langen Beine in dem kleinen Wagen unterzubringen, und sie musste lächeln, als er höflich meinte: »Hübsches Auto.«

»Ich finde überall einen Parkplatz«, gab sie schnippisch zurück und freute sich, dass er sie zur Begrüßung auf die Wange küsste.

»Ich danke dir …«, begann er, wurde dann jedoch vom Klingeln seines Handys unterbrochen.

»Gerda!«, verstand Elga einige Wortfetzen, »… wo genau … perfekt … ich werde mich revanchieren.«

»Hört sich so an, als hättest du eine ganze Armee von gefälligen Damen, die für dich tätig werden, wenn du Hilfe brauchst.«

Er schmunzelte, nannte das Ziel ihrer Fahrt und sagte schließlich: »Gerda ist eine ehemalige Kollegin, du wirst sie mögen.«

Elgas Herz machte einen kleinen Satz. So wie er das

sagte, klang es, als wollte er sie der Frau vorstellen. Als wollte er sie künftig an seinem Leben teilhaben lassen.

»Wo fahren wir überhaupt hin?«, fragte sie nun neugierig.

»Ein Tatort. Man hat die Leiche von Susanne Kranz gefunden.«

»Was?« Elga gab einen überraschten Laut von sich. »Das ist doch die Frau, die gestern im Fernsehen über deine Tochter hergefallen ist.«

»Genau die«, bestätigte Junck tonlos.

»Und jetzt?«, fragte sie vorsichtig.

»Ich will mir unauffällig ein Bild machen. Vielleicht bringe ich etwas in Erfahrung. Gut möglich, dass man Henriette in Urlaub schickt, bis das geklärt ist.«

»Aber dann kann sie ihren Fall ja nicht mehr bearbeiten, oder?«, entgegnete Elga überrascht.

»Richtig«, antwortete Junck nachdenklich, »das könnte dem Mörder natürlich gelegen kommen.«

Den Rest der Fahrt hatte er sich wieder einmal in Schweigen gehüllt. Mittlerweile wusste Elga, dass er die Zeit brauchte, um seine Gedanken zu ordnen, also schwieg auch sie.

»Parke ein Stück entfernt, lass uns erst einmal als zufällige Spaziergänger vorbeischlendern.«

Seine Begleiterin tat, wie ihr geheißen wurde, besah sich dann die Örtlichkeiten genauer und meinte: »Interessanter Platz für einen romantischen Spaziergang.«

Er verzog entschuldigend das Gesicht und sie hakte sich bei ihm unter.

Der Tatort war abgesperrt, Streifenbeamte standen auf dem Gehweg und hielten Neugierige zurück. Ein Team der Kriminaltechnik war noch vor Ort. Deren Einsatzfahrzeug stand an der Absperrung, offenbar waren die Beamten fertig mit ihrer Arbeit, denn sie hatten bereits die Schutzkleidung abgelegt. Junck erkannte erleichtert einen alten Bekannten, rief dessen Namen und winkte.

Der Mann, erfreut, den ehemaligen Hauptkommissar zu sehen, gab ein paar Anweisungen und kam dann auf Junck zu.

»Was machst du denn hier?«, fragte er fröhlich und musterte Elga neugierig.

Galant stellte Stefan seine Begleitung vor und versuchte so neutral wie möglich zu erklären: »Ein kleiner Rentner-Spaziergang, da sah ich zufällig die Absperrung …«

Sein Gegenüber grinste und sagte gelassen: »So wird es dann wohl gewesen sein oder du bist hier, weil wir die Leiche der Frau gefunden haben, die deine Tochter im Fernsehen angeklagt hat.« Er wurde ernst. »Ich bin kein Idiot, also behandle mich nicht wie einen.«

Bevor Junck sich entschuldigen konnte, sagte der Kriminaltechniker jedoch: »Ich weiß, dass das Unsinn war. Henriette von Born ist für mich über jeden Zweifel erhaben. Ich war an den letzten Tatorten dabei, ich weiß, wie korrekt sie arbeitet. Also«, sagte er und senkte etwas die Stimme, »was willst du wissen?« Sein Blick wanderte dennoch unsicher zu Elga.

Die sagte daraufhin gut gelaunt: »Ich warte auf der anderen Straßenseite, bis ihr fertig seid«, und verschwand.

»Erzähl mir einfach, was ihr bis jetzt habt«, bat Junck daraufhin seinen ehemaligen Kollegen.

»Viele Spuren und doch keine. Die Kleidung des Opfers war über das ganze Gelände verteilt, die Leiche selbst lag auf einem Haufen Müll, die Handtasche wurde geleert, der Inhalt ist verschwunden. Normalerweise hätte die Identifizierung daher auch länger gedauert, aber nach der gestrigen Fernsehausstrahlung ... Jedenfalls wird es schwierig, besser gesagt unmöglich, DNA des Täters herauszufiltern.«

»Vorgehensweise?«, fragte Junck konzentriert.

»Nicht wie bei den anderen beiden Opfern.« Der Mann überlegte. »Ich war schon an vielen Tatorten. Du kennst das sicher, man hat einen ersten Eindruck, auch wenn der sich nicht immer bewahrheitet. Brutal ist jeder Mord, aber bei Andrea Kranz und Tabea Pröhl, da würde ich sagen, hat der Täter am Ende eine gewisse Sorgfalt walten lassen. Die eine in ein Grab gebettet, die andere in ein Laken gehüllt. Das wirkte irgendwie aufgeräumt. Hier ...« Er wandte sich um und machte eine ausladende Handbewegung Richtung Spielplatz. »Hier herrschte Durcheinander, Rücksichtslosigkeit. Weder war die Leiche bedeckt noch arrangiert. Das Ganze war einfach nur bestialisch. Das Messer steckte noch im Leib der Frau.«

»Er hat die Tatwaffe zurückgelassen?«

»Vermutlich handelt es sich um die Tatwaffe, genau wissen wir das natürlich erst nach der Autopsie und den Laborauswertungen.«

»Hat er sonst noch etwas platziert?«

Der Kriminaltechniker schüttelte den Kopf. »Falls du an irgendwelche Symbole denkst, dann nein.« Er sah Juncks verwunderte Miene und fügte an: »Die Theorien deiner Tochter haben sich auch bei uns herumgesprochen. Ich halte das übrigens für einen guten Ansatz. Allerdings passt der Mord an Susanne Kranz nicht ins Schema.«

* * *

Zur gleichen Zeit erreichte Henriette das Büro von Hauptkommissar Weiher. Der Kollege sah die Jüngere mürrisch an. »Was wollen Sie?«, brummte er.

Henriette stellte sich vor und erntete sofort ein zynisches Grinsen. »Ach was«, sagte er hämisch. »Ist nicht so angenehm, wenn jemand stirbt, den man in die Pfanne gehauen hat.«

»Wie bitte?«, hakte Henriette verärgert nach.

»Na, wegen solcher karrieregeilen Draufgänger, die sich nicht an die Regeln halten können, kommen wir doch alle in Verruf. Ist auch so schon schwer genug, das Vertrauen der Leute zu gewinnen.«

»Ich habe der Frau nichts getan und sie schon gar nicht in die Pfanne gehauen, so ein Unsinn«, setzte sich Henriette zur Wehr.

Weiher ging nicht darauf ein, sondern fragte erneut und nicht minder unfreundlich: »Was *wollen* Sie?«

»Informationen. Alles, was Sie über den Mord an Susanne Kranz wissen.«

»Ist mir neu, dass wir zusammenarbeiten«, meinte er kalt. »Aber wenn Sie schon mal hier sind, dann kann ich Sie ja gleich nach Ihrem Alibi fragen.«

»Wie bitte?«, rief Henriette entsetzt.

»Na, wenn jemand ein Motiv hatte, dann doch Sie. Immerhin war die Frau gerade dabei, Ihre Karriere kaputtzumachen, ist es nicht so?«

»Wohl kaum«, reagierte die Hauptkommissarin reserviert.

»Stimmt ja«, schnappte Weiher, »Frau von Born ist nicht auf den Job angewiesen und ein so berühmter Papa hilft sicher auch beim Erklimmen der Karriereleiter. Trotzdem kann auch jemand, der nur zum Spaß die Polizistin spielt, genug Wut entwickeln, um sich einen ungeliebten Ankläger vom Hals zu schaffen.«

Henriette lagen viele Antworten auf der Zunge, aber im Gegensatz zum unberechenbaren Temperament ihrer Mutter handelte sie meistens wohlüberlegt.

Deshalb sagte sie nun auch mit kalter, distanzierter Verachtung: »Ich hatte eigentlich etwas Respekt unter Kollegen erwartet. Sie wollen mein Alibi, dann laden Sie mich offiziell vor. Und vielleicht überdenken Sie bei unserem nächsten Gespräch Ihren Ton.« Damit drehte sie sich auf dem Absatz um und rauschte aus dem Büro.

Sie kochte vor Wut. Ausgerechnet jetzt musste sie auf einen alten Chauvinisten treffen.

Sie war schon fast an der Tür, als sie hinter sich ein Rufen hörte. »Warten Sie«, hielt man Henriette zurück.

Eine Frau um die vierzig trat auf die Hauptkommissarin zu. »Ich bin die Kollegin von Hauptkommissar Weiher, vielleicht kann ich Ihnen helfen.«

»Wird Ihr Chef das denn befürworten?«

Die andere seufzte übertrieben. »Er ist eigentlich sonst sehr umgänglich, hat aber momentan private Probleme. Sie sind ihm zu einem ungünstigen Zeitpunkt vor die Flinte gelaufen. Nehmen Sie es ihm nicht übel, er hatte einfach einen schlechten Tag.«

Die Hauptkommissarin lenkte ein und erwiderte: »Weiher scheint mit Ihnen Glück zu haben. Loyalität ist nicht selbstverständlich.«

Die andere winkte ab. »Wir sind wie ein altes Ehepaar: Zanken und Vertragen, aber am Ende sind wir eben doch ein Team.« Dann wurde sie ernst und sagte: »Wir warten noch auf die Ergebnisse der Autopsie, aber zum jetzigen Zeitpunkt schließen wir einen Sexualmord nicht aus.« Sie erzählte Henriette, was sie bisher wussten. »Momentan fragen wir uns natürlich vor allem, was die Frau auf dem Spielplatz wollte. Ihre Telefondaten ergaben zahlreiche Anrufe einer Freundin, einer gewissen Claudia Gummer, außerdem erscheint die Nummer einer Telefonzelle. Wir vermuten, dass sie sich mit jemandem verabredet hat. In ihrer Jacke fanden wir ein abgestempeltes Straßenbahnticket, sie ist also mit öffentlichen Verkehrsmitteln zum Spielplatz gefahren. Die Befragungen möglicher Zeugen fangen gerade an.«

»Die Freundin wusste nichts über ein Treffen?«

»Sie sagt nein.«

»Und warum hat diese Claudia Gummer mehrfach bei Susanne Kranz angerufen?«

»Das haben wir sie auch gefragt. Ihre Antwort lautete, es hätte viel zu besprechen gegeben seit der Sache mit …« Sie zögerte und Henriette ergänzte ihren Satz, indem sie sagte: »Seit der Sache mit mir.«

Die Kollegin nickte und meinte bedauernd: »Mehr haben wir noch nicht, aber vieles spricht dagegen, dass der Tod von Susanne Kranz etwas mit Ihren Fällen zu tun hat.« Sie drückte Henriette eine Karte in die Hand. »Rufen Sie mich an, wenn Sie noch etwas wissen möchten.«

Die Hauptkommissarin dankte der Frau und lenkte ein: »Ich hatte gestern Abend Besuch von meinem Vater. Er ist mein Alibi.«

»Wir müssen das überprüfen, nur damit keiner sagen kann, wir wären nicht gründlich gewesen.«

»Natürlich, tun Sie das«, erwiderte Henriette freundlich.

»Wo wohnt Ihr Vater, also Herr von Born?«, fragte die andere daraufhin.

»Stefan Junck«, sagte Henriette, ohne zu zögern; plötzlich war es ihr egal, dass es jeder wusste. Auch als die Kollegin nun ihre Augen weit aufriss und mit einer gewissen Ehrfurcht sagte: »Stefan ist Ihr *Vater?*«, ärgerte sich Henriette nicht, sondern grinste schief. »Ja, und offensichtlich stimmt es, was Weiher sagt. Mein Vater ist kein Unbekannter, aber bei meiner Karriere hat er mir trotzdem nicht geholfen.«

Ihr Gegenüber lachte. »Stefan ist mit Weiher vor vielen Jahren einmal aneinandergeraten, seither reagieren die beiden aufeinander wie zwei unkastrierte Rüden.«

Sie hob sich schnell die Hand vor den Mund, dachte, mit der Bemerkung zu weit gegangen zu sein, aber Henriette nahm ihr den Vergleich nicht übel, sondern lachte herzhaft. »Verstehe«, sagte sie verschwörerisch und bedankte sich noch einmal für die Hilfe.

***

Zurück in der Dienststelle nahm Henriette erleichtert zur Kenntnis, dass man sie nicht von ihrem Fall abziehen wollte. Offensichtlich war auch ihr Vorgesetzter der Meinung, dass Susanne Kranz' Tod nichts mit Henriettes Ermittlungen zu tun hatte. Die Hauptkommissarin sah das jedoch anders, als sie zusammen mit ihrem Oberkommissar eine Kopie des Autopsieberichts studierte.

»Das weicht so von der bisherigen Vorgehensweise unseres Mörders ab, dass ich versucht bin anzunehmen, dass dieser Mord wirklich nichts mit unseren Ermittlungen zu tun hat«, äußerte Fred seine Meinung.

Sie hatten sich in eine ruhige Ecke zurückgezogen und lasen die Unterlagen, die ihnen David Thom zugespielt hatte.

»Die Frau passt nicht ins Opferprofil«, bestätigte Henriette sachlich.

»Er hat sie ganz schön zugerichtet, sieh dir die vielen Verletzungen an«, fuhr der Oberkommissar fort.

Henriette kannte die Bilder bereits. Mehrfache vertikale Einschnitte auf dem gesamten Torso, dazu der Einstich am Hals. Einwandfrei als Tatwaffe identifiziert wurde das am Tatort zurückgelassene Messer, ein sogenanntes *Karambit*. Ein Messer, das die Form einer Klaue hatte und an eine Sichel erinnerte. Diese Messerform wurde ursprünglich im südostasiatischen Raum gefertigt, die bei Susanne Kranz benutzte moderne Variante stammte jedoch von einem namhaften Messerproduzenten. Die Serie war vor rund zehn Jahren aufgelegt und unlimitiert, tausendfach in Deutschland und Europa verkauft worden. Damit war ein Rückschluss auf den Täter unmöglich.

»Er hat sie sexuell missbraucht, zumindest deuten vaginale Verletzungen darauf hin. Kein Sperma, dafür Spuren von Latex, die von einem Kondom stammen könnten«, wiederholte Henriette nachdenklich die Angaben im Bericht.

»Was fangen wir nun damit an?«, fragte ihr Kollege neugierig.

»Eigentlich nichts, da vieles gegen einen Zusammenhang spricht. Ich habe vorhin noch einmal mit der Beamtin aus Weihers Team telefoniert. Für die erhärtet sich der Verdacht, dass der Fernsehauftritt der Frau einen Verrückten auf den Plan gerufen hat. Entweder jemand, der ein sexuelles Interesse an Susanne Kranz hatte, oder jemand, der sie vielleicht dafür bestrafen wollte, was sie indirekt ihrer Tochter angetan hat. Das würde auch das brutale Vorgehen erklären.«

»Wir machen also bei unseren Fällen weiter und ignorieren diesen Mord?«

»Bestimmt nicht«, antwortete Henriette entschlossen. »Soll mir recht sein, wenn alle glauben, der hätte nichts mit meinen Ermittlungen zu tun, das lässt uns freie Hand. Aber irgendetwas stimmt da nicht. Sie dachte eine Weile nach und meinte dann: »Erstens ist es ein außergewöhnlicher Zufall, dass gerade *jetzt* Susanne Kranz ermordet wird, und zweitens stört mich an der ganzen Sache die extreme Abweichung beim Tathergang. Die ist nämlich so groß, dass alles irgendwie inszeniert wirkt. Das Aufschlitzen, das achtlose Behandeln der Leiche, die Verwüstung und das demonstrative Platzieren des Messers – das ist, als hätte der Mörder einen Zettel mit der Aufschrift hinterlassen: Dieser Mord hat mit den anderen nichts zu tun.«

»Vielleicht denkst du zu kompliziert?«, wagte Fred dagegenzuhalten.

»Möglich, gib die Infos trotzdem ans Team weiter«, sagte sie und weihte ihren Oberkommissar anschließend in ihre weiteren Pläne ein.

* * *

IN DER NACHT

Christina lag wieder hellwach im Bett. Stefan Junck hatte sie am Morgen angerufen, sich nach ihrem Befinden erkundigt, nach ungewöhnlichen Ereignissen gefragt. Sie hatte erneut geschwiegen, ihm versichert, dass alles in bester Ordnung sei, aber das war es nicht.

Auch heute schlug sie energisch die Decke zurück. Dieses Mal entschied sie sich, in die Jeans zu schlüpfen und die Sneakers anzuziehen. Im Erdgeschoss griff sie sich eine Jacke und die Taschenlampe. Entschlossen wollte sie gerade die Tür aufreißen und in die Dunkelheit schreien: »Ich weiß, dass du da bist, zeig dich endlich!«, als ein lautes Rufen ihre Ohren erreichte.

»Polizei!«, erkannte sie eine männliche Stimme. »Kommen Sie sofort mit erhobenen Händen heraus.«

Christina stand wie erstarrt da, glaubte im ersten Moment tatsächlich, die Aufforderung hätte ihr gegolten, bis ihr klar wurde, dass man nach Kai Neintal suchte.

Ohne nachzudenken, riss sie die Tür ihres kleinen Ladens auf. Ein Beamter, nur wenige Meter entfernt, richtete seine Waffe und die Taschenlampe auf sie. Das Licht blendete Christina und sie hob automatisch abwehrend die Hände in die Höhe.

»Gehen Sie sofort wieder hinein«, zischte er und Christina gehorchte; zu sehr verschreckte sie die Szenerie. Zitternd stand sie nun hinter der Tür und wartete.

In den Häusern öffneten sich Fenster. Jemand schimpfte: »Was ist denn hier los?«, ein anderer meckerte: »Ruhestörung!« Dann, als alle erkannten, dass ein Polizeieinsatz stattfand, verstummten die Stimmen.

Christina vernahm eine weitere Mahnung der Beamten herauszukommen. Sie hatte das Gefühl, das ganze Prozedere würde sich unendlich lange hinziehen, aber das stimmte gar nicht. Zwischen den beiden Aufforderungen lagen nur wenige Minuten.

»Treten Sie hinter den Containern hervor, sofort«, sagte erneut einer der Polizisten mit Nachdruck.

»Nicht schießen«, hörte Christina kurz darauf eine weinerliche Stimme.

Trotz der schroffen Anweisung, im Haus zu bleiben, öffnete sie erneut die Tür.

Zwischenzeitlich hatten die Beamten einen Mann in Gewahrsam genommen. Er musste sich hinter den Mülltonnen, direkt gegenüber von Christinas Eingang, versteckt gehalten haben.

»Nein«, rief die junge Frau impulsiv. »Lassen Sie ihn!«

Die Beamten, die den Mann mittlerweile mit Handschellen gesichert hatten, reagierten ruhig. Sie waren geschult für solche Situationen.

Einer trat zu ihr und sagte: »Bitte gehen Sie in Ihre Wohnung zurück, alles ist in Ordnung.«

»Nichts ist in Ordnung«, ließ sich Christina dieses Mal jedoch nicht zurückschicken. »Sie haben jemanden verhaftet …«

Immer noch war der Hof nur von den Taschenlampen der Beamten erhellt. Einige der Polizisten durchsuchten zur Sicherheit den Rest des Geländes, leuchteten unter die geparkten Autos und in die dunklen Nischen des Innenhofs, aber ohne Ergebnis. Trotzdem machten es Christina die zahlreichen herumschwirrenden Lichtkegel nicht möglich, das Gesicht des Mannes zu sehen, der gleich abgeführt werden sollte. Einem plötzlichen Impuls folgend stürzte sie an dem Beamten vorbei in Richtung des Verhafteten.

Man hielt sie jedoch zurück und sie wehrte sich heftig. »Loslassen!«, schrie Christina aufgebracht, »der Mann ist mein Vater.«

Tatsächlich löste sich der Griff, dennoch versperrte man ihr den Weg.

»Was machen wir jetzt?«, fragte der Polizist seinen Kollegen.

In dem Moment hörte man, wie an der Straße ein Fahrzeug zum Stehen kam, Autotüren schlugen zu und kurz darauf erklangen auf dem Pflaster schnelle Schritte.

»Das soll die Chefin entscheiden«, bekam der Beamte nun zur Antwort.

Der Tumult wurde größer, fast in allen Wohnungen brannte jetzt Licht. Man sah Gesichter, die sich an die Scheiben pressten. Andere ignorierten vor lauter Neugier die nächtliche Kälte und lehnten sich weit hinaus, um besser hören und sehen zu können. Henriette von Born hätte sich den Zugriff etwas unauffälliger gewünscht und machte keinen Hehl daraus: »Was ist denn hier los?«, fragte sie ungehalten und blickte von ihren Kollegen zu Christina.

»Diese Frau behauptet, die Tochter des Mannes zu sein.«

»Christina Löblich, nehme ich an«, begrüßte die

Hauptkommissarin ihr aufgebrachtes Gegenüber. Dann stellte sie sich vor, ignorierte Christinas abschätzigen Blick und bemerkte, dass viele Augenpaare auf sie gerichtet waren.

»Ich hab nix gemacht«, krähte neben ihr der Mann in Handschellen und es bestand keinerlei Zweifel daran, dass er sturzbetrunken war. Dann rief er lallend: »Meine Sachen, ich brauche meine Sachen«, dabei drängte er wackelig Richtung Müllcontainer.

Henriette gab einem der Kollegen ein Zeichen, woraufhin der den Strahl seiner Lampe hinter die Tonnen lenkte. »Ein Schlafsack, eine Flasche Schnaps und sonstiger Kram«, informierte der die anderen Beamten.

Die Hauptkommissarin warf nun einen Blick in das Gesicht des Mannes in Handschellen. Er glich in nichts dem jungen Kai Neintal. Nur die Glatze entsprach der Beschreibung, die sie von ihrem Vater erhalten hatte. Christina stand plötzlich neben Henriette und starrte den Fremden ebenfalls an.

»Papa?«, fragte sie unbeholfen.

»Keine Ahnung, Schätzchen«, lallte der amüsiert und entblößte unschöne Zahnlücken.

»Ich glaube nicht, dass das Ihr Vater ist«, gestand Henriette ärgerlich ein. »Dieser Mann lebt garantiert schon seit Jahren auf der Straße.«

»Papiere?«, schnauzte Henriette in Richtung der Kollegen. Sie wusste, dass das unfair war, die Beamten konnten nichts für den Misserfolg des Einsatzes. Ihre Aufgabe war es gewesen, die Wohnung von Christina Löblich zu überwachen und jeden zu überprüfen, der sich auffällig verhielt. Auch der Hinweis, dass jemand mit Glatze gesucht wurde, hatte sie annehmen lassen, mit der Festnahme einen Treffer zu landen.

Jemand durchsuchte die Taschen des Mannes und

fand einen abgelaufenen Ausweis, der ihn als Wolfgang Braun identifizierte.

»Wir dachten, das ist der Kerl«, entschuldigte sich einer der Beamten. »Die Beschreibung hat gepasst und als er hinter den Mülltonnen verschwand, nahmen wir an, er wollte sich dort verstecken. Was jetzt?«, fragte er mit einem Schulterzucken.

»Mitnehmen, gründlich überprüfen und auch wenn er vermutlich nicht unser Mann ist, spendieren wir ihm wenigstens eine warme Nacht in der Zelle. Legt ihm eine Decke um, wir sind hier fertig.«

Christina stand immer noch da und starrte den Beamten hinterher. »Das war ja dann wohl nichts«, sagte sie mit Genugtuung. »Das wird Stefan nicht gefallen.«

Henriette, müde und gestresst, war versucht, ihr eine entsprechend unfreundliche Antwort zu geben, riss sich dann aber zusammen. »Mein Vater hat hiermit nichts zu tun, das war meine Entscheidung.«

»Sie wollten Kai Neintal eine Falle stellen, Sie haben mein Vertrauen missbraucht.«

Henriette berührte Christina am Arm und drängte sie sanft, aber bestimmt Richtung Wohnung. »Wir können das drinnen besprechen«, sagte sie freundlich.

Tatsächlich ließ sich Christina dazu bewegen hineinzugehen. Im Ladengeschäft knipste sie das Licht an und blickte in Henriettes Gesicht.

Die Beamtin sah angespannt aus, dennoch erklärte sie ruhig: »Ihr Vater wird immer noch wegen Mordes gesucht. Die Polizei kann das nicht ignorieren, und abgesehen davon mache ich mir auch Sorgen um Sie.«

»Jahrelang hat sich niemand für mich interessiert, warum sollte ich das jetzt wollen? Außerdem steht die Schuld meines Vaters längst noch nicht fest. Sein Freund hielt ihn für unschuldig.«

Henriette unterließ es, zu widersprechen, stattdessen sagte sie: »Was auch immer damals geschah, wird sich niemals aufklären, solange Kai Neintal sich uns entzieht. Falls er Sie kontaktiert, tun Sie ihm und sich den Gefallen und bitten Sie ihn, sich zu stellen. Er soll seine Aussage machen und ich werde die Wahrheit herausfinden.«

Christina reagierte ungehalten auf Henriettes Worte. »Er wird sich nicht bei mir melden, das hat er noch nie getan und das ist die Wahrheit. Und nach dem Polizeiaufgebot heute Abend wird er sowieso annehmen, dass ich dabei geholfen habe, ihm eine Falle zu stellen.«

Henriettes Augen verengten sich für einen Augenblick. »Sie vermuten, er war hier?«, hakte sie überrascht nach. »Nein, Sie vermuten es nicht nur, Sie sind sich ziemlich sicher. Herrgott«, fluchte sie laut. »Wie lange geht das schon?«

Christina reagierte bockig: »Ich sagte doch, ich habe keinen Kontakt zu ihm.«

»Aber Sie gehen davon aus, dass er Sie beobachtet, oder etwa nicht?«

Henriettes Gegenüber schwieg stur.

»Warum haben Sie sich deshalb nicht wenigstens an meinen Vater gewandt?«, fügte die Hauptkommissarin vorwurfsvoll an.

»Weil er wie Sie nur eines im Sinn hat, und das ist die Verhaftung von Kai Neintal. Mehr habe ich Ihnen nicht zu sagen.«

Sie deutete demonstrativ zur Tür, doch Henriette ging nicht, ohne Christina erneut ins Gewissen zu reden. »Er soll sich stellen, nur dann kann ich ihm helfen.«

Mit Christinas »Pah!« fiel auch die Tür hinter der Hauptkommissarin ins Schloss.

Ärgerlich stapfte Henriette aus dem Torbogen in Richtung ihres Autos. Sie sah sich um. Falls Kai Neintal den Polizeieinsatz aus sicherer Entfernung beobachtet hatte, dann war er jetzt längst über alle Berge. Sie würde trotzdem erneut versuchen, eine Überwachung von Christinas Wohnung zu beantragen, auch wenn man ihr die nach dem heutigen Debakel sicher nicht genehmigen würde.

KAPITEL 13

Am nächsten Morgen hatte sich Henriette bereits auf einen Spießrutenlauf eingestellt. Allerdings wurde es dann doch noch schlimmer als erwartet. Jemand hatte der Presse etwas gesteckt. Die Schlagzeile »*Kai Neintal nach 30 Jahren wieder im Fokus der Polizei. Hauptkommissarin Henriette von Born jagt einen Geist*« machte bereits die Runde. Natürlich entging der Beamtin nicht, dass dieser Aufhänger verdächtig nach den Worten eines Kollegen klang, aber würde sie anfangen, jemanden der Weitergabe vertraulicher Informationen zu beschuldigen, würde sie das nur wie eine Verzweifelte wirken lassen.

Vor der Tür des Dienstgebäudes fing sie ein Reporter ab. »Stimmt es, dass Kai Neintal auch für die jüngsten Morde die Schuld trägt?«

Normalerweise ließ sie sich nicht zu Antworten hinreißen, aber heute blieb sie stehen und erwiderte emotionslos: »Kai Neintals Schuld muss ein Gericht feststellen. Ich habe die Aufgabe, die Wahrheit herauszufinden und das mit aller Gründlichkeit.« Sie hoffte, die Botschaft würde ankommen.

Auf dem Flur fing man sie ab, schickte sie direkt zum

Kommissariatsleiter, dort holte sie sich ihren Rüffel ab. Dennoch ließ sie sich nicht beirren und trat anschließend entschlossen vor ihr Team, um ohne Umschweife über die Schlappe der vergangenen Nacht zu berichten.

Als sie wenig später in ihrem Büro saß, erschien Kommissarin Katja Zielke.

»Sagen Sie mir, dass Sie irgendetwas gefunden haben«, bat Henriette sie herein.

»Womöglich«, antwortete die andere zögerlich. »Mir ist etwas aufgefallen. Und zwar geht es um Nora Roth, Kai Neintals erstes Opfer. Damals gab es noch eine zweite Verkäuferin, die eigentlich zum Dienst eingeteilt gewesen war. Die hatte kurzfristig mit Nora Roth die Schicht getauscht. Die damaligen Ermittler haben diesem Umstand kein besonderes Interesse geschenkt, da das wohl oft vorkam. Außerdem ging man davon aus, dass Nora Roth ein Zufallsopfer von Neintal gewesen war.« Sie holte Luft und fuhr fort. »Die damalige Verkäuferin, angeblich eine gute Freundin von Nora Roth, hat wenig später deren Freund geheiratet.«

»Passiert öfter, als man denkt«, gab sich Henriette nachdenklich. »Beide trauern um denselben geliebten Menschen und kommen sich so näher.«

»Nach drei Monaten?«, erwiderte die Kommissarin spöttisch. »Ich habe mich umgehört.«

»In der kurzen Zeit?«, zeigte sich ihre Vorgesetzte beeindruckt.

»Soziale Netzwerke, virtuelle Klassentreffen, es war relativ einfach, jemanden zu finden, der sich an die beiden Frauen erinnert und bestätigt, dass es da immer schon viel Eifersucht gegeben hat.«

»Und wie heißt diese Verkäuferin?«, wollte Henriette wissen.

»Herbold.« Sie verbesserte sich: »Geborene Herbold, verheiratete Gummer, Vorname Claudia. Claudia Gummer, die zufällig die letzten Jahre auch die beste Freundin von Susanne Kranz war. Und noch etwas«, sagte die Kommissarin triumphierend. »Während Hansjörg Gummer, also der damalige Freund des ersten Opfers, ein hieb- und stichfestes Alibi hatte, war Claudia Gummer vor dreißig Jahren angeblich alleine zu Hause.«

»Holt sie her«, entschied sich Henriette, »sehen wir mal, wie kooperativ die Dame ist.« Dann wandte sie sich an die Kollegin und meinte mit einem anerkennenden Lächeln: »Gute Arbeit!«

* * *

ZUR GLEICHEN ZEIT

Raimund Prauch saß an der Orgel. Seine Finger flogen über die Tasten, als hätten sie ein eigenes Bewusstsein, als wüssten sie ohne sein Zutun, wie sie dem Instrument die richtigen Töne entlocken konnten. Auch seine Füße betätigten ganz automatisch das Pedal, während seine Augen die Noten der Partitur fixierten. Er hätte sie nicht gebraucht, kannte das Stück auswendig, aber es gehörte eben zum Ritual. Sein Verstand fing an, sich vom Orgelspiel zu lösen. Es war wie bei den Menschen, die eine Computertastatur blind bedienen konnten. Ohne es zu bemerken, schlug er die Tasten nun heftiger an, denn seine Gedanken wanderten zurück.

Am frühen Morgen hatte man ihn zu Hause aufgesucht. Zwei Polizisten, völlig unerwartet. Er musste geschockt ausgesehen haben, denn sofort hatte ihn einer der beiden beruhigend angesprochen. Der Mann hatte sich vorgestellt, ein gewisser Oberkommissar Fred soundso.

»Wir würden Ihnen gerne einige routinemäßige Fragen stellen. Keine Sorge«, hatte der gesagt.

Prauch war dennoch in Sorge, riss sich aber zusammen und bat die Männer in den kleinen Wintergarten, in den man direkt von der Haustür aus gelangte. Eine kluge Investition, wie er in dem Moment wieder einmal feststellte. So konnte man unerwünschte Besucher aus dem Rest des Hauses fernhalten, ohne unhöflich zu wirken. Im Wintergarten standen vier Stühle um einen Tisch, außerdem einige Pflanzenkübel, das war einladend genug.

»Setzen Sie sich«, sagte er höflich. Der Raum war nicht besonders gemütlich und eine dünne Staubschicht lag wie Puderzucker über der Glasplatte des Tisches, während in den Ecken Spinnweben ihr Dasein fristeten. Dennoch konnte keiner behaupten, er hätte den Polizisten den Zugang zu seinem Heim verweigert. Kaffee bot er nicht an, das wäre übertrieben gewesen, stattdessen setzte er sich, stöhnte ein wenig, machte eine kurze Bemerkung über schmerzende Bandscheiben und fragte dann höflich: »Wie kann ich helfen?«

Er hatte zwar nicht mit ihnen gerechnet, war aber dennoch vorbereitet.

»Ja, Andrea Kranz, die hatte mich für ihre Trauung gebucht, schreckliche Sache«, gab er bereitwillig Auskunft.

Sie stellten weitere Fragen.

»Daniela Esser, nein, der Name sagt mir nichts«, antwortete er und versuchte so zu wirken, als würde er angestrengt nachdenken.

Man klärte ihn auf und er zeigte sich bestürzt: »Jetzt

erinnere ich mich, das Mädchen, das vor der Hochzeit verschwand. Dresden, nicht wahr?«

»Nein, Leipzig 2005«, verbesserte ihn der Oberkommissar.

»Sie müssen verzeihen, ich habe in den letzten Jahren bei Hunderten von Trauungen den Hochzeitsmarsch gespielt. Er lächelte, bemerkte, wie man ihm Sympathie entgegenbrachte. Vermutlich hielten ihn die Polizisten für einen liebenswerten Sonderling. Einen zerstreuten Künstler.

»Wir stießen auch im Zusammenhang mit der Hochzeit einer gewissen Sylvia Löblich auf Ihren Namen. Sie hatte Sie ebenfalls gebucht. Erinnern Sie sich noch?«

Na endlich, dachte er. *Sie kommen auf den Punkt.*

»Ob ich mich daran erinnere?«, stieß er ein wenig empört hervor. »Natürlich erinnere ich mich an Sylvia und den Schaufenstermord«, erwiderte er trotzig. »Sie hatte mich damals gebeten, bei ihrer Hochzeit zu spielen. Vor dreißig Jahren fing meine Karriere, wenn Sie so wollen, gerade erst an. Ich habe an Pinnwänden in Supermärkten Werbezettel ausgehängt.« Er schüttelte ein wenig belustigt, aber auch melancholisch den Kopf, wie um zu sagen: »Das waren noch Zeiten!«

»Sie haben Frau Löblich persönlich gekannt?«

»Ja, das steht doch bestimmt auch in Ihren alten Akten. Und wie ich damals schon ausgesagt habe, kannte ich ihren Verlobten, diesen Neintal, nicht. Ich habe heute Morgen die Zeitung gelesen«, fügte er noch müde an. »Ich weiß, dass der Fall wieder aufgerollt wird. Deshalb sind Sie doch hier, oder nicht?«

»Wir untersuchen in erster Linie die aktuellen Morde«, gab ihm der Oberkommissar eine ausweichende Antwort. »Da gehört es dazu, bei Überschneidungen nachzuhaken. Wir sprechen mit Catering-Unternehmen,

Standesbeamten, Blumenhändlern, vor allem, wenn deren Namen bei unseren Ermittlungen öfter auftauchen.«

»Sylvia Löblich hat ihre Trauung abgesagt und mich entsprechend informiert. Ich kannte keine Einzelheiten, was das Warum betraf, und die haben mich auch nicht interessiert. Sie hat sich danach nie wieder bei mir gemeldet.« Er erschien etwas verärgert. Die Beamten waren sicher davon ausgegangen, dass ihn die unterschwellige Verdächtigung nervte, aber in Wirklichkeit war es etwas anderes gewesen.

Unangemessen heftig spielte er jetzt das Crescendo. Wie hatten sie ihn mit Catering-Firmen und Blumenhändlern in einen Topf werfen können?! Seine Hände bewegten sich immer hektischer hin und her, fast wie im Rausch. Er war ein Künstler, ein Mann mit einem besonderen Talent, kein Gärtner oder Kellner.

»Leben Sie hier allein?«, hatte ihn der Oberkommissar bei der Verabschiedung neugierig gefragt.

»Nein, meine Frau und ich haben dieses Häuschen nach unserer Hochzeit bezogen und werden hier zusammen alt werden.« Er hatte lächelnd angefügt: »Vermutlich sogar zusammen hier sterben.«

Die Beamten waren gegangen und Prauch zu seinem Termin aufgebrochen.

Plötzlich erinnerte er sich, wo er war, und dass er schon viel zu lange gespielt hatte. Abrupt brach er ab, hörte das erleichterte Räuspern des Pfarrers und dessen Stimme, die

die Anwesenden nun aufforderte, ihre Gelübde zu sprechen.

Raimund Prauch schlug die Seiten der bekritzelten Notenblätter um, wartete auf sein Stichwort. Was sollte er nur tun? Lily sprach nicht mehr mit ihm, etwas musste vorgefallen sein.

Ganz weit entfernt hörte er, wie die Worte: »Lasst uns gemeinsam singen«, immer wieder an seine Ohren drangen.

Er hatte seinen Einsatz verpasst, riss sich jedoch schnell zusammen und begann erneut zu spielen. Es war eine Melodie, die den Herrn lobpreisen sollte, also spielte er mit entsprechender Erhabenheit, widmete das Stück in diesem Moment seiner Frau. Ihr galt seine ganze Bewunderung, sie war sein Leben. Wieder änderte sich seine Stimmung. Was, wenn sie nun endgültig gehen würde? Die Drohung war noch nicht ausgesprochen, aber sie lag in der Luft. Er konnte fühlen, wie sie sich von ihm zurückzog, wie sie ihm aus dem Weg ging. Es war genauso wie damals, fast rechnete er damit, dass er heute nach Hause käme und wieder den gepackten Koffer im Flur finden würde.

»Ich ertrage dich nicht länger«, hatte sie vor langer Zeit gesagt und er ihr geschworen, sich zu ändern. »Nur eine Chance, bitte, gib mir noch eine Chance.«

Hatte er die jetzt vielleicht vertan? Wieder vergaß er erneut alles um sich herum. Sein Spiel wurde schneller, aggressiver, längst konnten die unausgebildeten Singstimmen der Hochzeitsgäste nicht mehr mithalten. Was aus den vielen Pfeifen des Instruments nun in die große Basilika drang, wäre unter anderen Umständen einem Liebhaber von Kirchenmusik wie ein magischer Moment erschienen, alarmierte hier und heute jedoch den Küster. Der Mann eilte die Stufen zur Empore hinauf und fand einen völlig außer sich geratenen Raimund Prauch vor. Wie ein Besessener schlug der auf die Tasten ein, über seinem Gesicht lag ein dünner Schweißfilm, das Haar stand ihm wirr vom Kopf, und sein Mund wirkte seltsam verzogen, so als müsste er eine große Qual ertragen.

Der Bedienstete des Gotteshauses tippte ihm erst sanft, dann fester auf die Schulter.

Endlich brach Prauch ab, sah mit unstetem Blick in das Gesicht des anderen, bevor er aufsprang, zur Brüstung stürzte und sich darüber lehnte, als wollte er sich hinabstürzen. Aber stattdessen begann er zu sprechen. Erst leise, sodass ihn die Menschen unten nicht verstehen konnten. Sie sahen mit bestürzten Gesichtern nach oben – die Braut, den Tränen nahe, weil ihr Prauch gerade den schönsten Tag ihres Lebens zerstörte, der Bräutigam ärgerlich bei dem Gedanken, was ihn der Organist gekostet hatte, und der Pfarrer in tiefer Sorge ein Gebet murmelnd.

Der Küster wollte Prauch zurückziehen, aber in seiner Wut und seinem Wahn brachte der Organist genug Kraft auf, sich zu widersetzen.

»Ihr seid es alle nicht wert.« Sein Zeigefinger deutete Richtung Braut. »Ihr werdet den Eid, den ihr leistet, nicht halten können, das könnt ihr nie. Verlogene Weiber, geboren, um uns ins Unglück zu stürzen.«

Der Trauzeuge des Bräutigams kicherte daraufhin albern, riss sich aber schnell zusammen, als ihn der mahnende Blick seines Freundes traf und der sagte: »Ich werde das jetzt beenden.« Mit diesen Worten eilte der Bräutigam davon.

»Geh, bevor sie dir das Herz bricht, du wirst sie nicht halten können, niemand kann das, nur der Tod!«, rief Prauch von oben, dann endlich gelang es dem Küster, den Organisten nach hinten zu ziehen. Allerdings beendete erst der Faustschlag des Bräutigams die Schimpftiraden des Mannes.

Die Braut hatte die Kirche bereits weinend verlassen, die anderen Anwesenden, teils vor Schock erstarrt, teils aus Neugier, saßen immer noch in den Bänken, als Polizei und Notarzt eintrafen.

»Der Typ gehört hinter Gitter«, beendete der Bräutigam seine Aussage, während Raimund Prauch auf dem Weg in eine Klinik war. Man hatte ihn sediert und doch rief er während der gesamten Fahrt ununterbrochen nach seiner Frau Lily.

* * *

An diesem Tag sollten sich die Ereignisse überschlagen. Streifenkollegen informierten die Hauptkommissarin über die seltsame Szene, die sich während einer Trauung zugetragen hatte.

Henriettes Oberkommissar wurde sofort hellhörig und erzählte ihr von Raimund Prauchs Vernehmung am Morgen. »Der machte auf uns einen völlig harmlosen Eindruck. Hat alle Fragen beantwortet, war vielleicht etwas angepisst, weil wir ihn überprüft haben, aber ansonsten nicht anders als die anderen Zeugen.«

»Andrea Kranz und Daniela Esser hatten ihn gebucht und Sylvia Löblich hat er auch gekannt«, bemerkte die Hauptkommissarin.

»Ja, aber erstens ist das nicht verwunderlich, der Mann ist deutschlandweit so etwas wie ein *Must-have* bei einer Hochzeit und das schon seit Jahrzehnten, sodass es wirklich ein Zufall sein kann. Wir sind bei Andrea Kranz und Tabea Pröhl auch auf den gleichen Blumenhändler gestoßen, zudem fanden wir keine Verbindung zwischen Prauch und Tabea Pröhl«, ergänzte er noch.

»Offensichtlich liegt bei Raimund Prauch dennoch etwas im Argen«, erwiderte Henriette ungeduldig. »Ich will jedenfalls sofort mit dem Mann sprechen.«

Keine zwanzig Minuten später erreichten die Beamten die Klinik. Der zuständige Oberarzt war vom Besuch der Polizei wenig begeistert. »Der Mann hatte einen Nervenzusammenbruch, wir mussten ihm starke Beruhigungsmittel geben. Der wird Ihnen in seinem aktuellen Zustand nichts sagen und ich kann eine Befragung unter Berücksichtigung seiner gesundheitlichen Verfassung auch nicht gutheißen.«

»Wir ermitteln in einem Mordfall«, sagte Henriette eindringlich.

»Es tut mir leid, aber er ist nicht ansprechbar.« Dann schien er es sich jedoch anders zu überlegen und schlug vor: »Bitte, überzeugen Sie sich selbst.«

Man führte sie zu einem Krankenzimmer. Der Arzt ging voran, ließ die Beamten eintreten und machte eine ausladende Handbewegung Richtung Bett.

Henriette verstand das als Aufforderung und näherte sich dem Patienten. Wie ihr der Arzt bereits bestätigt hatte, war der Mann im Bett kaum ansprechbar.

Trotzdem versuchte es die Polizistin. »Herr Prauch, wissen Sie etwas über den Mord an Andrea Kranz oder Tabea Pröhl? Haben Sie Nora Roth gekannt?«

»Tot«, antwortete ihr Prauch mit abwesendem Blick.

»Ja, sie sind alle tot«, versuchte Henriette, ihn zum Sprechen zu bringen.

»Tot, der Tod lässt sie ihren Eid einlösen.«

»Welchen Eid?«, hakte Henriette, trotz der Aufforderungen des Arztes, damit aufzuhören, nach.

Der Patient wurde hektisch. Speichel lief ihm aus dem

Mundwinkel, und mit den Fingern machte er seltsame Bewegungen. Henriette verstand: Er bewegte die Hände über eine imaginäre Tastatur.

»*Welchen Eid?*«, fasste die Beamtin erneut nach.

Plötzlich schnellte Prauch in die Höhe. Für einen Moment war er völlig klar, blickte sie boshaft an und zischte: »Den Eid, ewig bei ihrem Ehemann zu bleiben, den Eid der ewigen Liebe und Treue, auch über das Leben hinaus. Fragen Sie Lily, sie hat es verstanden, sie hat den Todeseid geleistet.«

Seine Hände glitten jetzt nicht mehr durch die Luft, sondern verkrampften sich. Der Mann sank zurück in die Kissen, und sein Körper begann zu zucken.

»Raus hier, aber sofort jetzt!«, brüllte der Oberarzt und drückte einen Alarmknopf.

Augenblicklich eilte medizinisches Personal herbei und scharte sich um den Patienten. Die Beamten schob man dabei unsanft aus dem Raum.

Einige Minuten später schien sich Prauch erholt zu haben, der Arzt trat mit wütender Miene auf sie zu. »Ich hoffe, Sie sind jetzt zufrieden«, äußerte er sich vorwurfsvoll.

Henriette dachte nicht daran, sich zu entschuldigen, sondern fragte: »Wer ist Lily?«

»Seine Frau«, blaffte der Arzt, »wir versuchen sie seit seiner Einlieferung zu erreichen. Vielleicht machen Sie sich nützlich und übernehmen das.«

»Sicher«, antwortete Henriette und überhörte auch dieses Mal den patzigen Ton des Arztes. Ohne ein weiteres Wort ging sie davon, zog ihr Handy aus der Tasche und forderte ein Team an.

»Ich weiß nicht, was uns da erwartet«, sagte sie auf dem Weg nach draußen zu ihrem Oberkommissar, »aber ich habe ein mieses Gefühl.«

* * *

Stefan Junck war an diesem Morgen auf dem Weg zu Christina. Er hatte von der fehlgeschlagenen Verhaftung gehört und auch, dass sie deshalb sehr aufgebracht gewesen war. Natürlich fühlte er sich schuldig. Ihm war nie daran gelegen gewesen, Christina Leid zuzufügen. Aber er wusste auch, dass Henriette keine andere Wahl gehabt hatte. Sie war gezwungen gewesen, in der Sache Kai Neintal aktiv zu werden.

Jetzt machte er sich um Christina Sorgen. Er hatte den Torbogen, durch den man zu Christinas Wohnung gelangte, noch nicht erreicht, als er bereits die Meute Reporter davor erkannte. Die Medien hatten also herausgefunden, dass Neintal eine Tochter hatte.

Kameras blitzten und jemand rief: »Sie kommt!«

Offenbar war Christina gerade in die Hände der schreibenden Zunft geraten. Junck beeilte sich, wollte ihr wenigstens zur Seite stehen. Er hörte erst nur Stimmengewirr, dann jedoch ergoss sich ein Schwall Fragen wie ein heftiges Flächenbombardement über die Neunundzwanzigjährige.

»Wie fühlt es sich an, wenn der Vater ein Mörder ist?« – »Haben Sie Angst vor Kai Neintal?« – »War Ihre Mutter einem Wahnsinnigen verfallen?« Solche und ähnliche Äußerungen erreichten Juncks Ohr.

Wütend kämpfte er sich durch die Menge. Christina war regelrecht umzingelt und augenscheinlich überfordert mit der Situation. Instinktiv hatte sie den Kopf eingezogen, hielt eine Hand schützend vors Gesicht, wollte so Pressefotos vermeiden. Endlich erreichte er sie, schlang seinen linken Arm um die gebückte Gestalt und zog sie mit sich.

Man fotografierte nun auch ihn, vermutlich würden

sie ihn erkennen und damit eine weitere Schlagzeile produzieren, aber das war Junck in diesem Moment gleichgültig.

Sie erreichten den Torbogen und er blaffte: »Ab hier beginnt Privatbesitz, Sie haben keinen Zugang. Bitte gehen Sie, sonst rufen wir die Polizei.« Er hatte keine Ahnung, ob er befugt war, die Presse wegzuschicken, aber das spielte keine Rolle. Sein Auftreten verlieh der Drohung zumindest Nachdruck und man folgte ihnen nicht in den Hof. Junck blickte sich noch einmal um, als er Christina die wenigen Stufen zu ihrem Ladengeschäft nach oben dirigierte.

Das war das erste Mal, dass er ihn sah. Er war groß, überragte die Reporter, die sich wie eine Wand vor ihm postiert hatten und immer noch Fragen in Christinas Richtung schleuderten.

Junck registrierte die Glatze und die wachen Augen, die ihn genau beobachteten. Für eine Sekunde war er versucht loszustürmen und zu rufen: »Haltet den Mann, da ist er, da ist Kai Neintal!« Er unterließ es jedoch, wusste, dass er ihn nie rechtzeitig erreichen würde. Ein kurzer Wimpernschlag, und der Mann war verschwunden.

Christina hatte mittlerweile aufgeschlossen und stürzte in ihre Wohnung, Junck folgte ihr.

*   *   *

Das Haus von Raimund Prauch lag in einem ruhigen Wohnviertel. Eines der wenigen im Frankfurter Raum, das aus lauter Einfamilienhäusern bestand. Auch das der Prauchs hatte einen kleinen Garten und war durch eine mannshohe Mauer vor neugierigen Blicken geschützt.

»Exklusive Wohngegend«, bemerkte die Hauptkommissarin, als ihr Oberkommissar den Wagen abstellte.

»Nach Prauchs Angaben hat er das Haus nach der Eheschließung gekauft. Für mich sah es ein bisschen runtergekommen aus, vermutlich hat er ordentlich an der Hypothek zu knabbern.«

»Bis jetzt haben wir in unseren Datenbanken nichts über die Ehefrau gefunden«, informierte ihn Henriette, die eben mit den Kollegen im Büro telefoniert hatte. »Im Internet gibt es ein altes Bild von ihr zusammen mit Prauch nach einem Orgelkonzert. Sie reichte dem Kollegen das Handy, um ihm das Foto zu zeigen, das man ihr von der Dienststelle geschickt hatte.

»Nicht viel zu erkennen«, kommentierte der Oberkommissar die Aufnahme. »Aber zumindest wissen wir jetzt, dass diese Lily kein Hirngespinst ist. Fragt sich nur, warum sie nicht ans Telefon geht oder auf die SMS der Klinik reagiert hat.«

»Prauch hat ihre Handynummer in seinem Smartphone gespeichert. Offensichtlich existiert der Anschluss noch«, entgegnete Henriette. »Womöglich benutzt sie ihn nur nicht mehr. Sicher werden wir das gleich erfahren.«

Sie näherten sich dem Gartentor, drückten auf die Klingel und warteten. Henriette versuchte es mehrere Male, bevor sie sich entschloss, das Grundstück zu betreten.

»Du hast recht«, sagte sie nach einem ersten Blick auf den verwilderten Rasen, »sieht so aus, als hätte keiner der beiden Freude an Gartenarbeit.«

Am Haus fielen der Hauptkommissarin die dreckigen Fenster auf. Besonders wohnlich wirkte das Gebäude jedenfalls nicht. Die angeforderten Kollegen versammelten sich hinter Henriette und warteten auf Anweisungen.

Es folgte weiteres Klopfen an Tür und Fenster, schließlich Rufen und am Ende wählte Henriette die Handynummer von Prauchs Frau. Deutlich hörten sie im Haus das Klingeln, aber wieder nahm keiner ab.

»Wir öffnen die Tür«, entschied die Beamtin, »da stimmt etwas nicht.«

»Hier haben wir heute Morgen gesessen«, informierte sie der Oberkommissar, als sie als Erstes den Wintergarten betraten.

»Den Rest der Wohnung habt ihr nicht gesehen?«

Fred schüttelte den Kopf. »Nein, und auch Frau Prauch bekamen wir nicht zu Gesicht.«

Henriette war angespannt, als sie nach der Hausherrin rief. Wie sie befürchtet hatte, erhielt sie keine Antwort. Es schien so, als wäre das Gebäude verlassen. Beherzt öffnete die Beamtin die Zwischentür, die den Rest des Hauses und den Wintergarten verband.

Ein merkwürdiger Geruch schlug ihr entgegen. »Das riecht nach … Duftspender.« Sie rümpfte die Nase.

»Ekelhaft«, meinte ihr Kollege, »als würde man auf einem Berg Toilettensteine sitzen und den Geruch inhalieren.«

Henriette hatte das Wohnzimmer erreicht und deutete auf die Heerscharen erloschener Kerzen in verschiedenen Farben und Größen »Ich denke, hier haben wir den Auslöser: Duftkerzen. Passt zu der Grabbeigabe bei Andrea Kranz.«

Sie bewegten sich weiter durch die Wohnung. Auch im Flur und der Küche entdeckten sie zahllose abgebrannte Kerzenstummel. Selbst neben dem dreckigen Geschirr und einer Batterie gebrauchter Schnapsgläser hatte man welche platziert. Vor der Spüle standen leere Flaschen, und klebrige Flecken auf dem abgewetzten Linoleum zeugten davon, dass hier schon lange keine Reinigung mehr stattgefunden hatte.

Ihr Weg führte sie an einem unaufgeräumten Arbeitszimmer vorbei, dessen Regale mit Notenheften vollgestopft waren. Auf dem Schreibtisch stand ein ungefähr ein Meter langes Gebilde aus Metall. Henriette erkannte erst auf den zweiten Blick, dass es eine Orgelpfeife darstellen sollte. Eine daran befestigte Plakette wies den Inhaber dieser außergewöhnlichen Kreation als Gewinner eines begehrten Musikpreises im Jahre 1995 aus. »Wir gratulieren einem ausgezeichneten Organisten« hatte man in die Orgelpfeife gestanzt. Henriette schüttelte bedauernd den Kopf. Was hatte Raimund Prauch nur so aus der Bahn geworfen? Wie es aussah, war er doch auf einem sehr erfolgreichen Weg gewesen.

Der Oberkommissar drängte sie weiterzugehen und kurz darauf erreichten sie eine geschlossene Tür. Henriette klopfte und rief nach Frau Prauch, erhielt aber, wie zu erwarten, keine Antwort. Schließlich drückte sie die Klinke nach unten und trat ein.

Sie hatten Lily Prauch gefunden. Die Frau starrte die Beamtin an, schien nicht entrüstet über ihr Eindringen, sondern wirkte vielmehr dankbar, endlich entdeckt worden zu sein. So zumindest war Henriettes erster Eindruck, auch wenn sie später nicht mehr sagen konnte, warum sie in dem Moment so empfunden hatte.

* * *

ETWA ZUR GLEICHEN ZEIT

»Schon wieder ein Chauffeurjob«, witzelte Elga, als Junck sie anrief.

»Tut mir leid, aber ja, wir müssen Christina wegbringen. Die Reporter belagern sie. Wenn ich ein Taxi rufe, weiß ich nicht, ob der Fahrer den Mund hält.«

»Aber mir vertraust du?«, fragte sie spitzbübisch.
»Absolut«, entgegnete er ernst, was Elga berührte.
»Ich bin gleich da.«

Als Elga sie erreichte, hatte Christina ohne Widerworte einen kleinen Koffer gepackt, während Junck telefoniert hatte.

Der Wagen parkte direkt vor dem Ladengeschäft und dank der geringen Größe konnte Elga ihn mühelos wenden und aus dem Hof steuern, ohne Aufmerksamkeit auf sich zu ziehen. Der größte Teil der Reporter war ohnehin schon abgezogen.

»Fahr ein paar Runden durch die Stadt, ich will sicher sein, dass uns niemand folgt.«

»Du verstehst es, unsere Dates aufzupeppen«, witzelte Elga. »Gestern ein Leichenfund, heute eine Verfolgungsjagd, was kommt als Nächstes? Eine Festnahme?«

»Tut mir leid«, reagierte Christina, bevor sich Junck dazu äußern konnte. »Das ist alles meine Schuld. Hätte ich nur auf dich gehört«, wandte sie sich an Stefan. »Du hattest recht, manchmal ist es besser, die Vergangenheit ruhen zu lassen. Jetzt wissen alle, wer mein Vater ist, und mein Leben wird nie wieder so sein wie früher. Ich begreife immer besser, warum meine Mutter mir die Wahrheit die ganzen Jahre über verschwiegen hat. Ich bin so dumm«, rief sie und fing an zu weinen.

»Nicht«, mischte sich Elga ein. »Was auch immer passiert, wir sind für dich da, versprochen«, sagte sie liebevoll. »So wie du für mich und meine Mutter da warst. Und du wirst sehen, das geht alles vorbei.«

Junck drehte sich zu der jungen Frau auf der Rückbank um und reichte ihr ein Taschentuch. »Es tut mir wirklich leid«, sagte er aufrichtig. »Ich hätte dir das alles gerne erspart. Und ich schließe mich Elga an, ich bin für dich da und wir stehen das gemeinsam durch. Auch wenn es schmerzhaft ist, ist es an der Zeit, dass die Wahrheit ans Licht kommt.«

Christina schnäuzte sich die Nase und murmelte: »Danke!«

Elga, die mittlerweile kreuz und quer durch Frankfurt gefahren war und jeden etwaigen Verfolger abgehängt hatte, fragte schließlich: »Und wohin jetzt?«

***

IM HAUS VON RAIMUND UND LILY PRAUCH

Henriettes zweiter Blick fiel auf das Hochzeitsfoto. Es stand auf Lilys Nachttisch neben den obligatorischen Kerzen und einer Vase mit langstieligen Rosen, die anfingen, die Köpfe hängen zu lassen. Die Aufnahme zeigte ein glückliches Paar, einen strahlenden Bräutigam und eine schüchtern lächelnde Braut.

»Wir haben die Ehefrau gefunden«, hörte Henriette neben sich Freds Stimme. Er machte Meldung. »Ja, schickt die Gerichtsmedizin«, sagte er gerade und meinte dann noch: »Scheint so, als hätten wir einen Tatort betreten.«

Bedauernd betrachtete die Hauptkommissarin erneut Lily Prauch. Die wenige verbliebene Haut über dem Skelett war mit den Jahren ledrig geworden, vermutlich hatte aufgrund von Temperatur und Luftzug eine Art Mumifikation stattgefunden. Die Leiche saß aufrecht, gestützt von Kissen, im Bett. Jemand hatte ihr Kleider angezogen; sie hingen wie Säcke über den Knochen. Sogar eine Bernsteinkette lag um ihren Hals, die wie das Halseisen eines Gefangenen wirkte. Um den fast kahlen Schädel war ein buntes Tuch gebunden, ebenfalls ein unglücklicher Versuch, dem Skelett der Toten das vertraute Äußere der Lebenden zu geben.

»Wie lange, schätzt du, ist sie schon tot?«, fragte der Oberkommissar unbehaglich.

»Mehrere Jahre, würde ich sagen«, erwiderte Henriette kopfschüttelnd. »Und keiner hat etwas bemerkt«, stieß sie dann geschockt hervor.

»Die vielen Duftkerzen haben sicher den Geruch überlagert«, warf Fred ein.

»Das mag sein, aber man muss sie doch vermisst haben. Nachbarn, Freunde, Familie? Hat denn keiner zu der Frau Kontakt aufnehmen wollen?«

Der Oberkommissar zuckte mit den Schultern. »Wir werden uns umhören, aber so was kommt vor. Menschen vergessen einander.«

Sie sah ihn mit großen Augen an. Seine Worte hatten traurig geklungen und automatisch nahm sie daher an, er hätte schon ähnliche Erfahrungen gemacht. Da er jedoch schwieg, hakte sie nicht nach.

Den beiden Beamten kam die anschließende Zeit bis zum Eintreffen des Gerichtsmediziners unendlich lange vor. Beide waren erleichtert, als David Thom und sein Assistent auftauchten.

David begrüßte die Hauptkommissarin mit einem zärtlichen Lächeln, das sie erwiderte, ohne sich an den Kollegen im Raum zu stören.

Zügig streifte sich Thom die Handschuhe über und begann mit seinen Untersuchungen. »Sie ist unter diesen Umständen erstaunlich gut erhalten«, gab er ein erstes Urteil ab. Dann schlug er die Bettdecke zurück und schnalzte mit der Zunge, so als wollte er seinen Kommentar von eben revidieren. Die Beamten wussten, warum er das tat. Einige der Knochen waren nicht mehr mit dem Rest des Skeletts verbunden, unter anderem lagen die Zehenknochen verstreut im Bett. Auch der rechte Unterschenkel und die Kniescheiben waren zwar ordentlich auf dem Laken in Position gerückt, aber vom Körper gelöst.

»Vermutlich wurde die Leiche häufig bewegt«, bemerkte Thom. Sein Blick wanderte, wie auch der der Polizisten, zu dem Rollstuhl in der Ecke, auf dem eine dicke karierte Decke lag. Der Assistent sah ihn sich genauer an und stellte fest: »Hier liegt ein Knochen, *Os pisiforme*. Das vermute ich zumindest.«

Die Köpfe der Beamten drehten sich zu David Thom.

»Das Erbsenbein, ein Handwurzelknochen«, erklärte der sofort. »Anzunehmen, dass wir noch mehr der kleinen Knochen in der Wohnung finden werden.«

»Wann starb sie?«, fragte Henriette ungeduldig.

»Genau kann ich das nicht sagen, dafür muss ich sie gründlicher untersuchen.«

»Todesursache?«

»Das Loch im Schädel ist unübersehbar. Für einen Sturz ist es eine zu ungewöhnliche Stelle, deshalb sieht es nach Fremdeinwirkung aus. Stumpfe Gewalt, ein Baseballschläger, ein Rohr, etwas Abgerundetes.

Henriette eilte davon und kam kurz darauf mit dem Musikpreis zurück. Obwohl sie Handschuhe trug, hielt sie die nachgebildete Orgelpfeife mit äußerster Vorsicht. »Kommt das hier als Tatwaffe infrage?«, wandte sie sich an den Arzt.

Der nickte zustimmend und bat seinen Assistenten, den Gegenstand sorgfältig für den Transport ins Labor vorzubereiten.

»Das ganze Anwesen gründlich durchsuchen, auch Prauchs Fahrzeug«, gab Henriette schließlich Anweisung an die Kollegen und zog sich mit Fred zurück.

»Sieht so aus, als hättest du den Fall gelöst«, sagte der anerkennend. »Ich hatte Prauch jedenfalls nicht auf der Liste der Verdächtigen.«

Henriette zeigte sich jedoch wenig euphorisch, sondern sagte gestresst: »Wir müssen jede Kleinigkeit überprüfen. Ich will nicht nur den Beweis, dass er seine Frau ermordet hat, ich will ihn für alle Morde drankriegen, einschließlich dem Schaufenstermord. Dafür muss seine Schuld jedoch zweifelsfrei feststehen und alle Fragen beantwortet sein. Wir geben den Fall erst aus der Hand, wenn jedes Puzzleteil an seinem Platz liegt.«

KAPITEL 14

Die Villa der Familie von Born

Junck hatte Alexandra bereits über ihren kurzfristigen Gast informiert. Sie stand daher gespannt vor der Villa, als Elga mit ihrem klapprigen Wagen die mit weißem Kies aufgeschüttete Auffahrt hinauffuhr.

Junck stieg aus und begrüßte seine Ex-Frau mit flüchtigen Küssen auf die Wangen. »Ich habe nicht viel Zeit«, sagte er hektisch. »Sorge dafür, dass niemand erfährt, dass Christina bei dir ist.«

Alexandra neigte den Kopf schräg, als sie die junge Frau erblickte. »Ich kenne Sie von der Eckkneipe. Sie hatten Streit mit Stefan«, sagte sie neugierig anstatt einer Begrüßung.

»Wir haben uns wieder vertragen«, ging Stefan ungeduldig dazwischen und wedelte mit der Hand. »Geht besser ins Haus, nicht dass uns doch noch jemand sieht.«

»Keine Sorge, wir sind geübt darin, uns die Presse vom Hals zu halten.« Und an Christina gewandt sagte sie fasziniert: »Sie haben unglaublich tolle Haare.«

Junck rollte mit den Augen, es war typisch für Alexandra, den Ernst einer Situation zu ignorieren und sich mit Unwichtigkeiten zu befassen.

Elga war zwischenzeitlich ebenfalls ausgestiegen. Sie hatte keine Ahnung, wo sie hier war noch bei wem, und kam sich dennoch sofort wie das fünfte Rad am Wagen vor. Offenbar war Junck der fremden Frau sehr zugetan.

Als er Elga neben sich bemerkte, sagte er zu ihr: »Das ist Alexandra von Born.« Erst jetzt wurde ihm bewusst, dass ihn seine Sorge um Christina hatte vergessen lassen, in welch unangenehme Situation er die beiden Frauen, insbesondere Elga, gebracht hatte. Jetzt konnte er nur noch versuchen das Beste daraus zu machen. Deshalb sprach er freiheraus weiter: »Alexandra ist Henriettes Mutter und meine Ex-Frau.« Alexandra amüsierte es, ihn in Verlegenheit zu sehen. Als er dann jedoch sagte: »Und das ist Elga Rodriguez, meine Freundin«, da erstarrte sie für einen Moment.

Elga hauchte: »Freut mich«, meinte damit vor allem, dass Stefan sie nicht als irgendeine Freundin, sondern als *seine* Freundin vorgestellt hatte.

Alexandra riss sich zusammen, erwiderte den Gruß, spürte allerdings den deutlichen Stich in ihrem Herzen. Sie gönnte Stefan sein Glück, aber in der Vergangenheit hatte er ihr noch nie eine seiner Freundinnen vorgestellt. Es fühlte sich unangenehm an, wie ein endgültiger Verlust.

Noch bevor sie weiter darüber nachdenken konnte, berührte Stefan sie an der Schulter, murmelte: »Ich danke dir, ich melde mich später«, gab Elga ein Zeichen, und kurz darauf verschwand der kleine Wagen aus Alexandras Sichtfeld.

»Sie wohnen hier wie in einem Schloss«, riss sie Christinas Bewunderung aus ihren Grübeleien.

»Ja«, erwiderte Alexandra bemüht, gut gelaunt zu klingen. »Kommen Sie, ich zeige Ihnen den Rest.« Im Stillen dachte sie jedoch: *Ja, ich lebe in einem Schloss. Aber leider ohne einen Prinzen.*

* * *

DIENSTSTELLE DER KRIMINALPOLIZEI

Auf dem Revier herrschte helle Aufregung. Der Fund von Lily Prauch und die Schlussfolgerungen, die sich dadurch ergaben, hatten bereits die Runde gemacht.

»Wir können also abschließen?«, begrüßte sie der Kommissariatsleiter mit einem fetten Grinsen. »Wir haben unseren Mörder?«

Henriette hätte das gerne mit einem »Ja« beantwortet, jedoch sagte sie zurückhaltend: »Wir haben *einen* Mörder. Prauch ist weiterhin nicht ansprechbar, wir können von ihm also kein brauchbares Geständnis erwarten. Das psychiatrische Gutachten geht uns demnächst zu, aber die Ärzte haben keine guten Prognosen für uns.«

»Der Mann ist ein Spinner, ein Irrer, geisteskrank. Das sind doch eindeutig die Voraussetzungen für jemanden, der Ritualmorde begeht.«

Sie schwieg, was den Vorgesetzten mehr auf die Palme brachte, als wenn sie widersprochen hätte.

»Dann gehen Sie und beeilen Sie sich, zu einem Abschluss zu kommen. Wir haben schließlich noch mehr Fälle«, entließ er sie am Ende ungeduldig aus seinem Büro.

Während das Team der Hauptkommissarin fieberhaft versuchte, Beweise für Prauchs Schuld in den anderen Mordfällen zu finden, erhielt Henriette einen Anruf ihres Vaters.

»Ich habe ihn gesehen«, sagte der ohne Umschweife.

»Wen?«, fragte sie völlig überrumpelt.

»Kai Neintal«, antwortete ihr Junck atemlos. Mit wenigen Worten fasste er den Vormittag zusammen.

»Du hast Christina Löblich in die Villa gebracht?«, fragte sie überrascht dazwischen, sagte dann jedoch: »Keine schlechte Lösung.«

»Jedenfalls«, fuhr Junck fort, »bin ich mir ziemlich sicher, dass er es war. Groß, mindestens eins fünfundachtzig, Glatze, keinen Bart, wache Augen ...« Er machte weitere Angaben, aber Henriette hörte nicht mehr zu – ihr Oberkommissar stürmte nämlich gerade ins Büro, wedelte hektisch mit den Armen und rief: »Er ist hier, Kai Neintal ist hier!«

Sie legte wortlos auf, sah Fred verständnislos an, der ihr signalisierte mitzukommen. Sie erreichten den Eingangsbereich, als man dem am Boden knienden Neintal die Handschellen anlegte.

»Ich kooperiere«, sagte der nun geduldig, »ich werde mich nicht widersetzen.«

Langsam stand er mit Unterstützung der Beamten auf. Sein Blick traf den von Henriette. »Sie sagten, Sie wollen die Wahrheit herausfinden.«

Die Hauptkommissarin hielt seinem Blick stand und nickte: »Ja, das stimmt.«

»Dann werde ich Ihnen dabei helfen«, entgegnete er entschlossen. »Ich möchte eine Aussage machen, aber ich werde nur mit Ihnen sprechen.«

* * *

Während Neintal im Verhörzimmer saß, berieten die Hauptkommissarin und ihr Team über das weitere Vorgehen. Sie beobachteten den Mann durch eine verspiegelte Scheibe. Er hatte juristischen Beistand abgelehnt, nur um ein Glas Wasser gebeten und saß nun geduldig auf seinem Stuhl.

»Was hat der vor?«, fragte jemand und Henriette stieß in Ermangelung einer Antwort geräuschvoll die Luft aus.

Dann straffte sie sich und sagte: »Dreht jeden Stein in Raimund Prauchs Leben um, ruft noch einmal in der Klinik an, die sollen nicht vergessen uns Bescheid zu geben, wenn sich sein Zustand bessert. In der Zwischenzeit werde ich mich mit Kai Neintal unterhalten.«

Bevor sie zusammen mit ihrem Oberkommissar den Verhörraum betrat, hielt der sie zurück.

»Vergiss nicht, dass er sich nach dreißig Jahren erst dann gemeldet hat, als wir einen möglichen Verdächtigen haben.«

»Woher hätte er das mit Prauch wissen können? Bisher sickerte nichts durch«, hielt Henriette dagegen.

»Wer weiß schon, woher der seine Informationen bekommt und was bereits im Netz herumschwirrt?«, blieb Fred überzeugt.

Sie teilte seine Meinung nicht, behielt das aber für sich, stattdessen sagte sie: »Fragen wir ihn, mehr können wir ohnehin nicht tun.«

Kai Neintal wirkte nicht nervös, eher wie jemand, der sich den Schritt, zur Polizei zu gehen, gründlich überlegt hatte.

»Sie möchten keinen Anwalt?«, fragte ihn Henriette erneut, obwohl er das bereits zu Protokoll gegeben hatte.

»Nein«, sagte er ohne weitere Erklärung.

»Sie wissen, dass man Sie beschuldigt, vor dreißig Jahren die Brautmodeverkäuferin Nora Roth ermordet zu haben?«

Er nickte und sie bat ihn für die mitlaufende Bandaufnahme zu antworten.

»Ja, das ist mir bekannt«, sagte er daher.

»Sie haben sich der Verhaftung entzogen.«

»Auch das stimmt«, gab er offen zu.

»Weil Sie schuldig sind?«, fragte die Hauptkommissarin direkt.

»Nein, weil ich unschuldig bin und wusste, dass mir niemand glauben würde.«

»Wieso sind Sie davon ausgegangen?«, hakte Henriette nach und brachte ihr Gegenüber damit zum Lächeln.

»Ich glaube, wir können uns dieses Geplänkel ersparen«, sagte Neintal freundlich. »Sie kennen meine Akte und Sie wissen, was an diesem Abend passiert ist. Alle Welt weiß es, die Dinge wurden ja lange genug in der Öffentlichkeit breitgetreten. Ich war betrunken, hatte eine Auseinandersetzung mit meinem besten Freund, stand brüllend vor der Tür meiner Freundin, die mir den Laufpass gegeben hatte, und wurde dann auch noch beim Verlassen des Tatorts gesehen.«

»Wir fanden Ihre Fingerabdrücke auf einer Sektflasche.«

»Ja.« Er seufzte, fuhr sich über die Glatze, so als wollte er sich das Haar aus der Stirn streichen. »Ich war damals ein ziemlicher Idiot, in jeder Beziehung, aber ich war nicht so dämlich, eine Frau zu ermorden. Warum hätte ich das tun sollen?«

Die Hauptkommissarin hob die Augenbrauen, sagte: »Sie waren betrunken und wütend, besessen von einer Frau, die Sie nicht mehr wollte, und krankhaft eifersüchtig. Das reicht oftmals für eine Gewalttat.«

»So war es aber nicht«, widersprach er, bereit, seine Geschichte zu erzählen. »Sylvia hat an diesem Tag herausgefunden, dass ich beim Kartenspiel gewesen bin.« Er schüttelte traurig den Kopf. »Ich hoffte, ich könnte Geld für die Flitterwochen gewinnen. Ich wollte ihr so unbedingt die Welt zu Füßen legen. Ich war nicht von ihr *besessen* oder krankhaft eifersüchtig«, widersprach er Henriettes Vorwurf, »ich habe sie einfach nur aus tiefstem Herzen geliebt. Aber ich habe alles falsch gemacht. Am Ende hat sie sich von mir getrennt. Zuerst habe ich mich deshalb zusammen mit Armin Damper besoffen. Er meinte es gut und sagte: ›Vergiss die Braut, es gibt noch viele andere.‹ Ich war so wütend auf mich selbst, konnte das aber nicht zugeben, sondern nahm ihm seine Sprüche übel. Ein Wort gab das andere und wir haben uns geprügelt. Danach ging ich zu Sylvia, die öffnete mir nicht einmal die Tür, sondern schrie, dass sie die ganze Hochzeit rückgängig gemacht hätte und auch das Kleid zurückgeben würde. Dabei hatte sie sich so darauf gefreut, es an unserem Hochzeitstag zu tragen. Ich hatte es natürlich noch nicht gesehen, es sollte eine Überraschung werden. Also dachte ich in meinem Suff, wenn ich ihr das Kleid brächte, dann könnte sie nicht anders, dann würde sie meine Entschuldigung annehmen. Deshalb ging ich in den Laden. Ich kannte die beiden Verkäuferinnen und hoffte, eine der beiden würde mir das Kleid aushändigen.«

»Sie kannten Nora Roth und Claudia Herbold, heute verheiratete Gummer?«, fragte der Oberkommissar dazwischen.

»Ja«, bestätigte Neintal. »Die beiden waren auch mit Sylvia befreundet, deshalb hat sie in dem Laden eingekauft, Claudia hatte ihr einen Rabatt versprochen.«

»Woher kannten sich die Frauen?«

»Wir kannten uns aus der Schule, wohnten im gleichen Stadtteil, waren eben eine Clique.«

»Auch Matthias Kranz und seine spätere Frau Susanne?«

Neintal zögerte, sagte dann aber: »Ja, auch die beiden.

Ich habe gehört, dass sich Matthias umgebracht hat und Susanne ermordet wurde ...«

Henriette kommentierte das nicht, sondern wartete ab.

»Hansjörg Gummer und Armin Damper«, fuhr Neintal fort, »die gehörten auch dazu. Armin war mein bester Freund.« Im letzten Satz schwang Trauer mit. »Ich hätte ihn besuchen sollen.«

»Damper war derjenige, der Ihnen bei der Flucht half, nicht wahr?«, griff Henriette die Erwähnung des Mannes auf.

»Ja«, gab Neintal zu. »Damals war das einfach. Nach dem Mauerfall in Berlin änderte sich die Welt. Für Damper ergab sich die Chance, ein Geschäft aufzuziehen. Alte ostdeutsche und osteuropäische Pässe, neue EU-Ausweise, Menschen, die bisher hinter dem Eisernen Vorhang gelebt hatten, durften plötzlich reisen. Grenzkontrollen im herkömmlichen Sinn gab es nicht mehr und Damper war gut darin, an Pässe zu gelangen oder welche zu fälschen. Ich dachte die ganze Zeit, die erwischen mich, aber niemand hat mich aufgehalten. Natürlich musste ich mein Äußeres verändern.« Er grinste und der Rest eines jungenhaften Charmes wurde sichtbar. Henriette bekam eine ungefähre Vorstellung, was für ein anziehender Mann Neintal in seiner Jugend gewesen sein musste. »Die Glatze trage ich seit 1990, nur dass ich sie heute nicht mehr rasieren muss.« Er hob die Schultern und senkte sie wieder. Ein Zeichen, dass er sich mit dem Umstand zu altern abgefunden hatte. »In Spanien kam ich schnell zurecht, fand Arbeit.«

»Und niemand hat Ihre Papiere sehen wollen?«, fragte der Oberkommissar neugierig nach.

»Doch, warum auch nicht, ich hatte ja einen Pass. Glauben Sie, da hat sich irgendwer über die Maßen für eine Aushilfe interessiert? Sie sind in einer anderen Zeit groß geworden, aber Anfang der Neunziger sah die Welt eben so aus. Weder hatten alle Behörden leistungsstarke Computer noch existierte die heute allgegenwärtige Vernetzung. So bin ich durchgerutscht und blieb dann bei jemandem hängen, der ohnehin keine große Sympathie für die Behörden hegt.«

Die Hauptkommissarin wusste, dass er Jorge, den spanischen Fischer meinte, behielt das jedoch für sich, da es momentan keine Rolle spielte. Stattdessen sagte sie: »Hört sich so an, als wäre Ihnen das Untertauchen gut gelungen. Warum also die Rückkehr nach Deutschland?«

»Christina, meine Tochter, ist der Grund.«

»Nach so vielen Jahren haben Sie plötzlich das Bedürfnis, Ihre Tochter kennenzulernen?« Es lag ein leiser Vorwurf in Henriettes Frage.

»Sie können das nicht verstehen, aber ich habe einen Eid geleistet und mich daran gehalten.«

Die beiden Beamten sahen sich an. Das war das zweite Mal am heutigen Tag, dass jemand dieses Wort benutzte.

Neintal bemerkte nichts von dem Blickwechsel und fuhr fort: »Ich hatte es Sylvia versprochen. Ich rief sie an …« Er stockte.

Die Erinnerung macht ihm entweder heftig zu schaffen, dachte die Hauptkommissarin, *oder er ist ein verdammt guter Schauspieler.*

»Wann?«, hakte Fred nach.

»Am Morgen danach.« Neintal atmete durch. »Nach der Rauferei mit Damper und dem Streit mit Sylvia bin ich in diesen verfluchten Laden gegangen, um Sylvias Kleid zu kaufen. Erst war ich enttäuscht, weil die Jalousien bereits unten waren, dachte, die sind alle schon im Feierabend, dann stellte ich jedoch fest, dass die Tür nicht verschlossen war. Ich ging hinein und sah niemanden, also rief ich nach den Verkäuferinnen, entdeckte die Sektflasche im Kübel, habe, ohne zu überlegen, daraus getrunken und hinterließ für Sie meine Fingerabdrücke«, sagte er resigniert. »Ich weiß nicht mehr, wann ich das Blut bemerkt habe. Der Teppich war eigentlich weiß, aber plötzlich sah ich überall die roten Flecken und Spritzer.« Er schauderte. »Mit einem Mal nahm ich auch den merkwürdigen Geruch wahr.« Sein Gesicht verzog sich vor Ekel. »Ich habe als Teenager in einer Schlosserei ausgeholfen, da roch es genauso, wenn das Metall bearbeitet wurde.« Die Erinnerung schien Neintal zu quälen. »Ich muss automatisch den Blutspuren gefolgt sein, denn auf einmal stand ich im Schaufenster und sah Nora. Sie war tot, abgeschlachtet, ein Sektglas mit Blut in der Hand …« Er schloss die Augen, als könnte das helfen, das Bild in seinem Gedächtnis zu verdrängen.

»Warum haben Sie nicht die Polizei verständigt?«, fuhr ihn der Oberkommissar an.

»Die Polizei?«, stieß Neintal hervor. »Ich war besoffen, in Panik und gewiss kein unbescholtener Bürger. Niemand an meiner Stelle hätte die Polizei gerufen, außerdem konnte ich gar nicht klar denken. Ich rannte davon, stand irgendwann vor Dampers Tür und habe ihm unter Tränen erzählt, was passiert ist.« Er hat mich sofort irgendwo untergebracht und mir geraten, den Kopf einzuziehen. Am nächsten Tag rief ich Sylvia an. Die wusste bereits von dem Mord und sagte mir, dass mich die Polizei deshalb sucht. Ich schwor ihr, damit nichts zu tun zu haben. ›Das wird dir niemand glauben, du musst dich verstecken‹, waren damals ihre Worte gewesen. ›Wenn du mich liebst, dann verschwindest du aus meinem Leben und schwörst mir, mich nie wieder zu kontaktieren. Dann wird unser Kind wenigstens nicht als das Kind eines Mörders gebrandmarkt sein.‹« Er stieß die Luft aus. »Sylvia konnte gut mit Worten umgehen und was sie sagte, machte für mich Sinn.«

»Also sind Sie einfach abgehauen«, stellte Henriette fest.

»Was hatte ich denn für eine Wahl? Sylvia war die Frau, die ich geliebt habe. Sie hat mir alles bedeutet. Meine Spielsucht, meine Unehrlichkeit hat unsere Beziehung zerstört. So wollte ich mir wenigstens ihre Achtung bewahren und habe ihr das Versprechen gegeben, nie wieder mit ihr in Kontakt zu treten.«

»Was hat sich geändert?«, fragte Henriette direkt.

»Sylvia starb.« Für einen Moment sah es so aus, als würden sich seine Augen mit Tränen füllen. »Ich habe Sie wirklich geliebt, das müssen Sie mir glauben, und ich habe seither nie wieder ein Kartenspiel angerührt.«

Henriette neigte leicht den Kopf. »Das glaube ich Ihnen«, entgegnete sie sanft, »aber das beweist nicht Ihre Unschuld.«

»Verstehe«, murmelte der Mann ihr gegenüber. »Wissen Sie, alle waren in Sylvia verschossen. Sogar Damper hat es bei ihr versucht, und der war wahrhaft kein Romantiker, und natürlich Hansjörg, Hansjörg Gummer, der war besonders hartnäckig. Sie hatte etwas an sich, das uns Männern den Kopf verdreht hat. Ich glaube, es war ihre Ehrlichkeit, ihre Natürlichkeit. Ich bin mir sicher, dass ich es ihr zu verdanken hatte, dass der Richter bei meiner letzten Verhaftung wohlwollend gewesen war. Wissen Sie, was der Mann gesagt hat?« Er wartete nicht auf ihre Antwort, sondern zitierte: »›Wenn Sie Ihre Strafe abgesessen haben, bekommen Sie eine zweite Chance, nutzen Sie die.‹ Viele sahen das so, mein Anwalt, mein Bewährungshelfer …« Er schwieg, dachte vermutlich zurück an den Augenblick, an dem er eine falsche Entscheidung getroffen hatte. »Ich konnte mich nicht beherrschen. Natürlich redete ich mir ein, ich würde ein letztes Spiel wagen, um Geld für unsere Flitterwochen zu gewinnen, aber das stimmte nicht. Ich war einfach ein Idiot, der die Hilfe, die er hätte kriegen können, nicht angenommen hat. Sylvias Enttäuschung zu sehen, war das Schlimmste. Sie hat sich nie verstellt, nie mit den Dingen hinterm Berg gehalten. Sie erinnern mich ein wenig an sie«, sagte er nun voller Überzeugung in Henriettes Richtung.

»Das ist sehr freundlich«, reagierte sie vorsichtig, »beantwortet aber nicht meine Frage.«

»Warum ich zurückgekommen bin?« Er seufzte. »Weil ich immer noch ein Idiot bin, ein Idiot, der weiß, dass die Zeit, die bleibt, kurz ist. Ich habe meinen Eid nicht gebrochen und mich, solange Sylvia gelebt hat, von ihr ferngehalten. Dank dem Internet konnte ich deutsche Zeitungen lesen, und als ich ihre Todesanzeige sah, da wusste ich, dass ich zurückmusste. Ich wollte mein Kind sehen, zumindest aus der Entfernung. Man hat versucht, mir das auszureden, aber die Vorstellung, niemals dem einzig Guten in meinem Leben zu begegnen, machte mir mehr Angst, als im Gefängnis zu landen für etwas, das ich nicht getan habe. Ich war sehr vorsichtig, hielt mich zurück und dann erfuhr ich, dass jemand in Spanien Fragen stellt, sich nach mir erkundigt und dass meine Tochter mich sucht.« Er lächelte müde. »Mein Freund in Spanien hat ein gutes Gespür für die Policía. Den Mann, der die Fragen stellte, hielt er für einen Polizisten. Da nahm ich an, man würde mir bald eine Falle stellen.«

»Sie sind uns entwischt, gratuliere«, entgegnete Henriette kühl. »Warum tauchen Sie dann hier auf?«

»Ich sagte doch, wegen Christina. Die Presse belagert sie, die Menschen stellen Fragen, reden über mich – ich will, dass das aufhört.«

»Sie sind also bereit, ein Geständnis abzulegen?«, hakte der Oberkommissar nach.

»Ich habe nichts zu gestehen, zumindest keinen Mord. Ich gestehe, ein schlechter Partner und Vater zu sein, aber ich bin kein Mörder«, reagierte er gereizt und blickte zu Henriette. »Sie haben behauptet, an der Wahrheit interessiert zu sein, und ich habe Ihnen geglaubt. Habe ich erneut die falsche Entscheidung getroffen?«

Natürlich war Henriette klar, dass er bewusst ihre Integrität infrage stellte, um sie zu manipulieren, dennoch war sie versucht ihm zu glauben. Trotzdem antwortete sie zurückhaltend: »Ich will die Wahrheit herausfinden und wenn das bedeutet, Ihre Unschuld festzustellen, dann soll mir das recht sein. Wenn Sie uns hier aber nur lauter Mist erzählt haben, dann werde ich das ebenfalls herausfinden und dann fahre ich Sie höchstpersönlich nach dem Richterspruch ins Gefängnis.«

Er nickte ihr ernst zu, bevor er sagte: »Das ist ein Deal!«

* * *

ETWA ZUR GLEICHEN ZEIT

Raimund Prauch saß am Tisch und fragte sich, wer wohl der Mann ihm gegenüber sei. Dann erinnerte er sich: Die Fremden hatten sich ihm vorgestellt. Ein Arzt, Doktor Amsberg. Außerdem saß noch jemand neben ihm. War das der Anwalt, der Betreuer oder der Pfleger? Sie hatten es ihm erklärt, aber er wusste es nicht mehr. Und wer war überhaupt der merkwürdige Typ in der Ecke des Zimmers? Ein weiterer Arzt?

»Ich verstehe nicht ganz«, versuchte Prauch, seine Gedanken zu sortieren. »Warum bin ich hier?« Der Organist sah an sich herab, erkannte die Krankenhauskleidung, spürte das ziehende Pflaster in der Armbeuge, dort, wo man ihm den Tropf angelegt hatte.

»Was ist das Letzte, an das Sie sich erinnern?«, fragte der Arzt freundlich.

Prauch mochte den Typen nicht. *Zu glatt*, dachte er bei sich, *Lily würde ihn gewiss auch nicht mögen.* »Lily«, sagte er laut, als er an seine Frau dachte. »Ich muss Lily sagen, wo ich bin, sonst macht sie sich Sorgen. Geben Sie mir mein Handy.«

Das Gesicht des Mediziners nahm den Ausdruck von tiefem Mitgefühl an, als er nun entgegnete: »Sie wissen, dass Ihre Frau tot ist.«

»Sie lügen«, zischte Prauch daraufhin wütend. Er hatte es geahnt, sein Gegenüber war ein widerlicher Drecksack, ein Lügner.

»Nein, ich lüge nicht«, sagte der Mann erneut, »Ihre Frau ist tot, sie starb vor vielen Jahren. Sie hatte eine Kopfverletzung.«

Prauch stockte, da war etwas, Blut, viel Blut und die Orgel, die wunderbare Orgel. Polierte Pfeifen, die in die Höhe ragten, exakte Töne hervorbrachten, Symbole der Perfektion. Aber etwas besudelte sie. Rote Flüssigkeit – und Lily? Sie lag am Boden, neben ihr der Koffer, der gepackte Koffer.

»Sie wollte gehen«, stammelte Prauch, »sie wollte mich verlassen.« Sein Blick war bisher unruhig hin und her gewandert, als würde er etwas Klitzekleines auf der weißen Tischplatte suchen, richtete sich nun jedoch auf sein Gegenüber. »Sie wollte mich verlassen, das konnte ich nicht zulassen. Sie hatte doch den Eid geleistet, mir geschworen, immer bei mir zu bleiben. Ich konnte sie nicht gehen lassen.«

»Sie haben Sie geschlagen?«

»Ich musste Lily aufhalten, sie trug den Koffer bei sich, hatte den Ring abgelegt.«

»Wie haben Sie Ihre Frau aufgehalten?«

Prauch senkte den Blick, begann mit seinen Händen erneut die imaginäre Tastatur zu spielen. »Die Orgelpfeife … sie sagten, ich sei ein Ausnahmetalent, etwas Besonderes … mein Name stand darauf.«

»Der Musikpreis?«, hakte der Arzt vorsichtig nach.

»Der Preis für ein außergewöhnliches Orgelspiel.« Plötzlich lachte Prauch auf. Ein für ihn ungewohntes Verhalten, etwas, das er sehr selten tat. »Ist es nicht wunderbar, dass der Preis die Form einer Orgelpfeife hat?«

»Sie haben Lily damit geschlagen«, formulierte Doktor Amsberg seine Frage dieses Mal als Feststellung.

»Ich musste, sonst hätte sie ihren Eid gebrochen. Ich war gezwungen, sie aufzuhalten.« Tränen traten in seine Augen. »Sie ist gestürzt und nicht mehr aufgestanden. Ich habe sie angefleht, bei mir zu bleiben … all das Blut.«

Seine Finger kamen nicht zur Ruhe, er schien sich jedoch zu entspannen und sagte fröhlich: »Ich muss Lily anrufen, sie macht sich sonst Sorgen.«

»Erinnern Sie sich noch an andere Frauen?«, fuhr der Arzt fort, »Frauen, die ebenfalls ihren Eid gebrochen haben.«

»Alle tun das«, antwortete Prauch leichthin.

»Und mussten Sie die auch aufhalten?«

Kurz hielt der Organist inne und schüttelte empört den Kopf. »Warum sollte ich? Die sind mir egal. Ich habe doch schließlich meine Lily.« Seine Finger begannen wieder zu spielen und er sagte: »Ich muss Lily anrufen, sonst macht sie sich Sorgen …«

***

Claudia Gummer saß mittlerweile schon über vierzig Minuten in dem ungemütlichen Verhörzimmer. Sie nahm an, dass man sie mürbe machen wollte, aber da hatten sich die feinen Herrschaften von der Polizei geschnitten. Von ihr würden sie nichts erfahren, gar nichts.

Indessen hatte Henriette von Born das Verhör mit Kai Neintal unterbrochen, um sich von einem gewissen Doktor Amsberg über Raimund Prauchs Zustand informieren zu lassen. Der Arzt hatte ihr einen Bericht gesendet und seine Einschätzung in langen, komplizierten medizinischen Fachbegriffen kundgetan. Unterm Strich hieß das, dass Raimund Prauch den Mord an seiner Ehefrau begangen hatte, aber mit großer Wahrscheinlichkeit nicht für den Tod der anderen Opfer verantwortlich war.

»Verfluchter Mist«, kommentierte Henriette den Bericht, nachdem sie aufgelegt hatte. »Kann es denn nicht eine einfache Lösung geben?«, fügte sie missmutig an.

»Ich fürchte nicht«, meldete sich ihr Oberkommissar zu Wort, der gerade die ersten Ergebnisse von Prauchs Überprüfung erhalten hatte. »Unser Verdächtiger scheidet definitiv für den Mord an Andrea Kranz aus. Er gab an diesem Abend bis spät in die Nacht ein Orgelkonzert. Fast einhundert Zeugen, die bestätigen, dass er unmöglich zur entsprechenden Zeit auf dem Parkplatz des Fitnessstudios eine Frau hätte entführen können.« Der Oberkommissar machte eine kurze Pause, sagte dann: »Tut mir leid, aber auch die kriminaltechnische Untersuchung in seinem Haus entlastet ihn. Nur Spuren von ihm und seiner toten Frau. Dieser Musikpreis steht mittlerweile als Tatwaffe fest. Trotzdem er gereinigt wurde, fand man noch Spuren von Lily Prauchs Blut und DNA darauf. Aber Fehlanzeige, was die anderen Morde angeht. Auch sein Fahrzeug ist sauber.«

»Er war vielleicht besonders gründlich«, gab Henriette zu bedenken, »er könnte die Schaufel und sonstiges Werkzeug irgendwo anders versteckt haben.«

»Das stimmt«, unterstützte Fred ihre Überlegungen. »Aber das Alibi für den Mord an Andrea Kranz können wir nicht ignorieren. Erinnere dich an deine eigenen Worte: ›Puzzleteile, die alle am richtigen Platz liegen müssen.‹«

Die Hauptkommissarin hob genervt die Hand. »Du hast recht, trotzdem frage ich mich, wie der Mord an Lily Prauch so lange hat unbemerkt bleiben können. Laut dem Labor ist sie immerhin schon seit rund elf Jahren tot.«

Fred legte ihr ein Blatt Papier vor die Nase. »Hier, das sind die Aussagen der Nachbarn. Prauch galt als äußerst unfreundlicher Typ, deshalb wollte niemand etwas mit ihm zu tun haben und natürlich bestand unter diesen Umständen auch kein Interesse am Kontakt mit seiner Frau. Wir wissen, dass Lily Prauch in Gera geboren wurde und dort bis zu ihrer Eheschließung gelebt hat. Familie gibt es nicht mehr, wer hätte sie also suchen sollen? Wir konnten eine ehemalige Nachbarin ausfindig machen. Er öffnete eine Datei und las die Aussage der Frau vor:

»Anfangs haben Lily und ich uns öfter getroffen, sind zusammen zum Einkaufen. Sie hat sich bei mir dann auch über ihren Mann beklagt, behauptet, er würde sie einengen. Deshalb hat sie es irgendwann abgelehnt, ihn zu seinen Orgelkonzerten zu begleiten. Das hat ihr ein wenig Freiraum verschafft. Ich hatte den Eindruck, sie wäre unglücklich in der Ehe, dann brach der Kontakt zwischen uns jedoch ab. Sie schrieb mir eine ziemlich unfreundliche

SMS von wegen, ich würde sie negativ beeinflussen und sollte mich daher von ihr fernhalten. Natürlich suchte ich das Gespräch, aber mir wurde nicht geöffnet und dann hat sie mir erneut böse zurückgeschrieben. Also gab ich es auf. Kurze Zeit später sind wir sowieso weggezogen und ich habe nicht weiter darüber nachgedacht.«

Fred fügte noch an: »Wir haben die Daten des Handys geprüft. Prauch hat einfach alle Kontakte seiner Frau mit entsprechenden SMS vergrault, viele waren es ohnehin nicht. Lily Prauch wurde vergessen. Aber dennoch scheint ihr Mann nicht unser Mörder in den anderen Fällen zu sein.«

»Dabei hätte Prauch so wunderbar gepasst«, bemerkte die Hauptkommissarin müde.

»So wie Neintal«, erinnerte sie der Oberkommissar. »Man kann es drehen und wenden, wie man will, er bleibt unser Hauptverdächtiger.«

Henriette kam um eine Antwort herum, denn in diesem Augenblick stürmte Kommissarin Zielke atemlos ins Zimmer.

»Ich weiß«, reagierte Henriette sofort, »ich habe Claudia Gummer vergessen. Ich komme sofort.«

»War vielleicht ganz gut«, erwiderte die junge Kollegin und grinste. »Hier«, sagte sie und legte ihrer Vorgesetzten einige Papiere vor die Nase. »Das fand ich gerade eben. Claudia Gummer wurde zwar nie angeklagt, aber es gab vor Jahren einen Fall, in dem man sie des Diebstahls verdächtigt hatte. Mangels Beweisen wurde die Sache jedoch eingestellt. Bei ihrem damaligen Arbeitgeber, einem großen Schuhgeschäft, verschwanden auf mysteriöse Weise immer wieder ein paar der teuersten Treter. Man verdächtigte Claudia, sich damit die Haushaltskasse aufgebessert zu haben. Die Sache verlief, wie gesagt, im Sand. Aber ich dachte mir, vielleicht war sie schuldig und vielleicht ...« Kommissarin Zielke machte eine vielsagende Pause. »... vielleicht war das nicht das erste Mal, dass sich die Frau an den Lagerbeständen ihres Arbeitgebers bedient hat.«

Die Hauptkommissarin verstand. »Wenn Claudia Gummer auch schon im Brautmodengeschäft gestohlen hat und Nora Roth davon erfuhr, dann hätte die Gummer ein Motiv gehabt, die andere zum Schweigen zu bringen.«

»Und«, ergänzte die Kommissarin, »vergessen wir nicht die Eifersucht wegen des Mannes.«

»So eine brutale Tat von einer Frau nur wegen eines Mannes?«, warf der Oberkommissar ein.

Seine beiden Kolleginnen sahen ihn mitleidig an, ersparten sich jedoch jeden Kommentar.

»Fühlen wir Claudia Gummer auf den Zahn«, entschied Henriette und sagte: »Kollegin Zielke, Sie werden mir beim Verhör assistieren.«

Als Claudia Gummer die beiden Frauen sah, überkam sie sofort Wut. Sie hielt die Polizistinnen für wichtigtuerische Weiber. Die Freundlichkeit, die man ihr entgegenbrachte, stachelte den Zorn nur noch mehr an. Sie empfand das ganze »Danke, dass Sie gekommen sind. Tut uns leid, dass Sie warten mussten« als gönnerhaftes Getue und meckerte deshalb: »Ich sitze fast seit einer Stunde hier.«

Und du bist nicht gegangen, dachte Henriette bei sich. Hatte das schlechte Gewissen Claudia Gummer bewogen zu bleiben?

»Wie gesagt, tut uns sehr leid, wir mussten noch auf Unterlagen warten«, erklärte die Hauptkommissarin harmlos.

»Unterlagen, wegen mir? Über mich?« Der letzte Rest

Selbstsicherheit verschwand aus Claudias Gesicht, sie ahnte nichts Gutes.

Man gab ihr keine Antwort, sondern stellte die Personalien der Frau fest, ließ sich Zeit mit dem üblichen Prozedere und sagte dann unvermittelt: »Ist tragisch, wenn die beste Freundin das Opfer eines Mordes wird.«

Claudia nickte. »Susanne und ich, wir kannten uns schon seit der Schulzeit.«

»Oh, ich meine nicht Susanne Kranz«, entgegnete Henriette freundlich. »Eigentlich spreche ich von Nora Roth.«

Henriettes Gegenüber kniff die Augen zusammen, wirkte dadurch wie eine wachsame Schlange, blaffte dann jedoch ungehalten: »Darum geht es also. Kaum hat irgendein Reporter den alten Mist ausgegraben, werde ich belästigt. Habe ich nicht schon genug gelitten? Nora war meine Freundin, sie hatte an diesem Abend meine Schicht übernommen.«

»Und Sie übernahmen kurz darauf Noras Freund, Hansjörg. Wenn ich recht informiert bin, haben Sie ihn sogar geheiratet.«

»Was?« Claudia fuhr auf. »Was soll das heißen?«

»Sie haben drei Monate nach Nora Roths Beerdigung geheiratet«, meinte Henriette gelangweilt.

»Na und?«, erwiderte Claudia schrill, »das ist kein Verbrechen. Hansjörg hat sich immer schon zu mir hingezogen gefühlt. Das mit ihm und Nora wäre bald in die Brüche gegangen.«

»Tatsächlich?«, gab sich die Hauptkommissarin jetzt überrascht. »In Ihrer Aussage von damals steht, dass die beiden ein Herz und eine Seele gewesen seien. Haben Sie da etwa gelogen?«

»Nein, das habe ich nicht«, schnauzte die Frau. »Damals habe ich das eben so empfunden.« Sie hatte eine

Ausrede parat, fuhr deshalb trotzig fort: »Aber mittlerweile kenne ich meinen Mann natürlich besser. Wenn ich die Sache nach dreißig Jahren Revue passieren lasse, dann stellt sie sich mir eben anders dar.«

Zufrieden mit ihrer Aussage verschränkte Claudia die Arme vor der Brust.

»Vieles stellt sich nach dreißig Jahren anders da«, stimmte ihr Henriette zu. »Auch werden manche Verbrechen erst nach sehr langer Zeit aufgedeckt. Ich denke da zum Beispiel an Diebstahl.«

Für einen winzigen Augenblick verlor Claudias schwammiges Gesicht den gereizten Ausdruck und wich der nackten Angst.

Henriette wagte einen Schuss ins Blaue. »Hat Nora Roth gedroht, sie zu verraten?«

»Bei *was* verraten?«, hielt Claudia noch stand und spielte die Unwissende.

»Sie haben gelegentlich eines der Brautkleider gestohlen und privat verkauft, dann hat Ihre gute Freundin davon erfahren und gedroht, Sie anzuschwärzen. Die gleiche Frau, die auch Ihrem privaten Glück im Weg stand, wollte Sie nun auch beruflich ruinieren. Plötzlich stirbt Nora Roth jedoch.«

Mit offenem Mund starrte Claudia die Beamtinnen an. Ihr Blick wanderte zwischen den beiden hin und her. Die Angst war nun deutlich zu erkennen: Die Haut der Frau begann hektisch rot zu glänzen, ihr Busen hob und senkte sich schnell und ihre Stimme klang rau, als sie fassungslos hauchte: »Sie wollen mir diesen Mord anhängen?«

Dass sie keine Antwort erhielt, provozierte die Frau umso mehr. »Sie wollen mir diesen verdammten Mord anhängen.« Claudia begann zu schreien. »Mir? Ausgerechnet mir? Diese Scheiße hatte nichts mit mir zu tun, das geht alles auf das Konto von Kai Neintal und das wissen Sie auch«, brüllte sie und schlug mit beiden Fäusten wütend auf die Tischplatte.

»Kai Neintal hat sich heute Morgen den Behörden gestellt«, sagte Henriette nun ruhig.

Claudia begann zu stottern: »Er hat sich gestellt?« Die Auskunft schien sie aus der Bahn zu werfen. Um Fassung bemüht sagte sie dennoch: »Dann stecken Sie ihn endlich ins Gefängnis.«

»Er behauptet, er sei unschuldig.«

Sie lachte hysterisch auf. »Kai war immer unschuldig«, giftete sie und ihre Stimme triefte vor Sarkasmus, als sie anfügte: »Er konnte selbstverständlich nichts dafür, dass er sein Geld am Kartentisch durchbrachte und bei der Scheiße, die er sonst so gebaut hat, von der Polizei erwischt wurde.«

»Aber er hatte kein Motiv, Nora Roth zu ermorden, während *Sie* gleich mehrere Gründe gehabt hätten. Wir haben Sie überprüft, der Diebstahlsverdacht ist nicht aus der Luft gegriffen.«

Die Lippen der Frau pressten sich aufeinander, bevor sie wütend hervorstieß: »Und wenn schon, Sie können mir gar nichts, das ist alles längst verjährt.«

»Mord, Frau Gummer, verjährt nie«, klärte sie Kommissarin Zielke auf.

»Ich habe niemanden ermordet«, eiferte sich die ehemalige Verkäuferin. »Nora Roth war meine Freundin und ob Sie es glauben oder nicht, sie hätte mich niemals verraten, weil sie nämlich selbst mit drinsteckte.«

Das wiederum überraschte jetzt die Beamtinnen.

»Das wussten Sie nicht«, plärrte Claudia großkotzig. »Die haben alle mit dringesteckt.«

»Wer *alle?*«

»Damper, Kranz, die ganze Sippe eben, aber das liegt lange zurück«, betonte sie ausdrücklich.

»Wie ist das abgelaufen?«

»Ganz einfach, ich und Nora, wir nahmen unterschiedliche Jobs an, meist in Teilzeit oder als Aushilfen. Dann haben wir Ware abgezwackt und Damper hat sie verkauft. Kranz agierte als Fahrer, das war keine große Sache, sondern nur ein Nebenverdienst, aber bei den Brautkleidern hat sich das richtig gelohnt. Die Inhaberin des Ladens war eine einfache ältere Frau, gutgläubig. Damit die Inventur stimmt, haben wir billige Kleider auf Secondhand-Börsen gekauft, mit teuren Etiketten versehen und gegen die echten ausgetauscht. Die haben wir dann für gutes Geld verschachert. Bis der Diebstahl aufgefallen wäre, hätten wir längst gekündigt gehabt. Aber das Brautmodengeschäft musste nach dem Mord sowieso schließen, die Kundschaft blieb weg und die Alte ging pleite«, erklärte sie gefühllos.

»Welche Rolle spielte Neintal dabei?«

»Keine Ahnung, der war ein Kumpel von Damper und genoss besondere Privilegien, genauso wie Sylvia Löblich. Der Name sagt doch alles«, fuhr sie ungehalten fort. »Hat sich immer für was Besseres gehalten, war mächtig stolz auf ihre Rechtschaffenheit und auf Neintals Bemühungen, ein braver Bürger zu werden.« Sie schnalzte mit der Zunge. »Als hätte Neintal jemals ehrliches Geld verdient. Der Typ war seit jeher ein Zocker. Wenn er verlor, hat er gesoffen, aber für Sylvia wollte er sich ja angeblich ändern.« Sie lachte auf. »So ein Unsinn, als könnte sich ein Mensch ändern. Natürlich hat er wieder zu spielen angefangen und Sylvia warf ihn raus.« Sie lehnte sich mit Genugtuung zurück.

»Bei Ihrer damaligen Befragung sagten Sie, dass Sie Neintal nicht für schuldig hielten.« Henriette blätterte in der Akte und zitierte: »Kai ist ein guter Kerl, der würde so etwas niemals tun.«

Claudia blähte die Wangen auf und stieß dann die Luft aus, sodass sie einem in sich zusammenfallenden Soufflé glich. »Ja, das habe ich gesagt«, erwiderte sie verkniffen. »Aber nur, weil Damper mich darum gebeten hat. Er hat mich instruiert. Doch geholfen hat es letzten Endes nicht. Neintal wurde gesucht und tauchte unter.«

»Damper hat Sie also instruiert, warum?«

»Das sagte ich doch schon, weil die beiden Kumpel waren. Damper hat sich wie der große Bruder von Kai gefühlt, weiß der Teufel warum. Manchmal dachte ich, dass das so ne Schwulenkiste war, aber das Geheimnis hat Damper mit ins Grab genommen. Jedenfalls rief er mich an, erzählte, was passiert war, und bat mich entsprechend auszusagen. Und im Moment denke ich gerade, dass das ein Fehler gewesen war. Sie versuchen mir einen Mord unterzuschieben, den Neintal begangen hat.«

»Wieso sind Sie sich so sicher?«, fragte die Hauptkommissarin.

»Weil es zu ihm gepasst hätte. Weil er ein verdammter Wolf im Schafspelz ist. Er hat Sylvia Löblich um den Finger gewickelt, genauso wie Damper, aber ich habe den Kerl durchschaut, so wie ich Kranz durchschaut habe.«

»Geht das auch ein bisschen genauer?«

Sie seufzte. »Fragen Sie ihn doch selbst, wenn er sich bereits gestellt hat. Fragen Sie ihn nach seiner Beziehung zu Nora Roth.«

»Er hatte eine Beziehung mit Nora Roth? Davon steht nichts in den Akten.«

»Ich sagte doch, Damper hat mich instruiert. Nora und Kai waren in der Schule ein Paar. Zu der Zeit waren wir alle zwischen sechzehn und achtzehn Jahre alt. Natürlich machten wir Party wie alle Jugendlichen und gelegentlich probierten wir auch Drogen aus. Eigentlich total harmlos. Nur einmal, da kam Kai schlecht drauf, vielleicht hatte er es an dem Tag auch übertrieben. Jedenfalls ist er völlig ausgeflippt und hat Nora ganz schön vermöbelt.«

»Kam es zur Anzeige?«

»Von uns wäre keiner freiwillig zur Polizei gelaufen. Damper hat das geregelt, eine Ausrede erfunden, so wie immer. Sturz mit dem Mofa, Ende der Geschichte. Noras Mutter konnte damit leben, hat ihr nur verboten, künftig auf irgendeinem Zweirad mitzufahren. Die blauen Flecken heilten und Kai hat sich natürlich überschwänglich entschuldigt. Die beiden blieben danach nicht mehr lange ein Paar und egal was Nora beteuert hat, ich glaube, sie hatte seither Angst vor Kai Neintal.«

»Das wäre eine wichtige Aussage gewesen«, warf ihr Kommissarin Zielke vor.

»Mit der ich mir nur Feinde gemacht hätte. Ich wäre nie auf die Idee gekommen, mich gegen Damper zu stellen, aber der ist ja mittlerweile tot.« Sie wandte sich direkt an die Hauptkommissarin. »Ich hätte Nora nichts antun können, sie war trotz allem meine Freundin. Neintal ist der Täter.« Sie schüttelte den Kopf. »Keine Ahnung, warum sich ausgerechnet die Löblich für diesen Kerl entschieden hat. Eigentlich war ich überrascht, dass sie nie geheiratet hat, bei den Chancen. Die hätte vermutlich jeden haben können.« Erklärend fügte sie noch an: »Hab die Todesanzeige gelesen, es gab keinen trauernden Ehemann.« Dann blickte sie bockig zu den Polizistinnen und schnappte: »Kann ich jetzt gehen?«

* * *

Henriette von Born hatte keine andere Wahl, als die Frau gehen zu lassen.

»Wir stehen wieder am Anfang«, sagte Kommissarin Zielke, als die beiden Beamtinnen allein waren.

»Nicht unbedingt«, entgegnete Henriette verärgert. »Ich glaube, ich habe mich ebenfalls von Neintal einwickeln lassen. Verdammt«, entfuhr es ihr. Sie stürmte ins andere Zimmer, dieses Mal den Oberkommissar im Schlepptau.

»Sie haben uns belogen«, schnauzte sie Neintal ohne Umschweife an und konfrontierte ihn mit dem, was sie eben von Claudia Gummer erfahren hatte.

»Woher wissen Sie das?«, reagierte er, sehr zum Ärger der Hauptkommissarin, nicht beschämt, sondern zornig.

»Spielt das eine Rolle?«, antwortete sie mit einer Gegenfrage. »Ich habe Ihnen gesagt, dass ich Sie drankriege, wenn Sie schuldig sind. Sie wurden am Tatort gesehen, Ihre Fingerabdrücke sind nachgewiesen und ...« Henriette holte Luft. »... Sie hatten, wie wir jetzt wissen, eine Beziehung mit dem Opfer, in deren Verlauf es zu Gewalt kam.«

»Ich war damals sechzehn Jahre alt«, hielt Kai dagegen, »und auf einem schlechten Trip, da ist bei mir eine Sicherung durchgebrannt. So etwas ist später nie wieder vorgekommen.«

»Das behaupten *Sie*. Womöglich haben Sie es aber einfach nur besser verschleiert. War das vielleicht der Grund für den Mord an Andrea Kranz? Eine Warnung, Ihr alter Freund Matthias Kranz möge auch nach Dampers Tod schweigen? Oder eine späte Rache, weil Sie annahmen, er hätte Sie damals verraten? Geht Susanne Kranz etwa auch auf Ihr Konto?«

»Matthias können Sie mir jedenfalls nicht anhängen«,

konterte Neintal ärgerlich. »Wie man hört, sind Sie für den verantwortlich.«

Sie sah ihn einen Augenblick fassungslos an.

»Ist nicht so angenehm, wenn man des Mordes beschuldigt wird, Frau Hauptkommissarin?«, blaffte er wütend.

Henriette schluckte eine entsprechende Antwort herunter und fuhr stattdessen fort: »Wie viele Frauen sind durch Ihre Hand gestorben? Wie viele waren es in Deutschland, wie viele in Spanien? Vielleicht gab es ja auch in Frankreich und Portugal Leichen …« Sie beugte sich nun bedrohlich in seine Richtung und zischte: »Das eine verspreche ich Ihnen, ich werde es herausfinden. Wir werden jeden Ihrer Schritte in den letzten dreißig Jahren zurückverfolgen und dann werden Sie für Ihre Taten bestraft werden.«

»Tun Sie das«, entgegnete er ernst, »Sie werden nichts finden. Die Sache mit Nora ist unverzeihlich gewesen, mein Versagen in der Beziehung mit Sylvia ebenfalls. Ich habe auch sonst eine Menge Scheiße gebaut, aber dafür wurde ich mehr als nur bestraft. Ich wurde um ein Leben betrogen.« Er sah sie an. »Es tut mir leid, ich hätte das mit Matthias' Selbstmord eben nicht sagen dürfen. Ich möchte nur, dass Sie mir glauben, denn ich habe niemanden getötet.«

KAPITEL 15

Etwas später im Haus des Anwalts Lutz Wasnek

Lutz Wasnek war noch zu Hause, als er am frühen Nachmittag von den jüngsten Ereignissen erfuhr. Es lag eine gewisse Ironie darin, dass er es der Disziplinlosigkeit seines Sprösslings zu verdanken hatte, über Neintals Verhaftung informiert zu werden. Denn da sein Sohn davon ausgegangen war, der Vater wäre bereits im Büro, hatte er sich wieder einmal vor den großen Fernseher im Wohnzimmer gesetzt und zappte nun lustlos durch die Programme.

Wasnek betrat den Salon mit einer Zornesfalte zwischen den Augen. »Fällt das Lernen heute wieder einmal aus?«, wollte er fragen, stockte dann aber mitten im Satz, als er im Ticker die Eilmeldung las. Die Ermahnung seines Ältesten vergaß er, stattdessen schnauzte der Anwalt: »Mach das lauter!«

Der Justiziar war so konzentriert, dass er nicht einmal bemerkte, wie Selena hinter ihm das Zimmer betrat, während er zu seinem Handy griff und im Büro anrief. Seiner Assistentin teilte er mit, dass er später komme, sich zuvor zum Polizeirevier begebe, um die Vertretung von Kai Neintal zu übernehmen.

Selena verfolgte das Gespräch mit Besorgnis. Ihrem Sohn gab sie mit einem Handzeichen zu verstehen, die Eltern allein zu lassen, was der ausnahmsweise, ohne zu murren, tat.

»Du mischst dich erneut ein?«, warf sie ihrem Mann vor. »Du hast Neintal gegenüber keine Verpflichtung, nur weil du ihn früher einmal vertreten hast.«

»Er ist immer noch mein Mandant«, gab ihr Wasnek Antwort.

»Blödsinn«, ereiferte sich Selena. »Diese Sache schadet dir nur. Er hat dich doch noch nicht einmal angefordert, oder?«

»Vielleicht denkt er, er könne sich mich nicht leisten«, entgegnete der Anwalt geduldig.

»Das kann er auch nicht«, erwiderte seine Frau energisch.

»Jeder hat das Recht auf einen Verteidiger«, hielt Wasnek dagegen.

»Lass dieses Gerede. Ich bin mir sicher, dass es genug ehrgeizige junge Kerle gibt, die sich für den Fall erwärmen. Soll sich doch einer von denen die Hörner abstoßen. Die sind frisch von der Uni, haben nichts zu verlieren. Du hingegen hast einen Ruf als seriöser Finanzberater. Deine Klienten werden enttäuscht sein, wenn sie dich zu sprechen wünschen und man ihnen die Auskunft gibt, dass du gerade im Gefängnis deine Zeit mit einem Mörder verbringst.«

Er sah sie lange an, was Selena verunsicherte. Schließlich fragte sie: »Was ist?«

»Hast du mich je geliebt?«

Ihre Reaktion verriet ihm die Antwort.

So überrumpelt brauchte sie zu lange für eine glaubhafte Bestätigung. »Was ist das denn jetzt für eine Frage?«, entgegnete sie stattdessen nervös. »Natürlich liebe ich dich, du bist mein Mann und ich will nur das Beste für dich.«

Überraschenderweise trat er auf sie zu und schloss sie in die Arme. Es dauerte nur einen Moment, dann gab er sie frei und hauchte ihr einen Kuss auf die Stirn, bevor er leise sagte: »Ob du es glaubst oder nicht, auch ich wollte für dich immer nur das Beste.«

Dann nahm er den teuren Aktenkoffer aus Leder, den er sonst nur für Gerichtsverhandlungen benutzte, und nickte ihr ein letztes Mal zu.

»Warte nicht auf mich, es wird sicher spät«, sagte er zum Abschied, aber seine Gedanken waren bereits bei Neintal.

Nun war er also zurückgekehrt und nicht das erste Mal in all den Jahren fragte sich Wasnek, ob denn alles anders gekommen wäre, wenn er damals den Mut gehabt hätte, sich gegen den eigenen Vater zu stellen. Was wäre geschehen, wenn er Neintal niemals vertreten, ihm nicht zu seiner zweiten Chance verholfen hätte? Wer würde dann noch alles leben?

Wasnek beherrschte die Prozedur und fand sich kurz darauf, die notwendigen Formalitäten erledigt, im Revier ein, erklärte, Neintals Anwalt zu sein, und bat, dass der Häftling über sein Erscheinen und das Angebot der Rechtsvertretung informiert wurde.

Für den Anwalt nicht überraschend stimmte Neintal zu. Er schien sich tatsächlich zu freuen, seinen ehemaligen Verteidiger wiederzusehen.

»Ich wollte Sie nicht mit hineinziehen«, erklärte er großzügig. »Ich denke außerdem, dass ich keinen Anwalt brauche.«

»Das denken Sie also«, entgegnete Wasnek überlegt.

»Wenn ich mich recht entsinne, waren Sie nie ein großer Denker, oder?«

Neintal grinste. »Ich bin nicht mehr wie früher, ich überlege, bevor ich etwas tue.«

»Dann verfolgen Sie mit diesem dämlichen Manöver einen Plan?«

»Natürlich«, erwiderte sein Gegenüber überzeugt. »Ich will, dass man die Wahrheit herausfindet.«

»Wirklich?«, zeigte sich Wasnek belustigt. »Oder geht es mehr darum, aller Welt eine Wahrheit zu präsentieren, die Ihnen hilft, eine dritte Chance zu bekommen, so wie damals?«

»Was soll das heißen?«, fragte Neintal und seine Mimik änderte sich. Das freundliche Grinsen wich Feindseligkeit.

»Sie hätten alles haben können. Ich habe Ihnen dazu verholfen. Eine zweite Chance, eine wunderbare Frau, eine Familie, und Sie haben das mit Füßen getreten.«

»Ich habe Sie nicht hierhergebeten«, antwortete Neintal verärgert.

»Sie sind ein Lügner«, hielt sich Wasnek nicht zurück. »Sie haben Sylvia damals belogen.«

»Und dafür bezahlt«, schnauzte Neintal. »Sie tragen also keine Verantwortung.« Plötzlich huschte ein wissendes Grinsen über Neintals Gesicht. »Aha, jetzt verstehe ich, Sie also auch. Ihnen geht es gar nicht um mich, Sie fühlen sich Sylvia verpflichtet. Was tun Sie dann hier? Sie hätte nicht von Ihnen verlangt, mich zu vertreten. Fühlen Sie sich frei zu gehen, ich komme klar.«

Wasnek blickte den anderen voller Abscheu an. Langsam öffnete er den Aktenkoffer.

»Ich habe gesagt, Sie können einpacken und gehen«, wurde Neintal deutlicher und machte einen Schritt auf den Anwalt zu. »Ich brauche niemanden, der mich an mein Versagen erinnert. Also hauen Sie ab«, zischte er genervt, »oder das hier wird unangenehm.«

»So wie vor dreißig Jahren?«, schleuderte ihm Wasnek entgegen und hielt dem Blick des anderen stand.

* * *

ZUR GLEICHEN ZEIT

Henriette hatte sich, um frische Luft zu schnappen, aus dem Büro geschlichen. Sie stand nun draußen vor dem Polizeigebäude im Nieselregen und spürte den kalten Wind im Gesicht. Das unwirtliche Wetter störte sie nicht, Hauptsache, sie konnte ungestört telefonieren.

»Papa?«, fragte sie erleichtert, als sie am anderen Ende Juncks Stimme hörte. Für einen kurzen Augenblick kam sie sich wie ein kleines Mädchen vor, das bei den ersten Schwierigkeiten nach dem Rockzipfel der Mutter griff. Aber erstens wäre der Rockzipfel ihrer Mutter nicht stabil genug für die Last von Henriettes momentanen Sorgen und zweitens bat nur ein Idiot nicht um Hilfe.

»Ich stecke fest«, fuhr sie fort und schilderte ihrem Vater alles, was in den letzten Stunden passiert war und was sie erfahren hatte.

»Hört sich tatsächlich so an, als wäre es doch Neintal gewesen«, sagte der zu ihrem Bedauern.

»Ich kann es einfach nicht glauben, warum taucht er dann hier auf? Das ist doch dumm.«

»Vielleicht haben ihn meine Nachforschungen aufgeschreckt, möglicherweise so beunruhigt, dass er einen Plan entwickelte, den Kopf aus der Schlinge zu ziehen, einen Plan, der nicht funktioniert.«

»Sein Freund Damper hielt ihn für unschuldig«, murmelte die Hauptkommissarin.

»Sein Anwalt und Claudia Gummer nicht. Damper war ein Freund, der vielleicht sehr tiefe Gefühle für Neintal hegte und zudem die Zeugen manipuliert hat, was bei einem Unschuldigen eigentlich nicht notwendig sein sollte«, hielt ihr Vater dagegen. »Wie es scheint, hat Neintal die zweifelhafte Gabe, Menschen für sich einzunehmen. Alle seine ehemaligen Arbeitgeber oder Vermieter in Spanien hielten ihn für einen guten Mann. Und der Fischer Jorge ersetzt quasi Armin Damper.« Junck überlegte, ob er noch deutlicher werden sollte. Als Vater hätte er an diesem Punkt schweigen müssen, aber als Polizist und Kollege hatte er keine Wahl, als zu sagen: »Alles, wirklich alles spricht gegen Kai Neintal und anstatt entlastendes Material zu finden, passiert genau das Gegenteil.« Sie gab ihm keine Antwort und er wusste, was das bedeutete. »Wenn du immer noch Zweifel an seiner Schuld hast, dann räume sie aus.«

»Wie?«, rief sie ärgerlich, was ihr einen neugierigen Blick von einem Kollegen einbrachte, der gerade an ihr vorbei Richtung Parkplatz eilte.

»Ganz einfach, gehe Schritt für Schritt jeden Punkt durch, der gegen ihn spricht, und entkräfte ihn.«

»Wie kann ich Fingerabdrücke am Tatort entkräften?«, entgegnete sie verzweifelt.

»Eben«, antwortete ihr Vater bedauernd. »Dann bleibt dir nur, ihn festzunageln. Hol dir ein Geständnis.«

Sie legte auf, trat ein paar Schritte zurück und suchte Schutz an der Häuserwand. Sie dachte an Prauch – ein Mörder, aber wie es aussah nicht der Mann, den sie suchten. Zumindest nicht nach den Ergebnissen der ersten Recherche, aber das musste nichts heißen. Psychisch kranke Straftäter konnten sich meisterhaft verstellen.

Spielte ihnen Raimund Prauch etwas vor? Damper war tot, Kranz ebenfalls, auch dessen Frau und Tochter, sie alle hatten eine Verbindung zu Neintal, das galt jedoch nicht für die anderen Mordopfer. Zwei von ihnen kamen nicht einmal aus Frankfurt. Auch das sprach für Neintal als Täter, er hätte unbemerkt kreuz und quer durch Deutschland reisen können, genauso wie Prauch, der Organist.

In Henriettes Kopf drehte sich alles. Daher versuchte sie, ihre Gedanken zu sortieren, kramte in ihrem Gedächtnis nach Informationen über Sylvia Löblich, die Frau, die anscheinend so besonders gewesen war, die den Männern den Kopf verdrehen konnte, die Frau, die das Glück verdient hatte.

»Eifersucht«, murmelte die Hauptkommissarin. Claudia Gummer war eifersüchtig auf ihre Freundin Nora Roth gewesen, aber sicher nicht nur auf die. Wäre es möglich, dass Claudia angefangen hatte, andere Frauen zu hassen?

Das Kleid, es war das Kleid, hatte der Anwalt vermutet. Henriette konnte nicht verhindern, dass die Worte ihres Vaters ihre Überlegungen überschatteten: *Entkräfte, was gegen ihn spricht, oder nagle ihn fest.*

Sie seufzte, senkte den Kopf und starrte auf ihre Hosenbeine, an denen der Wind zerrte.

Sie wäre in dem Kleid sicher eine wunderschöne Braut gewesen, schoss ihr eine weitere getätigte Aussage durch den Kopf.

Plötzlich kam ihr ein zutiefst beunruhigender Gedanke: Vielleicht lag bereits jedes Puzzleteil an seinem Platz und sie war bisher nur noch nicht in der Lage gewesen, das zu erkennen.

Mit einem Mal wusste sie, was zu tun war. Erst langsam, dann immer schneller ging sie zurück in ihr Büro. Es fühlte sich an, als hätte sie einen dichten Nebelschleier vor sich gehabt, den sie endlich mit rudernden Armbewegungen verscheuchen konnte.

»Ich muss sofort mit Neintal sprechen«, gab Henriette ungeduldig Anweisung, den Inhaftierten in ein Verhörzimmer zu führen. Sie wusste nicht, ob Sie richtiglag, aber das würde sie gleich feststellen.

»Was ist?«, fragte sie der Oberkommissar, »gibt es neue Hinweise?«

»Ich bin mir nicht sicher, denke aber, ich habe etwas entdeckt, das nicht passt«, entgegnete die Hauptkommissarin, zögerte einen Moment, »oder besser gesagt etwas, das nur unter bestimmten Umständen passt.«

»Also doch Neintal?«, fragte ihr Kollege. »Ich wusste es, der Kerl hat uns die ganze Zeit an der Nase herumgeführt. Sicher hat er darauf gesetzt, dass wir zumindest an seiner Schuld zweifeln. Ist ihm ja auch gelungen und hätte ihm womöglich für einen Freispruch gereicht. Dann wäre er aus dem Gerichtssaal spaziert, ohne für seine Verbrechen zu bezahlen.«

Henriette entgegnete nichts, sie hing ihren eigenen Gedanken nach, wartete ungeduldig auf die nächste Unterhaltung mit Kai Neintal.

Als sich die Tür öffnete, hatte sie sich bereits auf das nachfolgende Verhör eingestellt, sich überlegt, wie sie am Ende an die Antworten gelangen könnte, doch ihre Planung wurde zunichtegemacht, als der eintretende Kollege sagte: »Sorry, aber Neintal berät sich gerade mit seinem Anwalt.«

»Seinem *Anwalt?*«, herrschte die Hauptkommissarin den Beamten an. »Er hat doch auf einen Anwalt verzichtet!«

Der Kollege erzählte ihr von Wasneks Erscheinen.

»Wasnek ist bei ihm?«, rief Henriette entsetzt.

Im nächsten Augenblick stürmte sie an dem Kollegen vorbei. Während sie den Flur entlanglief, öffnete sie den Verschluss ihres Pistolenholsters.

»Der ist gerade in einem Anwaltsgespräch«, informierte sie der Beamte vor der Tür. Das »Sie können da jetzt nicht rein« sprach er nicht aus, weil das normalerweise selbstverständlich war.

Zu seiner Überraschung zog Henriette jedoch ihre Waffe, richtete sie auf die Tür und brüllte: »Sofort öffnen!«

Die Szene, die sich der Hauptkommissarin dahinter bot, bestätigte ihre Befürchtungen. »Hände hoch«, rief sie mit fester Stimme, aber eine entsprechende Reaktion blieb aus.

Wasnek sah sie mit großen Augen an, Blut besudelte sein weißes Hemd und das edle Sakko, klebte an seinen Händen. Neintal kniete am Boden, etwas ragte aus seiner Schulter.

»Er hat mich angegriffen«, schrie der Anwalt, »ich musste mich wehren.«

»Treten Sie sofort von ihm zurück«, brüllte die Hauptkommissarin, während sich der Oberkommissar gefolgt von dem diensthabenden Beamten in den Raum schob.

Neintal röchelte. »Das stimmt nicht, er hat versucht mich zu töten.«

»Sie werden so einem doch nicht glauben«, gab sich der Anwalt empört.

»Entfernen Sie sich von Herrn Neintal, sofort.«

»Das kann ich nicht«, antwortete ihr Wasnek entschlossen, riss plötzlich den Gegenstand aus Neintals Schulter und hielt ihn an die Kehle des Verletzten, bereit, damit zuzustechen.

»Sie waren es, Sie haben Nora Roth damals getötet, ist

es nicht so?«, sagte Henriette bemüht, unaufgeregt zu klingen.

Der Anwalt stand nun hinter Neintal, der mit schmerzverzerrtem Gesicht immer noch auf dem Boden kniete. Blut lief aus der Schulterwunde, was ihn benommen machte und ihm die Kraft raubte, sich gegen seinen Angreifer zu wehren.

Henriette erkannte, dass es sich bei der Waffe um einen vergoldeten Brieföffner handelte, in dessen polierter Klinge sich das grelle Deckenlicht brach. Ein harmloses Utensil in der Aktentasche eines altmodischen Anwalts.

»Warum?«, versuchte sie, den Mann in ein Gespräch zu verwickeln, um ihn davon abzuhalten, erneut zuzustechen.

Der Oberkommissar stand neben ihr, ebenfalls mit gezückter Waffe, während der andere Kollege sich zurückgezogen hatte, um Alarm zu schlagen.

»Ich schwöre Ihnen, das war nicht geplant. Ich wusste, dass Sylvia diesen Abschaum heiraten wollte. Ausgerechnet ich hatte ihm zu einer milden Strafe verholfen, ich ebnete ihm den Weg und am Ende bekam er die Frau. Sylvia war etwas Besonderes, und Neintal hatte sie nicht verdient. Das Tragische bei der ganzen Geschichte ist, dass die beiden zu dem Zeitpunkt, als ich das Brautmodengeschäft betreten hatte, schon getrennt gewesen waren. Leider wusste ich das nicht. Ich dachte, ich hätte Sylvia verloren, und als ich an dem Laden vorbeikam, da wollte ich es sehen. Sylvia hatte mir irgendwann einmal von dem Kleid, *ihrem Kleid,* erzählt und wo sie es gekauft hatte. Ich ging hinein und bat die Verkäuferin, es mir zu zeigen. Ich wedelte mit meiner Visitenkarte, versprach ihr ein Scheinchen für die Kaffeekasse und sagte ihr einfach die Wahrheit. Ich sei der Anwalt von Kai und Sylvia und den beiden sehr zugetan. Und weil ich Sylvia sehr bewundere, wäre ich neugierig. Außerdem könnte ich aufgrund von Terminüberschneidungen an der Hochzeit nicht teilnehmen. Ob sie das Geld oder meine Geschichte überzeugt hat, weiß ich nicht, aber sie zeigte mir das Kleid und als ich sie bat, es anzuziehen, natürlich gegen eine entsprechende Aufwandsentschädigung, da sagte sie wieder nicht Nein. Sie bot mir sogar Sekt an, ein billiger süßer Fusel, ich habe den schalen Geschmack heute noch auf der Zunge, aber das spielte alles keine Rolle. Sie sah Sylvia sogar ein wenig ähnlich und ich war plötzlich in einer Art Rausch. Ich hatte das Gefühl, dieses eine Mal würde ich Sylvia nahe sein. Ich wollte der Frau nichts tun, aber die fühlte sich dennoch bedrängt, wies mich zurück und drohte sogar mit der Polizei.«

»Du Schwein«, stöhnte Neintal, »du elendes Schwein.«

Sofort bohrte sich die scharfe Klinge des Brieföffners tiefer in Neintals Hals.

»Da haben Sie Nora getötet«, griff Henriette schnell ein, um ihn von der Geisel abzulenken.

»Ohne Absicht«, gestand Wasnek, »aber ich gebe zu, ihr letzter Atemzug war auch der Moment, in dem ich das Gefühl hatte, Sylvia würde endlich mir gehören. Nur mir. Ein Gefühl, von dem ich immer geträumt hatte.« Er seufzte. »Als ich wieder zu mir kam, lag die Frau tot auf dem Boden. Ist schon merkwürdig«, fuhr er unbekümmert fort. »Ein Leben lang sagte mir mein Vater, dass man alles, was man lernt, irgendwann einmal gebrauchen könnte. Ich hatte meine Zweifel – bis zu diesem Augenblick. Es war alles da, ich wusste, auf was die Polizei am Tatort achtet, wie man Spuren verwischen oder legen konnte, also entschied ich mich für eine melodramatische Inszenierung der Leiche. Und dann …« Er lachte heiser auf. »… dann erscheint auch noch dieser Trottel am Tatort, hinterlässt Fingerabdrücke und wird von einem Zeugen gesehen.«

»Sie hatten Glück, das war alles«, reizte ihn Henriette und hoffte, er würde noch mehr seiner Taten gestehen.

Offensichtlich war es ihm ein Bedürfnis, das richtigzustellen, denn wütend antwortete er: »Neintals Dämlichkeit war vielleicht Glück, aber alles andere, das hatte mit meinem Verstand zu tun.«

»Und doch haben Sie Sylvia Löblich am Ende nicht bekommen«, stellte Henriette nüchtern fest.

»Welche Ironie«, gestand er. »Ich wusste an dem Abend nicht, dass sie sich von Kai getrennt hatte, ich dachte, sie wird ihn heiraten. Ich habe mich oft gefragt, was passiert wäre, wenn ich nicht in dieses verfluchte Geschäft gegangen wäre, wenn ich bei Sylvia geklingelt und einfach um eine Verabredung gebeten hätte. Vielleicht wäre dann alles anders gekommen. Ich hätte sie glücklich gemacht. Aber nach dem Mord, nach Neintals Flucht, da lehnte sie jeden Kontakt zu den Menschen ab, die sie an Kai Neintal erinnerten. Ich als sein Anwalt gehörte dazu und damit hatte ich sie für immer verloren. Aber ich fand einen Ausweg aus meiner Sehnsucht nach ihr.«

»Wie viele Frauen haben Sie getötet?«, fragte die Hauptkommissarin geradeheraus.

»Genug, um zu behaupten, dass ich der Polizei immer weit voraus war. Sie werden die wenigsten finden, darum ist es mir nämlich nie gegangen. Ich lechzte nicht nach Aufmerksamkeit, im Gegenteil, ich genoss die Anonymität. Wenn Sie so möchten, dann folgte ich immer dem gleichen Ritual. Ich suchte mir eine zukünftige Braut aus, beobachtete sie, ließ mir für gewöhnlich Zeit. Mein Vater schickte mich in unsere Partnerkanzleien im ganzen Land. Ich studierte dort die Aufgebote in den Zeitungen, sah mir die Aushänge der Standesämter an, manchmal traf ich auch ganz zufällig auf eine passende Kandidatin, später half mir das Internet bei der Suche. Das ein oder andere

Mal überlegte ich es mir kurzfristig auch wieder anders. Als ich Selena heiratete, dachte ich, es wäre vorbei, dass diese Sehnsucht nach totaler Verbundenheit mit Sylvia Löblich erloschen sei. Aber diese brennende Sehnsucht kam immer wieder zurück, auch wenn manchmal Jahre dazwischenlagen.« Er wirkte nachdenklich, entfernte so in Gedanken versunken den Brieföffner von Neintals Hals, drückte ihn aber sofort wieder fest dagegen, als er den Versuch des Oberkommissars bemerkte, einen Schritt näher zu kommen.

»Ich bin kein Idiot, das war ich nie«, blaffte er in dessen Richtung. »Aber als ich meine eigenen Regeln brach, da entglitt mir die Sache.«

»Welche Regeln?«

»Nach Nora Roth nie wieder ein Opfer aus Frankfurt, nie wieder eine Frau in der Nähe meines Wohnortes. Die letzte vor Andrea Kranz stammte aus dem Erfurter Raum, ich wurde auf sie aufmerksam, weil unsere Partnerkanzlei eines ihrer Opfer vertreten hatte. Die junge Dame neigte nämlich zu gewalttätigen Ausbrüchen. Ihr schenkte ich etwas Blaues, Rachel, der Waldspaziergängerin … eine andere erhielt eine schöne Taube zum ewigen Turteln, ich vollzog das Sandritual … es gibt viele Bräuche, die mir im Nachhinein wunderbare Erinnerungen bescheren.« Er lächelte verträumt, bevor er ernst fortfuhr: »Ich habe mich seither immer an diese eine Regel gehalten. Aber plötzlich stand Sylvias Tochter in meiner Kanzlei und ich verlor die Beherrschung. Es war, als wäre Sylvia selbst bei mir im Büro gewesen. Die Sehnsucht wurde zu groß und ich suchte mir die Erstbeste. Ich erinnerte mich an die Verkäuferin in der Bäckerei. Gelegentlich hole ich mir dort einen Kaffee, wenn ich Termine außer Haus habe, und jedes Mal erhielt ich ungewollt Informationen aus deren Privatleben. Ich kannte ihren Hochzeitstermin, den Namen ihres

Friseurs, wusste über ihre Gewichtsprobleme Bescheid, erfuhr von dem Fitnessstudio und alles über ihre Trainingszeiten. Sie hat nie mit mir direkt gesprochen, sondern diese Dinge ihren Kolleginnen erzählt und doch hatte sie auf diese Weise leichtsinnig ihr ganzes Leben vor mir ausgebreitet. Nur eines wusste ich nicht, und das war ihr Nachname. Allerdings bin ich mir nicht sicher, ob ich ihn überhaupt mit meinem alten Mandanten Matthias Kranz in Verbindung gebracht hätte. Ehrlich gesagt hatte ich den Mann längst vergessen und dann erwählte ich ausgerechnet seine Tochter zu meiner Braut und er wurde deshalb verhaftet. Wie groß war die Wahrscheinlichkeit dafür? Vielleicht gibt es doch so etwas wie Karma, denn ab diesem Zeitpunkt verlor ich die Kontrolle.«

»Sie tauchten nach seiner Festnahme doch sicher nicht auf, um ihn zu vertreten. Warum also traten Sie überhaupt in Erscheinung?«, fragte Henriette, obwohl sie die Antwort längst kannte.

Wasnek grinste. »Der Mann war leicht zu beeinflussen. Ich erzählte ihm, was im Gefängnis mit Kinderschändern passiert und dass ich ihn davor nicht beschützen könne. Mehr oder weniger habe ich ihm den Suizid als einzigen Ausweg vorgeschlagen. Sein Selbstmord sollte meine Unvorsichtigkeit wettmachen, wirkte er doch wie das Geständnis, Andrea nicht nur missbraucht, sondern später auch ermordet zu haben. Ich konnte nicht riskieren, dass durch Kranz Staub aufgewirbelt wird, dass sich am Ende noch irgendein Reporter an dessen Freundschaft mit Neintal und den Schaufenstermord erinnert und die Akte erneut geöffnet wird.«

»Und dann tat Susanne Kranz genau das, sie wirbelte Staub auf. Sie haben die Frau getötet, ist es nicht so?«, hakte Henriette nach, die immer klarer sah. »Sie haben es wie damals im Brautmodengeschäft gemacht. Sie legten falsche Spuren, wollten uns glauben lassen, ein Sexualtäter würde dahinterstecken.«

»Zugegeben, es war etwas unangenehm, entsprechende Handlungen auszuführen. Ich möchte betonen, dass ich zu keiner Zeit das Verlangen hatte, mich sexuell an den Frauen zu vergehen. Bei Susanne Kranz habe ich selbstverständlich ein Hilfsmittel benutzt, um entsprechende Verletzungen zuzufügen.« Er sagte das, als wäre seine Tat damit weniger schrecklich.

»Sie haben Sie auf den Spielplatz gelockt.«

»Die Frau war dumm und habgierig. Ich rief sie von einer Telefonzelle an, verstellte meine Stimme und gaukelte ihr vor, Informationen zu haben, die ihr bei der Klage gegen die Frankfurter Polizei helfen würden. Glaubhaft wurde ich alleine dadurch, dass ich sagte, ich wolle dafür etwas vom Schadensersatz abhaben. Profitgier nimmt dir jeder ab. Sie war am Telefon mit allem einverstanden und bereit, mir nach dem gewonnenen Prozess meinen Anteil auszuzahlen.«

»Was war mit Tabea Pröhl? Bei der haben Sie doch erneut gegen Ihre eigene Regel verstoßen«, drängte ihn Henriette, noch mehr zu gestehen.

»Ich hatte keine andere Wahl. Bei Andrea Kranz konnte ich es nicht beenden, ich hörte Schüsse und Jagdhunde, da blieb das Grab geöffnet. Furchtbares Gefühl, wenn man etwas nicht zu Ende bringen konnte. Kurzfristig musste ich mich erneut in Frankfurt umsehen. Dieser zweifelhafte Striptease-Klub ist bekannt dafür, der letzte Halt bei der fragwürdigen Tradition eines Junggesellinnenabschieds zu sein. Ich musste nur warten. Dass die zukünftige Braut sturzbetrunken in ihrem eigenen Erbrochenen saß, machte es mir sehr einfach. Auch wenn ihre Leiche leider später gefunden wurde, konnte ich dieses Mal das Ritual beenden. Ihr schenkte ich das Herzlaken

…« Er seufzte wie jemand, der in einer besonders angenehmen Erinnerung schwelgte.

»Und die anderen Frauen?«, fragte Henriette sanft, »die, die noch nicht gefunden wurden?«

Wasnek sah die Hauptkommissarin direkt an und schüttelte den Kopf. »Nein, lassen Sie sie einfach ruhen.«

»Das kann ich nicht und das wissen Sie auch«, erwiderte die Beamtin bestimmt. »Legen Sie den Brieföffner zur Seite und wir reden. Ihr Plan ging dieses Mal nicht auf«, fuhr sie behutsam fort. »Sie werden nicht um eine Anklage herumkommen.«

»Um die Anklage vielleicht nicht, aber keiner steckt mich ins Gefängnis. Ich werde in einer sehr gemütlichen psychiatrischen Klinik landen, und zwar spätestens, nachdem ich Herrn Neintal vor Ihrer aller Augen ermordet habe. Manchmal ist es hilfreicher, ein brutales Monster zu sein als ein reuiger Sünder. Sie wissen doch, ich kenne mich mit der Juristerei aus.«

Kaum hatte er den Satz beendet, stach er mit dem Brieföffner zu, bereit, Neintal zu töten. Die Klinge schnitt sofort tief in dessen Fleisch, bohrte sich durch die Haut, näherte sich gefährlich der Halsschlagader. Im gleichen Augenblick fielen Schüsse – Wasnek sackte nach hinten. Eine Kugel traf seine Schulter, die andere schlug in dessen Brust ein.

Henriette sprang zu Neintal, dieser war bewusstlos. Verzweifelt versuchte sie, die Blutung am Hals zu stoppen, drückte ihre Hände dagegen, spürte die warme Körperflüssigkeit aus dem Opfer fließen. Ihr Oberkommissar stellte den Tod von Lutz Wasnek fest, während die Kollegen ins Zimmer stürmten.

Henriette rief verzweifelt Neintals Namen, während sie gegen das pulsierende Blut ankämpfte. Sie hatte es geschafft, sie hatte ihr Versprechen gehalten, er durfte jetzt nicht einfach sterben, das war nicht fair. Jemand sprach sie an, sie registrierte David Thom neben sich. Er schob sie sanft zur Seite. Plötzlich scharten sich Rettungskräfte um Neintal.

»Er darf nicht sterben«, flüsterte Henriette, »er ist doch unschuldig.«

* * *

Wie in Trance bewegte sich Henriette durch das Polizeigebäude, ignorierte das Blut von Neintal, das überall an ihren Kleidern haftete und ihre Finger wie dünne rote Handschuhe überzog, und tat, was getan werden musste, um den Vorschriften Genüge zu tun.

Später stand sie am Fenster und umklammerte eine Tasse Kaffee, die ihr Fred in die Hand gedrückt hatte.

»Mann«, sagte der, »wir sollten das Alkoholverbot im Büro aufheben, ich könnte jetzt etwas Stärkeres vertragen.«

Tatsächlich entlockte ihr diese Bemerkung ein Lächeln. »Hast recht, für die nächste Geiselnahme mit anschließendem Schusswechsel und Schwerverletztem sollten wir besser vorbereitet sein.«

Er trat neben sie. »Das war verdammt gute Arbeit.«

»Es gab einen Toten«, erwiderte sie zweifelnd.

»Ja, aber Neintal lebt«, widersprach der Oberkommissar. »Die Prognosen sind gut, ist ein zäher Hund, er wird es schaffen und das nur dank dir.«

Sie schüttelte den Kopf. »Ich war beinahe zu spät.«

»Spielt keine Rolle, du hast Neintal gerettet, einen alten Mordfall aufgeklärt, die aktuellen Morde gelöst und vermutlich noch viele Vermisstenfälle.«

»Das werden wir nie erfahren, da Wasnek tot ist.«

»Womöglich werden wir nicht alle seine Opfer identifizieren, aber es werden auch keine neuen dazukommen.

Verdammt«, fuhr Fred fort. »Wie bist du nur auf Wasnek gekommen?«

Henriette atmete tief durch. »Ich habe *entkräftet.*« Endlich drehte sie sich um. Sie war blass, aber gefasst, als sie in das fragende Gesicht ihres Kollegen blickte.

»Zumindest habe ich es versucht. Allerdings sprach vieles gegen Neintal, auch Claudia Gummers Aussage. Sein körperlicher Angriff gegen Nora Roth im Alter von sechzehn machte ihn nur noch verdächtiger. Dann überlegte ich natürlich, wenn er es nicht war, wer käme ansonsten infrage? Wer hätte sich deutschlandweit Opfer suchen können und wer hatte eine Verbindung zu Nora Roth? Da wurde es schwierig. Aber wenn man keine Verbindung zu Nora Roth suchte, sondern zu Sylvia Löblich, sah die Sache anders aus. Die Verkäuferin trug Sylvias Kleid. Warum? Zufällig, weil sie es eben einer spontanen Idee folgend anprobiert hat? Aus Langeweile? Oder, was wahrscheinlicher ist, weil man sie darum gebeten hatte. Wir haben mehrfach gehört, dass Sylvia von Männern bewundert wurde. Wenn nicht Neintal das Kleid hatte sehen wollen, wer also dann? Wasnek hatte bei unserer Unterredung etwas gesagt, das mich im Nachhinein stutzig gemacht hat – die Art, wie er etwas auf eine ganz besondere Weise betont hatte. Es war nur eine Kleinigkeit, aber trotzdem störte es mich. Er meinte nämlich, sie wäre in *dem* Kleid sicher eine wunderschöne Braut gewesen. So gesehen ist das eine harmlose Aussage, ohne Bedeutung. Aber dann ließ mich der Gedanke nicht los, dass diese anscheinend zufällig gewählte Formulierung mehr Aussagekraft hat, als ich anfangs annahm. Ein Mann mit Wasneks Beruf, jemand der bedacht ist, die Dinge korrekt zu formulieren, hätte doch eher gesagt: ›Sie hätte in einem Brautkleid wunderschön ausgesehen‹ oder ›Ich vermute, sie hätte in ihrem Brautkleid wunderschön ausgesehen.‹ Aber er sagte explizit, in *dem* Kleid, so als würde er es *kennen*. Das war natürlich kein Beweis, aber dann fiel mir ein, dass seine Kanzlei im ganzen Land Partnerkanzleien hat, er wäre also in der Lage gewesen zu reisen, ohne dass man das hinterfragt hätte. Er war derjenige, der vor Kranz' Selbstmord, abgesehen von uns, mit dem Mann gesprochen hat. Er war derjenige, der von Neintals Besessenheit und Eifersucht erzählt hat, etwas, das nirgendwo sonst erwähnt wurde, und ...« Sie nippte an dem mittlerweile kalten Kaffee. »... er hat Sylvia Löblich zumindest bewundert. Ich wollte mit Neintal über den Anwalt sprechen, der Spur nachgehen, da erfuhr ich, dass Wasnek bereits bei ihm war.«

»Wasnek wollte Neintal töten, um zu verhindern, dass man Neintal Glauben schenkt und den Fall noch einmal aufrollt. Anzunehmen, dass Wasnek vorhatte, uns zu erzählen, er sei von Neintal angegriffen worden. Sicher hätte er behauptet, leichtsinnigerweise den Brieföffner in seinem Aktenkoffer gehabt zu haben. Neintal hätte diesen entdeckt, danach gegriffen, um seinen Anwalt zu bedrohen, es wäre zu einem Handgemenge gekommen, bei dem Wasnek seinen Widersacher in Notwehr getötet hätte. Natürlich wäre der Anwalt danach bereit gewesen, über die Schweigepflicht hinwegzusehen und uns über Neintals umfassendes Geständnis der Morde zu unterrichten. Sicher hätte er es so dargestellt, dass Neintal über den anwaltlichen Vorschlag, vor Gericht geständig zu sein, in Wut geraten wäre und außer sich den Mord an seinem Verteidiger begehen wollte. Neintal wäre als wahnsinniger Mörder in die Annalen unserer Datenbanken eingegangen und Wasnek hätte nichts mehr zu befürchten gehabt. Wobei ich bezweifle, dass er auf Dauer auf das Töten verzichtet hätte. Wie ich gesagt habe, weitere Opfer hast du verhindert. Offenbar hat der Alte allerdings nicht damit gerechnet, dass wir wirklich schießen würden.«

»Ja«, erwiderte Henriette müde, »oder aber er ließ es darauf ankommen, sozusagen als letzten Ausweg.« Dann sah sie an sich herunter. »Ich denke, ich gehe nach Hause. Ich muss mich umziehen.«

Sie stellte die Tasse ab und drehte sich noch einmal um. »Danke, dass du mir den Rücken freigehalten hast, nicht nur heute, sondern auch die Zeit davor!«

* * *

Henriette erreichte ihre Wohnung, ohne sich genau an die Fahrt zu erinnern. Sie stand immer noch irgendwie unter Schock, vermutlich wäre ein Taxi besser gewesen, allerdings hatte sie der Gedanke, jetzt einen Fremden ertragen zu müssen, davon abgehalten. Sie parkte den Wagen in der Tiefgarage und eilte den Flur entlang. Plötzlich zitterte sie am ganzen Körper, sah sich immer wieder die beiden Schüsse abfeuern und danach über den leblosen Körper von Neintal beugen. Sie glaubte erneut, sein Blut zu riechen, es war, als würde sie dieser Geruch verfolgen. Endlich erreichte sie die Wohnungstür und erschrak, als diese plötzlich aufgerissen wurde. Dann spürte sie starke Arme, die sie auffingen, die ihr den Rücken tätschelten.

»Papa, woher weißt du …?« Sie sparte sich die Frage, nahm an, dass er immer noch seine Quellen hatte.

»Gute Arbeit, Frau Hauptkommissarin«, sagte er leise, dann drückte er sie fest an sich und flüsterte zärtlich: »Jetti, ich bin mächtig stolz auf dich.«

Sie begann zu weinen und hatte das Gefühl, eine große Last würde endlich von ihr abfallen.

EPILOG

Die Ärzte hatten den Kampf um Kai Neintals Leben gewonnen. Er musste eine Weile in der Klinik bleiben, was ihm und Christina Zeit verschaffte, sich kennenzulernen. Bei seiner Entlassung stand die Presse vor der Tür und er bedankte sich in einer kurzen, aber bewegenden Ansprache bei denen, die an ihn geglaubt hatten. Namentlich erwähnte er nur eine, und zwar Hauptkommissarin Henriette von Born, die ihm gegenüber ihr Wort gehalten hatte. Dann schickte er noch einen katalanischen Gruß an einen Freund, der unerwähnt bleiben wollte.

Als man den Ausschnitt später im spanischen Fernsehen zeigte, hatte der alte Fischer Jorge Tränen in den Augen, die er hinter einem mürrischen Fluch über Sentimentalitäten verbarg.

Henriette hatte ihren ersten Fall mit Bravour gelöst und sich damit den Respekt der Kollegen verdient.

Ihre Mutter blieb allerdings weiterhin skeptisch. »Jetzt könntest du doch mit dem Polizistenkram aufhören, oder?«, fragte sie und Henriette antwortete ihr kopfschüttelnd: »Mein Beruf ist keine Diät, die man beim Erreichen des Wunschgewichts abbricht.«

»Und dein neuer Freund, der Leichenbestatter, was hält der von deiner Arbeit?«, ließ Alexandra von Born nicht locker.

»Der findet sie gut, und er ist Gerichtsmediziner, *kein* Leichenbestatter!«

Mit einer gewissen Erleichterung stellte Henriette fest, dass sie die Kommentare ihrer Mutter nicht mehr so schnell aus der Fassung brachten. Sie war mit dem Fall und der Verantwortung gewachsen, reifer und vor allem ruhiger geworden. Henriette hatte mit vielen Dingen ihren Frieden gemacht. Sicher half ihr dabei auch die Beziehung mit David Thom, die sie sehr glücklich machte. Aber auch die neu entstandene Nähe zu ihrem Vater veränderte Henriettes Leben. Gelegentlich holte sie den kleinen Kompass aus der Tasche und las mit einem Lächeln die Widmung. Ja, sie hatte ihren Weg gefunden.

Stefan Junck hingegen war gerade erst dabei, einen neuen Pfad einzuschlagen. Seine Genesung machte Fortschritte, genauso wie seine Beziehung mit Elga. Allerdings stimmte ihn die zurückliegende Ermittlung nachdenklich. Es hatte sich gut angefühlt, wieder aktiv zu sein, und er fragte sich, ob er davon je loskommen würde. Aber noch interessanter war die Antwort auf die Frage, ob er das denn überhaupt wollte.

Ende

SCHLUSSWORT UND ANMERKUNGEN

Alle Personen, Institutionen, öffentlichen oder privaten Einrichtungen in meinem Psychothriller »Der Todeseid«, nebst Namen und Bezeichnungen, sind frei erfunden. Ähnlichkeiten mit lebenden oder toten Personen und deren Handlungen sind rein zufällig und nicht beabsichtigt.

Ich möchte an dieser Stelle erwähnen, dass die spanischen Städte L'Escala, Benicarló, Jávea und Peñíscola wunderschöne Orte sind und ich mich immer wieder gerne an die Zeit dort erinnere. Ich hatte dabei die Möglichkeit, wahnsinnig nette und gastfreundliche Menschen kennenzulernen.

Ebenso findet man in meinem Psychothriller kurze Erwähnungen zum Thema Campingplatz – auch hier durfte ich schöne Erfahrungen sammeln und kann jedem empfehlen, das Campen einmal auszuprobieren. Man muss ja nicht unbedingt bereits in Rente sein …

Vielen Dank, dass Sie sich die Zeit für meinen Psychothriller »Der Todeseid« genommen haben. Ich hoffe, ich konnte Sie mit meinem neuen Team unterhalten und Ihnen einige spannende Lesestunden bereiten! Wer weiß, eventuell wird man Henriette von Born und Stefan Junck ja bald wiedersehen bzw. -lesen …

Herzliche Grüße
Ihre Ilona Bulazel

Printed by Amazon Italia Logistica S.r.l.
Torrazza Piemonte (TO), Italy